JN310921

秘密のラティガン

戦後英国演劇のなかのトランス・メディア空間

大谷伴子

春風社

秘密のラティガン
──戦後英国演劇のなかのトランス・メディア空間

目次

序章
戦後英国演劇とグローバルなメディア文化
　──ラティガン再評価のために　　　　　　　　　　　　　5

第1章
笑劇仕立てのイングリッシュネス
　──『お日様の輝く間に』と英米関係の表象　　　　　　 15

第2章
ラティガン『アフター・ザ・ダンス』と"Bright Young Things"の政治文化
　──パラサイト、雇用、"the Exchange Telegraph"　　 35

インターメッツォ A
カワードの『逢びき』とハリウッド映画　　　　　　　　　67

第3章
ラティガンの「まじめな劇」と戦争プロパガンダの文化
　──ソフト・パワーとしての『炎の滑走路』と『大空への道』？　73

インターメッツォ B
「戦争の劇場」──戦争プロパガンダとセシル・ビートン　101

第 4 章
『眠れるプリンス』とヨーロッパ冷戦
――「短い 20 世紀」におけるバルカン問題　　　　　　　107

インターメッツォ C
ビートンのデザインとトランス・メディア空間　　　　　　139

終章
『ブラウニング版』再読
――グローバルなトランス・メディア空間のなかのラティガン　145

Works Cited　　　　　　　　　　　　　　　　　　　　　193
図版出典一覧　　　　　　　　　　　　　　　　　　　　　203
初出一覧　　　　　　　　　　　　　　　　　　　　　　　205

あとがき　　　　　　　　　　　　　　　　　　　　　　　206

索引　　　　　　　　　　　　　　　　　　　　　　　　　211

序章

戦後英国演劇とグローバルなメディア文化
──ラティガン再評価のために

1　戦後英国演劇とテレンス・ラティガン

　テレンス・ラティガン生誕100周年を迎えた2011年3月、英国の演劇賞、ローレンス・オリヴィエ賞[1]のベスト・リヴァイヴァル・プレイ賞に選ばれたのは、ラティガンの『アフター・ザ・ダンス（*After the Dance*）』（1939）だった。受賞を報道した以下の『ガーディアン』紙の記事に添付された図版にあるように[2]、表面的にはベネディクト・カンバーバッチとフェイ・カストロウ演じる中年男デイヴィッドと若い女ヘレンの不倫関係を主題として取り上げたものだ。

『アフター・ザ・ダンス』於ナショナルシアター、『ガーディアン』紙　2011年3月13日

だが、その物語が進むなかでどういうわけか被害者のはずの妻ジョアンが自殺に追い込まれるストーリーが組み込まれている。実は、不倫相手のヘレンの批判の的が、第1次大戦後1918年から1930年のいわゆる"Bright Young Things"世代のデイヴィッドとその妻が送る軽薄なライフスタイルに向けられているからだ（D. J. Taylor）。戦間期の退廃的でダンディな若者文化のその後をさえない中年期のイメージで描いた風刺には、道徳的・教訓的なメッセージも一応のところ盛り込まれているようで、主人公デイヴィッドを矯正しようとする若者世代の代表としてヘレンが表象されている。1939年初演時には高く評価されたものの第2次世界大戦開戦という歴史状況ゆえに上演は突如打ち切りとなり、『戯曲選集（*The Collected Plays of Terence Rattigan*）』（1953）に所収されることもなく、「忘れ去られた」あるいは「失われた」戯曲が、21世紀のウェスト・エンドを席巻した、ということだろうか[3]。しかしながら、演劇の歴史舞台から忘却されて消し去られてきたのはこの劇テクストの存在だけではない。ラティガンという劇作家が、第2次大戦末期1944年にはウェスト・エンドで3本の戯曲――『炎の滑走路（*Flare Path*）』（1942）、『お日様の輝く間に（*While the Sun Shines*）』（1943）、『三色スミレ（*Love in Idleness*）』（1944）――が同時に上演されるほど、かつて英国演劇壇の第一人者であったという事実も忘れられがちだ[4]。そもそも従来の戦後英国演劇史において、テレンス・ラティガンは正当に評価されてこなかったのではないか。そして、それは何故か。歴史から消去され忘却のうちに埋没した、秘密のラティガン！　このような問いが本書の出発点である。

　英国で産出された演劇は、ウェスト・エンドを中心とするイギリス国内の舞台のみで受容され、消費されたテクストとして見なすことで十分に評価できるのであろうか。たとえば、『シアター・アーツ』という米国の演劇雑誌を取り上げ、ラティガンがその作家活動を行っていた半世紀ほど前の時代にさかのぼってみよう。1957年12月号の表紙を飾るのは、『怒りをこめてふりかえれ（*Look Back in Anger*）』のヒロイン、アリソンを演じたメア

序章　戦後英国劇とグローバルなメディア文化

リー・ユーアの横顔の写真だが[5]、彼女の視線の先にはラティガンの戯曲掲載の見出しの文字——"In this issue...the complete play *The Sleeping Prince* by Terence Rattigan"——が示される。キッチン・シンク・ドラマとまさにそれと対立するとされてきた客間劇が、米国の演劇雑誌の表紙においては、共存していることになる。そして、ラティガンの戯曲全テクストに先立つ解説文には、以下の3葉の写真が付け加えられている。

まず、『眠れるプリンス（*The Sleeping Prince*）』（1953）のブロードウェイ版のマイケル・レッドグレイヴとバーバラ・ベル・ゲデス[6]、次に、ウェスト・エンド版のイギリスが誇る名優ローレンス・オリヴィエと当時の彼の妻ヴィヴィアン・リー（もっともアメリカ映画としての『風と共に去りぬ』、『欲望という名の電車』の主演女優としてのほうが有名かもしれない）、そして最後に、その映画版『王子と踊子（*The Prince and the Showgirl*）』（1957）のオリヴィエと米国ポピュラー・カルチャーのイコンであるマリリン・モンローのツー・ショットだ[7]。

このような奇妙な共存は、戦後英国演劇といわれてきたものが実際にはどのように歴史的に編制され、これまでどんな存在として存続してきたのかという問いを提起しないだろうか。言い換えれば、「英国」的な文化テクスト

としてラティガンやイギリス人劇作家の劇テクストを受容し評価してきたのは誰か、あるいは、どんな欲望や言説・権力のネットワークだったのか、ということだ。イギリスの劇作家ラティガンの戯曲は、グローバルなテクストである可能性はなく、英国国内という境界線の内部でナショナルな文化テクストとしてのみ捉えることで十分だったのだろうか[8]。

　戦後の英国演劇史において、なぜラティガンはほとんどといって評価されてこなかったのか。ラティガンの秘密をめぐるこうした問いをたてる前に、まずは、戦後英国演劇の従来の見取り図を振り返っておくのも無駄ではないだろう。英国演劇史に関してこれまでさまざまな議論がなされてきているが、異口同音に繰り返される見解がある。1956年、ジョン・オズボーンの『怒りをこめてふりかえれ』（1956）がもたらした衝撃がそれだ。戦後労働者階級の若者のいら立ちを描いたとされるこの劇は、サミュエル・ベケットの『ゴドーを待ちながら』（1955）の初演、ベルトルト・ブレヒトのベルリナー・アンサンブルの訪英とともに、革新的な新しい演劇への移行を印しづ

ロイヤル・コート劇場、ジョン・オズボーン『怒りをこめてふりかえれ』の初演がこの劇場

けたというのが戦後英国演劇を規定する見解だ（Milne 175）。この新しい演劇と対立するのが、それまでウェスト・エンドの主流であったミドルクラスの保守的な価値観を提示する客間劇と呼ばれるブルジョア芝居であった。こうした客間劇の担い手は批判の対象となり、その矛先はとりわけ当時ウェスト・エンドの売れっ子でイギリス演劇をリードする存在であったラティガンに向けられたというわけだ。ラティガンは、その後、第一線から退き、マイナーなリヴァイヴァルは散見されるものの、演劇史の中では埋もれた存在となっていく。きわめて教科書的にラティガンの位置を説明すると、こういうことになる。もちろん、1950年・60年代に新たな時代を表象する若者としてもてはやされた作家たちが間もなく保守化していく過程で、ラティガンの劇もその存命中に再演されたり、新作が発表されたりはしたのだが、演劇史においてかつてのように華々しく注目されることはなかった。こんな逸話すら残っている。1973年、ヤング・ヴィックの芸術監督フランク・ダンロップがラティガンの最初のヒット作『涙なしのフランス語（*French Without Tears*）』（1936）の再演を申し出たときのことだ。ラティガンという名を耳にするやアーツ・カウンシルの面々は、「気でも違ったか、こんなものはただの屑だ」というむき出しの敵意で反対したということだ（Darlow 10）。

さて、このようにニュー・ウェイヴをことさらに言祝ぐ英国演劇界の表舞台から退却を余儀なくされたラティガンであるが、その後の演劇史上におけるその位置づけが困難であったり、評価が決定的にならなかったポイントを整理してみると、おそらく以下の2点が考えられる[9]。まず、代表的なテクストの芸術・文化の区分・区別に矛盾があるということだ。すなわち、学生時代にウェスト・エンドで大ヒットした『涙なしのフランス語』のような笑劇を得意とする商業演劇で成功を収めたポピュラーな劇作家のイメージと、冤罪や不倫のような深刻な主題を扱う社会派劇のような演劇芸術の担い手という相反する面を併せ持つということだ。

第2に、英国演劇史自体の問題がある。第2次大戦後の英国演劇の歴史は「怒れる若者たち（Angry Young Men）」という事件を中心にして論じ

9

られてきた。1956年を転換点として、中産階級の保守的な価値観を提示する客間劇の担い手である旧い世代のラティガンと、『怒りをこめてふりかえれ』に代表される労働者階級や下層中産階級の若者の不安を描いた新しい世代とが対立・断絶しているという英国文学・演劇史における従来の見解がある。その一方で、たとえばDan Rebellatoのように、断絶ではなく連続性を指摘する——不満を抱えた若者を描いたという点では、オズボーンらとラティガンの間に共通点がある——という見解がある（Rebellato *1956 And All That*）[10]。『アフター・ザ・ダンス』という劇にしても、"Bright Young Things"すなわち20年代のアッパーあるいはアッパー・ミドル・クラスの若者文化を批判する劇テクストだったのかもしれない。戦時下の英国社会や国際政治の状況においては時流に合わないものあるいは時代遅れのものとして、いつのまにか、歴史の屑かごに捨て去られ葬り去られてしまったのかもしれないが、こうした劇テクストが時限爆弾のように仕掛けられているいわば反時代的で高踏的な若者文化の衝動は、20世紀半ば以降のラティガンに対する一般的な評価、いわゆる「エドナおばさん」のイメージが代理表象する観客に向けた芝居、50年代にオズボーンの『怒りをこめてふりかえれ』と真っ向から対立する保守的な劇作家のイメージとは、どこか、しっくりいかない、ようにみえる。

　このように、ポピュラーな演劇と社会派劇テクストという芸術・文化の区分・区別、および、英国国内の演劇のキッチン・シンク・ドラマとの断続／継承という英国演劇史研究のパラドックスが決定的な規定要因となって、ラティガンが過小評価されてきたのではないか。たしかに、その後1990年代に入ると、ラティガン再評価の試みが、アイデンティティ・ポリティクスという観点からなされてきた。すなわち、ラティガン解釈の困難さを、抑圧・隠蔽されたホモセクシュアリティと検閲の関係から再解釈しようとした試み[11]。また、別のアイデンティティ・ポリティクス、つまり人種・移民の問題ということであれば、1940年代から50年代は、旧植民地のカリブ海世界出身の作家たとえばジャマイカ出身のウーナ・マーソンやロンドンに移住したサ

ミュエル・セルヴォンらのテクストがBBC放送『カリブの声』(1943-58)やそのジャマイカの支局を通じて移民文学の可能性が開かれ注目されはじめた時期だが（松田268）、ラティガンはその時期、そのような動きとは逆の移動をして、英国からバミューダへと居を移した。これはこれで興味深いかもしれない。しかし、そうしたセクシュアリティやアイデンティティ・ポリティクスの視点からでは解明できないテクスト群が、依然として、残る。たとえば、先に言及したエリザベス女王戴冠を祝して書かれたバルカンの虚構の小国の大公とアメリカ人女優の恋を描いた『眠れるプリンス』や英国空軍の爆撃手とハリウッド俳優との英国人女優をめぐる三角関係を描いた『炎の滑走路』、そして『お日様の輝く間に』。

　本書では、こうした従来の視点からでは解釈が困難なラティガンの劇テクストを取り上げ、劇作家ラティガンというイメージを不明瞭・複雑にしている歴史的条件を明らかにすることを試みる。言い換えれば、戦後の英国演劇を、近代国民国家の枠組みを前提としたナショナルな劇芸術・演劇文化ではなく、グローバルなメディア文化という観点から読み直すことによって、秘密のラティガンを再評価することを試みたい。そのためには、ロンドンのウェスト・エンドでの上演のみを特権化するのではなく、英国にとどまらず大西洋を超えてその文化テクストを受容し翻訳・再生産したブロードウェイやハリウッドのトランス・メディア空間——映画、TVドラマ、雑誌メディアや映画制作会社なども含む——との関係性からこそ、戦後英国演劇を読み直す作業を開始しなければなければならないだろう。

Notes

1　これに匹敵する賞は、よりグローバルな評価の権威とみなされがちな米国のトニー賞ということになるだろうか。その意味でオリヴィエ賞はむしろナショナルな権威ともいえるかもしれない。

2　引用した図版は、『ガーディアン』紙の2011年3月13日版のウェブサイトにも受賞に関する記事とともに掲載された、Tristram Kenton撮影の舞台写真である。http://www.guardian.co.uk/stage/2011/mar/13/olivier-awards-after-the-dance

3 生誕100周年ということもあり、この受賞だけではなくラティガンの劇テクスト発掘の動きがウェスト・エンドをはじめとして活発にみられるようだ。Michael Darlow による新たなラティガン伝の出版や Dan Rebellato 編による戯曲テクストの再版やこれまで単独版として出版されたことのないラティガンの劇テクストの出版が相次ぐことも見逃せない。

4 英国演劇史上、この記録に優るのは 1908 年にサマセット・モームの同時 4 本上演のみということだ（Rebellato Introduction *French Without Tears* xi）。

5 メアリー・ユーアは『怒りをこめてふりかえれ』の英米いずれの舞台においても、そして映画版においてもヒロインであるアリソン役を演じた。

6 マイケル・レッドグレイヴは英国ミドルブラウ文学原作の映画版『バルカン超特急』（監督はヒッチコック）でも有名だが、現代英国を代表する女優ヴァネッサの父でもある。バーバラ・ベル・ゲデスは、ブロードウェイの舞台を経て 1940・50 年代の映画『ママの想い出』や『めまい』、さらに、人気 TV ドラマ・シリーズ『ダラス』で活躍した女優である。

7 この雑誌の『眠れるプリンス』の戯曲が掲載されている直前のページにはノエル・カワード、アルフレッド・ラント、リン・フォンテーヌ、ジョン・ギールグッドらの写真が、*Vanity Fair* や *Vogue* などでも活躍し、20 世紀前半のファッション写真業界に足跡を残したイギリス人写真家セシル・ビートンの *The Face of the World* の 1 章 "Princes of Players" からの抜粋とともに掲載されている。ビートンの軌跡については、本書インターメッツォ B を参照のこと。

8 あとで論じるように、ラティガンが代表するとされる伝統的な客間劇と「怒れる若者たち」のキッチン・シンク・ドラマという対立図式がことさらに取り上げられるのも、ナショナルな演劇文化を、非歴史的かつ無批判に、解釈の前提としてしまっているところに起因するかもしれない。

9 従来の英国演劇史におけるラティガン評価を、ざっとおさらいしてみるなら以下のようになるだろうか。まず、学生時代に幸運にも大ヒットした『涙なしのフランス語』（1936）のような笑劇を得意とする職人的な劇作家であるが、それにとどまることなく、自らの戦争経験を描いて成功した『炎の滑走路』で取り上げた深刻な主題をその後の社会派ドラマの基調とし、現実の冤罪を戯曲化したものから、同性愛を扱った挑発的な問題提起、精神的抑圧についての慎重な考察などにいたる劇などでも成功をおさめ、戦後直後の英国演劇界をリードする存在として

の評価があった。このような一時は英国劇壇を代表するラティガンのより一般的な演劇史での位置づけは、次に、1950年代半ばに登場した新しい世代の演劇を称揚する批評家たちから旧い世代の保守的な劇作家の代表として批判の矛先を向けられ――とりわけ批判の対象となったのが、『戯曲選集』第2巻の序文でラティガンが劇作において考慮されるべき観客イメージとして提示した「エドナおばさん」という実験的・前衛的な演劇に無関心なミドルブラウのキャラクターだ（Rattigan Preface）――、第一線を退くことを余儀なくされた。すなわち、「怒れる若者たち」のキッチン・シンク・ドラマに対立するミドルクラス、客間喜劇の伝統、という図式。

　その後、1970年代、卓抜な職人芸というよりは、救われない孤独感や実存主義的テーマという点から、また80年代にはその職人芸と繊細な人物描写によって再認された。90年代には、アイデンティティ・ポリティクスが台頭するなか、「怒れる若者たち」＝ヘテロセクシュアルの劇作家たちに排除されたホモセクシュアルの劇作家として（「奇妙な」かたちで？）再評価されることにもなった。ホモセクシュアリティという視点からの研究にはO'Connor *Straight Acting*. がある。

　また、80年代にYoung、90年代にWansellによる伝記的研究が、それぞれ、出版されている。

10　旧来の英国演劇史の見直しという点では、ラティガンの傑作ともいわれる『深く青い海（*The Deep Blue Sea*）』を、従来の人妻を不倫に駆り立てた情熱や救い難いまでの孤独を描いた深刻な劇という視点ではなく、「怒れる若者たち」の代表的テクスト『怒りをこめてふりかえれ』との近親性から論じたShepherdを参照、『アフター・ザ・ダンス』における"Bright Young Things"の表象つまり「煌びやかな若者たち」の世代の文化については本書第2章が論じている。

11　1990年代 In-yer-face theatre と呼ばれる vulgar, shocking, confrontational なテーマを扱い注目され、その後英国演劇を代表する若い劇作家たちの1人であり『ガーディアン』紙の文化欄にもしばしば寄稿する Mark Ravenhill がいることも興味深い。

第 1 章

笑劇仕立てのイングリッシュネス
――『お日様の輝く間に』と英米関係の表象

1 戦後英国演劇の論点――念のために、確認と復習

　序章で述べたように、旧来の戦後英国演劇の歴史は、1956年ジョン・オズボーンの『怒りをこめてふりかえれ（*Look Back in Anger*）』の衝撃という視座から解釈されてきた。その解釈図式は、保守的ミドルクラス客間喜劇の伝統と新しい労働者階級（・分派）のキッチン・シンク・ドラマの対立と断絶だ。これまでその対立・断絶は、オズボーンとその「怒れる若者たち（Angry Young Men）」世代の登場により退場させられたとされるテレンス・ラティガンによって説明されてきた。だが、このキッチン・シンク・ドラマと対立する伝統的な客間劇の世代は、ラティガンというよりはむしろその前のノエル・カワードらの世代、そしてその「煌びやかな若者たち」の文化である "Bright Young Things" と通じている。

　実際、ラティガンは、カワードとの差異性をむしろ意識していたようだ。たとえば、オクスフォードの大学新聞『チャーウェル』に、カワードの『カヴァルケード（*Cavalcade*）』（1931）を、演劇を真面目に志す者に将来有望な革命的な若い劇作家の登場かと期待させながら、結局は商業主義に魂を売り渡してしまった、と辛らつな批評を掲載している（Darlow 66-67; Wansell 51-52）。ただし、後になって若気のいたりであったことを認めており、カワー

ドと交流をもつようになり、『カワード演劇便覧』に序文を寄せたりしている。だが、ここで重要なのは、ラティガンとカワードとの世代的な差異があるということだ。1950 年代オズボーンの登場を「革命」とみなすラッセル・テイラーは、カワードの『渦巻き（*The Vortex*）』(1924) が 1920 年代に同様の機能を果たしたと述べている。そのカワードが属する "Bright Young Things" 世代に遅れてきたのがラティガンだったのだ。

はたして、1956 年を転換点として、英国演劇は、断絶したのか、それとも連続したのか？　この問題を考えるにあたり、1957 年における「英国演劇の逆説的な性向（The paradoxical nature of theatre in 1957）」を象徴する 2 つの出来事に注目してみてもよいかもしれない。1 つは、オズボーンの『寄席芸人（*The Entertainer*）』に英国演劇界のエスタブリッシュメントであり傑出した名優ローレンス・オリヴィエが主演することにより、英国劇壇におけるニュー・ウェイヴの地位確立に一役買うことになったこと（the pre-eminent member of the theatrical establishment, helping to cement the reputation of the new wave）。もう 1 つは、カワードの『ヴァイオリンを持った裸婦（*Nude with Violin*）』にジョン・ギールグッドが主演することにより、伝統的なウェスト・エンドの出し物である客間劇が確固たる人気を保持している（The enduring public popularity of the traditional West End fare）ということだ（Shellard）。『怒りをこめてふりかえれ』の衝撃という神話の翌年 1957 年に、このように相反する事象が共存する奇妙な状況の意味を探る場合、ニュー・ウェイヴ世代とエスタブリッシュメントとの狭間に、実のところ位置している、世代的どっちつかず、あるいは階級的根無し草（déclassement）であるラティガンの存在に注目する必要があるかもしれない。カワードより少し遅れて登場したラティガンは、前の世代「煌びやかな若者たち」のような金利生活者でもなければ、「怒れる若者たち」の世代が具現する労働者階級の若者でもないのだ[1]。

本章の目論見は、21 世紀の現在にまでいたる階級のグローバルな再編のプロセスを、世代間の差異を手がかりに再考しようとするときに、劇作家テ

レンス・ラティガンというのは格好のテーマとなるのではないか、という可能性を問題提起することである。英国演劇史の従来のナショナルな解釈図式においては、「怒れる若者たち」を代表するジョン・オズボーンの芝居が産み出した衝撃によって退場させられたとされているラティガンであるが、実は、グローバルなメディア文化である映画に脚本家として関わり、大西洋を横断し、米国ハリウッドでも活躍するというキャリアをもつのだ。

2 『お日様の輝く間に』と英米関係の表象

　こうした試みの手始めに、本章では第 2 次大戦中に上演されヒットしたラティガンの第 2 次大戦 3 部作（Rusinko）ともよばれる劇の 1 つ『お日様の輝く間に』を取り上げる。1943 年のクリスマス・イヴにグローブ座でアンソニー・アスキス演出により初演され、その後 1154 回という記録破りの上演回数を数えたこの劇は、ウェスト・エンドにおけるラティガンの地位を確固たるものとしたとされる[2]。とはいえ、男女の恋愛・結婚を笑劇に仕立てた小品あるいはポピュラーな商業演劇ということもあってか、現在戦後英国演劇という解釈図式の中でほとんど取り上げられることはない。同じ 3 部作の中でも、戦争プロパガンダの例として文化政策あるいはパブリック・ディプロマシー研究において、歴史実証的に言及される映画テクストの原作『炎の滑走路』とはその文学・文化的意義に大きな違いがある。そしてさらに、90 年代のセクシュアリティやアイデンティティ・ポリティクスによっても十分にその意味を論じることができないのがこの劇テクストである。英国演劇史のある意味でブラインド・スポットとなっている戦時中の『お日様の輝く間に』を取り上げることは、その位置づけの困難さをあらためて歴史的に吟味することにより、戦後英国演劇の制度的編制を批判的に検討するのに絶好の機会となろう。

WHILE THE SUN SHINES
19th February – 8th March 1980
by Terence Rattigan

『お日様の輝く間に』1980年2月19日から3月8日まで、英国のローカルなサリー州ファーンハム、(マイケル・レッドグレイヴの名前にちなんで命名された) レッドグレイヴ劇場にて上演

　『お日様の輝く間に』は、一見、英国国内の1組の男女の恋愛・結婚を描くよくできたロマンティック・コメディもののようにみえるが、実は、公爵令嬢をめぐる英米両国の男同士の絆や対立をばかばかしくも軽やかな笑いを誘う場面をふんだんにフィーチャーしているところにその芝居のツボがあり、必ずしも男女の異性愛を表象するところにその眼目はない。ハーペンデン伯爵と令嬢エリザベスの姿が、ロマンティック・コメディの祝祭的世界を象徴するはずの結婚式において表象されることはなく、新たな望ましき共同体が彼らのまわりに複数のカップルとともに出現することがない。そもそも、この英国伯爵は、公爵令嬢エリザベス・ランダルとの結婚を翌日に控えながら、メイベルという性道徳の点でいささか問題なしとしないタイピストとつきあい続けていて、その非英国的でコスモポリタンなモダンガールとのつきあいもロマンティックに熱烈なものというよりは気楽なお遊びといった趣で、終始、上演され続ける。この英国男は、そもそも女性身体への性的欲望を十分に持っているのかきわめて曖昧に性格造形されており、婚約・結婚相手のエリザベスへの関係もそこに実質的な異性愛が存在しているのか疑問

が残らざるをえない。

　『お日様の輝く間に』のこのような笑劇としての特徴を踏まえたうえで、主人公だけでなく、このテクストの基本構造、すなわち、主人公／プロット／テーマを確認してみよう。主人公は、階級的没落という運命への不安を抱える英国貴族にして「無能な水兵」(Rattigan *While the Sun Shines* 188) こと、ハーペンデンである。この伯爵家はもともとは「田舎に広大な地所 (large country estates)」(Rattigan *While the Sun Shines* 185) と大勢の使用人を抱えた伝統的な貴族だった。現在その地所は病院と空軍に接収されているが、同じ貴族階級でもスコットランドのインヴァネスに所有する地所を基盤としていたエリザベスの父親エア・スターリング公爵とは違い、200万ポンドはあるというかなりの値打ちのある、メトロポリス、ロンドンの不動産からの地代によって、未だにそのライフスタイルが維持されている (Rattigan *While the Sun Shines* 185-86)。とはいえ、インヴァネスの土地財産を軍に接収されるのと交換に陸軍省の大佐の職をあてがわれたエア・スターリング公爵とある意味では同じように、「無能」にもかかわらず海軍省に所属するハーペンデンは、いずれ近い将来には、週1ポンドの社会保障と交換に何百万という財産も没収され、士官に昇進するどころかただの水兵 ("a simple sailor") あるいはハーペンデン2等水夫 ("Ordinary Seamen Harpenden") に落ちぶれる不安を抱えている。とするなら、株や債券あるいは競馬やダイスといった賭けごとと変わらない投機、すなわち、金融資本の取り引きの場合とは違って、2つの貴族階級という英国内の境界線内部で取り行われる婚姻と土地資本の移動・継承は、どのようにその階級的特権の保存を約束することができるというのだろうか。ちなみに、『ブライズヘッドふたたび (*Brideshead Revisited*)』(1981) において同様に軍に接収されたカントリーハウスは、新たなイングランドへ移行してしまった旧大英帝国の過去をノスタルジックに表象することでしか、抵抗を試みるしかないヘリテージ映像文化として機能している可能性がある。その意味では、そうしたヘリテージ映画の要素が不在のナショナルな文化テクストとして解釈された

場合の『お日様の輝く間に』は、ほとんど、そうした保存のイデオロギー的意味を保持していないのではないだろうか。

　こうした不運な主人公の設定には、第2次大戦、そして身近な未来に迫った戦後の英国社会において、階級構造はすっかり変わってきており、貴族階級はその権利を2度と戻らぬまでに奪い去られ「没落の運命にある斜陽階級（a doomed class）」（Rattigan *While the Sun Shines* 228）という歴史的診断が前提とされているようであり、ハーペンデン自身も、その不安をはっきり察知しているのはたしかだ。

　　　コルバート　：戦後の世の中では……
　　　ハーペンデン：もう、これ以上ぼくが破滅する運命にあるというのはよしてくれ、気が滅入ってきたよ。たしかに、そうなったらぼくはウィリアム・ベヴァリッジ卿から週1ポンドの社会保障をもらえるんだろうね？（カーテンの後ろに姿を消し、すぐにまたあらわれ、希望に満ちた風で。）サーチライトが急に光りはじめた。たぶんサイレンもすぐ鳴り始めるぞ。　　　（Rattigan *While the Sun Shines* 237）

現在進行中のヨーロッパの命運や覇権をかけたドイツとの戦いに勝利しようが、戦後出現することになる米ソの冷戦構造およびそのイデオロギー対立に組み込まれた労働党政権下の英国福祉社会においては、ハーペンデンの属する特権的な階級は、「運命づけられた男（a doomed man）」（Rattigan *While the Sun Shines* 256）としてもはやサヴァイヴァルすることができず、「消滅（Extinction）」（Rattigan *While the Sun Shines* 256）することになる。さまざまなキャラクター達の台詞にちりばめられた社会主義への言及──ベヴァリッジの社会保障（Rattigan *While the Sun Shines* 237）や労働党政治家アーネスト・ベヴィン（Rattigan *While the Sun Shines* 249）──も、このような歴史的サブテクストにおいてこそその意味を含意していたのでは

ないだろうか。しかしながら、笑劇という形式を取ったこのテクストにおけるラティガンの欲望は、こうした歴史現実の認識とはまったく一致しているというわけではなく、そのことはタイトルを見れば一目瞭然だ。

『お日様の輝く間に』の原題（*While the Sun Shines*）が示唆する「好機を逃すな」という意味は、なによりもまず、このテクストのレトリックが政治的な教訓であることを主要なメッセージとして発信している。『お日様の輝く間に』は、結婚をめぐる単なる笑劇や茶番劇ではないし、戦時中の英国貴族階級の生活を題材とした社会評論でもないし、あまつさえ公式の政治外交プロパガンダなどではない。ラティガンが自らの階級的特権をめぐる経験的歴史の後戻りできない仮借なき現実を正面から見据えているとしても、そうすることによって、このテクストは仮借なき現実をなんとかユートピア的な欲望によって変形し、そうした没落という運命や現実がもはや修復不可能でもなければ決定的でもないような新たな空間を切り開くべく、さまざまなナショナルおよびグローバルな地政学的関係とそれを踏まえたサヴァイヴァル戦略を、観客に向けて、発信しようとしているのだ。戦後のソ連や社会主義・福祉政策が英国貴族の財産・土地資本に対しておよぼす脅威を前にして、サマセット・モームの芝居やアガサ・クリスティの推理小説で繰り返されたような、伝統的英国の爵位・称号と新興米国のマネー・経済力の結婚すなわち女の交換を媒介にした結合という先行する戦略を踏まえながらも、ラティガンはさらにどのようなユートピア空間を新たに切り開こうとしているのであろうか。そうした欲望と英国国内という境界線を超えたグローバルなテクストとしての『お日様の輝く間に』との関係は、どのように捉えたらよいのだろうか。そのためには、基本構造をなす次の要素、すなわち、プロットの構造に目を向けなければならない。

『お日様の輝く間に』のプロットは、ハーペンデン伯爵が、第2次大戦中のロンドンのクラブで偶然出会った爵位も財産もないが米国陸軍航空隊の有能な爆撃手であるマルヴェイニー中尉と友情の絆を結び、その後、勘違いからエリザベスをめぐり中尉と一時的にライヴァル関係になるが、その関係が

契機となってダイスの賭けの賞品となった公爵令嬢と結婚することになり、最後は、米国人中尉マルヴェイニーと和解し絆を結び直す物語だ。互いに国籍や文化の差異を超えてジョーとボビーと呼び合う 2 人の男性の友情の絆は「英米両国のより親密な友好関係のためのすばらしい意思表示」(Rattigan *While the Sun Shines* 208) としてマルヴェイニー中尉がハーペンデン伯爵のベストマンを務めることを期待されるまでに進展する。テーマは、公爵令嬢エリザベスをめぐって表象される英国貴族ハーペンデン伯爵と米国軍人マルヴェイニー中尉の友愛関係であり、これが、テクストの主題構造を規定する二項対立ということになるだろうか。

　ただし、もしもこのテクストの物語を英米両国の男同士の絆を何の矛盾もなく言祝ぐものと考えると、劇はいささか奇妙なかたちで結末を迎える。男性同士の友愛といっても、マルヴェイリー中尉と伯爵との絆が明確なかたちで強調されることがないからだ。たとえば、モームの芝居でも、爵位とマネーの問題を異性愛結婚のウェルメイド・プレイによって解決する『おえら方 (*Our Betters*)』(1917) ではなく、むしろ、その女嫌いがより顕著に示された例である『故国と美女 (*Home and Beauty*)』(1919) の結末と比べてみれば、あきらかに、違っている[3]。ラティガンの場合、三角関係（より複雑な四角関係？）から解放された 2 人の男性が和解を祝ってシャンパンで乾杯するようなモームのより明示的なホモソーシャルな絆のイメージは、見当たらない。異性愛ではなくホモソーシャルな結びつきが言祝がれているというように、セクシュアリティの観点からこのテクストを解釈するだけでは十分とはいえないのは、明らかだ。かわりに、『お日様の輝く間に』を解釈するために、まずは、英米両国の関係を中心とした地政学ならびに歴史状況の設定に目を向けなければならないのではないだろうか。

　1940 年ウィンストン・チャーチルの挙国一致内閣の成立と時を同じくして始まったドイツによる対仏攻撃は、ヨーロッパの戦況を大きく変えることとなった。フランスのドイツへの屈服を防ぐために英仏連邦をつくるというチャーチルの提案は受け入れられず、パリはドイツ軍に無血占領されフラン

スは降伏し、ドイツと休戦協定を結ぶが、このときあくまで対独抗戦を唱えたのがド・ゴール将軍で、彼はロンドンに亡命しイギリス支援のもと自由フランス政府を結成した。このような1940年代の歴史的状況はテクストのどのようなイメージに結びついているだろうか。劇テクストに登場するフランス人コルバート中尉はドイツに抵抗を続ける自由フランス軍の将校だ。ただし、ヨーロッパ大陸においてドイツに占領されたのはフランスだけではない。またロンドンに亡命しイギリス支援のもとドイツに抵抗するよう祖国に呼びかけたのもフランスだけではなかった。こうしたなかイギリスは、孤立した状態でドイツと戦わざるをえない状況に陥っており、そのような交戦はイギリスにきわめて多大な負担を強いることになった。そのような状況下で、イギリスが支援を期待したのが、米国であった。

　劇の冒頭で、ハーペンデン伯爵が従僕のホートンに向かって朝食の内容を尋ねる場面があるのだが、そこにはいささか英国のイメージとは結びつかない奇妙な食材が登場する。

>　　ホートン　　　：<u>スパム</u>がございます。
>　　ハーペンデン：いや、<u>スパム</u>はやたらに使うな。夜遅くサンドウィッチ
>　　　　　　　　　を作る時にあれはたいへん重宝するんだ。ソーセージは
>　　　　　　　　　どうしたんだ。
>　　ホートン　　　：はい、ございますが
>　　ハーペンデン：それで間に合うだろう。
>　　ホートン　　　：お茶でございますね、コーヒーではございませんね、旦
>　　　　　　　　　那様？　（Rattigan *While the Sun Shines* 175 下線筆者）

「イギリスで美味しい食事を取るならば3食朝食を食べるべき」とは、モームの言葉だが、そのように充実したイングリッシュ・ブレックファストのイメージはここには見当たらない。その名残はせいぜいソーセージとお茶に探すしかないようだ。またきわめて英国的なサンドイッチのイメージといえば

胡瓜をはさんだそれが浮かぶものだが、この夜食のサンドイッチに重宝するスパムは、どこか英国的なイメージからずれているようだ。ここに登場するスパムは Spam（=Hormel Spiced Ham）のことで、米国、ミネソタ州のホーメル社製の豚肉のランチョンミートの缶詰なのだが、この缶詰への言及は、いったいどのように解釈したらよいのだろうか。

　　　　　　　　　　　　　　1941 年米国の公式参戦に先駆けて成立したレンドリース法により、米国はイギリス領内諸島を基地借用することへの見返りとして 50 隻の駆逐艦さらに武器貸与をはじめとして、軍需品・武器・食料の供給をはじめた。このレンドリース法成立後、アメリカ政府は国内の精肉業者に対して輸出用の缶詰の肉の増産を要請した。これを受けてホーメル社は第 2 次大戦時の救援物資

スパム：米国ミネソタ州、ホーメル社製ランチョンミートの缶詰

としてスパムやほかの缶詰肉の生産を促進した（Atkin 193-94）[5]。200 万ポンドの不動産収入があるにもかかわらず伝統的な朝食のスタイルをも保つこともできなくなった主人公のハーペンデン伯爵に具現された当時の英国の苦境は、すなわち、スパムをソーセージよりも貴重なものとして珍重する場面には、米国ホーメル社の商品に代表される救援物資の重要性が示されているとみなせるのではないか[6]。

　さらに、レンドリース法への言及は、いささか奇妙なかたちではあるが、ハーペンデン伯爵が海軍本部に行く間 1 人残されるマルヴェイニー中尉のために、空軍にタイピストとして勤めるメイベルにお相手をさせるために呼び寄せる場面にもあらわれる。礼を述べる中尉に対して伯爵は以下のような返答をする――「いいんだ、ちょっとした相互武器貸与（lease-lend）だと思ってくれればいいんだ」（Rattigan *While the Sun Shines* 184）。逆の語順で「リース・レンド」となってはいるがレンドリース法への言及であることは

明らかだ[7]。

　またあらためて、2人の男性キャラクターに表象される英米関係に注目してみるなら、ヨーロッパ戦線において苦境に立つ英国のアメリカからの援助への期待・評価が示されているといえそうだ。イギリス人貴族のハーペンデン伯爵は、貴族の爵位はあるが、将校の地位はない、言い換えれば、海軍にはいって3年になるが、士官になる面接を年中行事のように受けても昇進できない、「きわめて無能な水兵（an extremely incompetent sailor）」（Rattigan *While the Sun Shines* 188 下線筆者）として表象されている。それに対して、アメリカ人陸軍の航空隊に所属するマルヴェイニー中尉は主力爆撃機B17を操縦する非常に優秀な爆撃手として示される。さらに、ハーペンデン伯爵の勝手な思い込みで、ブレーメン空爆で活躍をした軍人としても示される[8]。そもそも英国内にアメリカ軍の将校クラブがあり、ロンドンのナイトクラブで泥酔し故郷の恋人の名を呼ぶアメリカ人軍人が登場するという設定は、英国国内におけるアメリカ軍の存在を示していたともいえる[9]。

　たしかに、こうした英米の協力関係が強調されることと1941年にウィンストン・チャーチル英首相とアメリカのフランクリン・D・ローズヴェルト米大統領が発表した「大西洋憲章」は連合国側の戦争目的表明として意味をもつことになり、実際にアメリカが参戦するやチャーチルが連合国側の勝利を確信し安堵したという歴史背景を結びつけてみたくなるかもしれない。しかしながら、英米両国の関係性あるいはその「特別な関係」はそう単純なものとして解釈することはできない。

　第1次大戦後国際協調を謳い国際連盟を提唱したのは当時のアメリカ大統領ウィルソンであったが、にも関わらずアメリカ上院のモンロー主義者らの反対にあって国際連盟はアメリカ不在のまま出発することになった、ということをここで思い出していいかもしれない。このようなモンロー主義すなわちヨーロッパに対して示す相互不可侵という概念は第2次大戦当時にも存在していたようだ。アメリカ合衆国では、アメリカの国民の大半は孤立主義者でヨーロッパ諸国とりわけイギリスに対する反感をもっており、イギリ

スとの緊密な関係に対して懐疑的であった。また、それを先導する議員や新聞メディアの存在も無視できないという状況であり、外国政府発信のような公式なプロパガンダは効果がないとされていた。このような状況下で求められたのは、アメリカ人の間にイギリス人に対する共感を呼び起こすことだったようだ。その手段として、非公式なプロパガンダ、たとえば、映画・小説・逸話などを用いて、誤解や無知によって誤り伝えられているイギリス人のイメージをアメリカ国民にとって有益な存在というイメージに修正し、両国民は互いに外国人ではない、すなわち、両国は伝統・文化や価値観といった文化遺産を共有していることを広く伝えることが提案された[10]。こうした試みは、文学テクスト、雑誌、研究論文を通じて行われることになったが、なかでも最大の原動力となったのが映画メディアであったようだ。そしてその媒介者として関わったのは、モーム、J・B・プリーストリーやグレアム・グリーンのような、政府から独立しているように活動するイギリスの作家たちだった。こうした作家たちは、英米の関係が特別であるとさまざまなメディアを通して発信したらしい。

　このようなコンテクストで見直してみれば、この劇テクストでことさらに英米の協力関係が強調されることはどのように考えることができるのだろうか。こうした協力関係は必ずしも実在していなかった、それだからこそ、前述のアメリカ市場に向けてさまざまなかたちで執筆活動をしているイギリス人作家のように、非公式のプロパガンダの形式を借用したとみなすことも可能であろう。実のところ、ラティガンは、何よりもそのようなプロパガンダ政策と活動の中で最大の原動力となった映画の脚本家として、英国空軍や情報省のサポートを得た映画にも関わっていたことを忘れるわけにはいかない[11]。

　たしかに、ハーペンデン伯爵とマルヴェイニー中尉の親密な関係は、三角関係においても恋敵の方を優先したり、また、横恋慕された相手との間にもフェアプレイを主張することから、ハーペンデンとエリザベスの関係よりも重要な機能をこのテクストにおいて担っており、英国国内のつながりよりも

英米の協力関係が強調されている。しかしながら、「君を娼婦と間違えた」「好色なアメリカ人」(Rattigan *While the Sun Shines* 227)といったように、アメリカ人を否定する欲望も、英国女性エリザベスに対する女嫌いのイメージに媒介されてあらわになる場面が、たしかに存在している。「［アメリカに打ち負かされたことなど］誰が認めるものか」(Rattigan *While the Sun Shines* 236)という言及に、英米の協力関係は必ずしもまったく問題なく存在していたわけではなかった現実の痕跡を見出せるかもしれない。

　こうした英米の友好関係が孕む矛盾があるからこそ、それを解決する試みがなされなければならず、主人公たちの結婚をもたらすまさにそのために、ハーペンデンとマルヴェイニーの関係が前景化されなければならない。端的に言えば、マルヴェイニーが、メイベルだと思い込んだハーペンデンの婚約者エリザベスに、ウィスキーをかなり強引に勧めながら「英米両国の友好関係のために！」(Rattigan *While the Sun Shines* 203)と杯を掲げ、エリザベスの空軍の軍服に気づくと「英国空軍の名誉のために」(Rattigan *While the Sun Shines* 203)、さらには、「英米の友好関係がさらに一層親密になるように乾杯」(Rattigan *While the Sun Shines* 204)と繰り返し杯を掲げ、その度にエリザベスにも唱和させる場面がある。この勘違いの場面でエリザベスはマルヴェイニーに一旦は魅かれハーペンデンとの婚約を解消することになり、英国貴族ハーペンデン伯爵と米国軍人マルヴェイニー中尉がエリザベスをめぐるという三角関係が生まれることにはなるが[12]、そもそも、勘違いからとはいえ一旦はアメリカ人マルヴェイニーに惹かれて婚約破棄するものの、エリザベスが最終的にはハーペンデンと結婚することを選択したと告げるときに、マルヴェイニーに対して説いたのは英米関係の悪化を避けるということであった。

　　　エリザベス　　：あなただって英米関係を、悪化させたくはないでしょう、今さら。
　　　〈中略〉

マルヴェイニー　：ボビーは僕に感謝すると思うかい？
エリザベス　　：ええ、感謝すべきだわ。もちろん感謝すべきだわ。あなたは仲違いした2人の仲を元通りにしたカワイイ外国人だったんですもの。
マルヴェイニー　：そのカワイイ外国人が現れたとき2人は仲違いなどしていなかったこと、忘れてるよ。
エリザベス　　：いいえ、仲違いしていたのよ……ある意味ではね。
（Rattigan *While the Sun Shines* 243）

　さまざまな誤解や勘違いを経ながらも、ハーペンデンによって「国家的に重要な任務」（Rattigan *While the Sun Shines* 177）とみなされた結婚が実現し[13]、ここに示された英国国内におけるコンセンサスの成立が同時に英米同盟の比喩的イメージあるいはフィギュールを予示するとみなすことができるだろうか。

　英米関係の表象による『お日様の輝く間に』解釈をこのように締め括る前に、もうひとつ、このテクスト全体のフレームとなる台詞に注目して、ラティガン解釈のポイントを提示しておく必要があるかもしれない。主人公ハーペンデンと義父となるエア・スターリング公爵——陸軍省でポーランドの連絡将校を務めるエリザベスの父——のほかに、花婿のベストマン役をめぐって新たな対立を引き起こしつつも和やかにゲームに興ずるマルヴェイニー中尉というアメリカ人と自由フランス軍のコルバート中尉が最後に登場し、これら4人の男性キャラクターが、女性フィギュア不在のまま、舞台上で勢ぞろいして幕となる。そして、この芝居を締め括るのが、国際政治上の同盟関係のイメージを口にする公爵の台詞——「英仏協商のために（for the sake of Entente Cordiale）」（Rattigan *While the Sun Shines* 260）[14]——なのだ。そこには異性愛や同性愛といった解釈レヴェル、さらには、英米関係による政治的解釈レヴェルを超えたどのような意味があるのだろうか。また、マルヴェイニーとコルバートの2人は、婚約者に対する愛情表現に不熱心な主

人公をよそに、エリザベスに熱烈な求愛を、それぞれのナショナリティとその恋愛スタイルに応じて、米国的な一本気であるいは仏国的な官能性で、示していた。とはいえ、英米ではなく米仏の男性間の絆をセクシュアリティの観点から解釈すればいい、ということにはならないだろう。このテクストの基本構造に加え、さまざまなかたちで反復される差異構造——1度目はエリザベスの求愛者のライヴァルとして、2度目はその結婚式のベストマン役のライヴァルとして——にも注意を払わなければならないことは、いまやことわる必要もないだろう。このようなテクストのレトリックの構造をも踏まえたうえで解釈するならどうなるか。ベストマン役をめぐるここでの対立は、プロット上では2次的なものではあるが、執拗に反復され続けた結果であること、このことの意味はこの劇テクスト全体の解釈においてはきわめて重要であると考えなければならない。

　言い換えれば、英国女性の身体をめぐるホモソーシャルなライヴァル関係は、実のところ、最初から英米の間で構築されたのではなかった。戦後冷戦期の共産主義国家ソ連を前提としたヨーロッパ国際政治の権力地図をにらんだ上で想像された米仏の間の対立がまず想定され、その上で、英国を具現するハーペンデンが、両国男性が具現する政治的対立の調停者としてあらわれる、と同時に、性的には2人の外国人男性の欲望の対象であったエリザベスと結ばれるというテクスト全体の構造こそが、解釈されなければならないだろう。そのように考えると、この劇を締め括る公爵の以下の台詞の重要性が、あらためて認識されなければならない。

公爵　　　　：君はどっちがいいんだ……フランスか？アメリカか？
ハーペンデン：どっちでも構いません。
公爵　　　　：よし、それじゃ君はアメリカの方につきたまえ、わしはフランスの方につく。
ハーペンデン：いいですとも。
公爵　　　　：500ポンドか？

ハーペンデン	：そう、500ポンドです。
公爵	：よし来た。（コルバートに）ムッシュー、わしは君に500ポンド賭けたのだぞ。
コルバート	：（フランス語で）なんです、ムッシュー？
公爵	：（フランス語で）わしは君に500ポンド賭けたのだ。だからしっかりやれ、英仏協商のためにな……

(Rattigan *While the Sun Shines* 260)

　どちらがベストマンを務めるかをめぐり、またもやダイスの賭がゲームとして反復され、米仏の対立に対して、英国男性2人がそれぞれ両国の側に立って500ポンド賭けることになる。ハーペンデンと公爵どちらがアメリカあるいはフランスにつくかは問題ではなく、英国というナショナリティを代表するフィギュアの分身である2人が、それぞれ大西洋をはさんで地政学的な同盟関係のネットワークを編制することが重要なのだ。「公爵：君はどっちがいいんだ……フランスか？アメリカか？／ハーペンデン：どっちでも構いません。／公爵：よし、それじゃ君はアメリカの方につきたまえ、わしはフランスの方につく」(Rattigan *While the Sun Shines* 260)。

　英米間の絆と同盟はハーペンデンによって担われる一方で、その補足として、英仏関係の構築のための役割を果たすのが主人公の義父ということなのだ。英国国内の諸階級・爵位の違いだけでなく、英、米、仏というナショナルな境界や文化的差異を超えて結ばれる男同士の絆が、このように特異なかたちで強調されているラティガンのテクストを、さらに、グローバルなメディア文化として解釈しなければならない。その場合には、ナショナルな社会あるいは共同体内部における女の交換とは区別される、メイベルというモダンガール・フィギュアが、ダイスの賭けあるいはゲームのように、ハーペンデンと公爵という男性2人の間を移動することにより、東ヨーロッパおよびアメリカと英国に跨るグローバルなネットワークを編制することに注目することになるだろう——最終的に、エリザベスに負わされた娼婦としての

顔をもつメイベルの運命は、ドメスティックな妻・母におさまることなく、公爵が投資する女性ファッションに革命を起こす企業「ジッピー・スナップス（Zippy Snaps）」(Rattigan *While the Sun Shines* 250) の重役となって、それと連動する金融資本とともに、さらに活動空間を拡大し運動し続ける。

3 演劇とプロパガンダの彼岸
―― グローバルなトランス・メディア空間におけるマッピングに向けて

　以上のように、本章は、イングリッシュネスの商品化されたイメージを軽妙かつフレキシブルな笑劇に仕立てた『お日様の輝く間に』というテクストを、第2次大戦期の矛盾を孕んだ英米関係を表象する、非公式の文化的プロパガンダとして、解釈してきた。一見男女の三角関係を描いた英国演劇の一例、商業的に成功した政治とは無縁の軽妙な笑劇のようにみえたものが、実は、その見かけの非政治的な商業性や商品価値によってまさに政治的なものである可能性が潜んでいたことに気づかざるをえない。前作『炎の滑走路』では英国空軍に入隊し砲兵隊員の任務についたラティガンが、その経験から産み出した、総力戦という戦時下における男女の三角関係を乗り越えた英米両国の男性間の友愛と対独との戦いという政治的な主題を描いたこのプロパガンダ作品がその後映画化もされ英国情報省からも貢献が評価されたことと、『お日様の輝く間に』という芝居が前例のないヒットを記録したことは (Darlow 164)、けして無関係でもなければ偶然でもなかったのかもしれない。芝居・映画いずれのテクストも、戦後英国の文学／演劇あるいは文化／プロパガンダといった二項対立からなるナショナルな空間を超えた、新たなメディア文化の全体性によって再評価されなければならない。ラティガンの演劇テクストとそのさまざまに再生産されたり螺旋的ネットワークに拡張するサブテクストを、グローバルなトランス・メディア空間において、位置づけ直し新たにマッピングすることを開始しよう。

Notes

1 「煌びやかな若者たち」世代とラティガンとの複雑な関係については、本書第2章が論じている。

2 さらにこの劇の初演時、『炎の滑走路』もアポロ座で上演中であった。Rusinko は、第2次大戦中に上演されヒットした3作品――『炎の滑走路』、『お日様の輝く間に』、『三色スミレ』を第2次大戦3部作と呼んでいる（Rusinko 47）。

3 モームのこの劇はアメリカでは *Too Many Husbands* というタイトルで上演され、日本でも『夫が多すぎて』というタイトルで流通しているようだ。

4 『お日様の輝く間に』にはポーランド人、チェコ人、ベルギー人、オランダ人、チェコ、ノルウェーへの言及が繰り返される。これらの国はすべて第2次大戦中にロンドンに亡命政府を置いた国である。

5 1941年、アメリカ合衆国が公式に参戦する以前にレンドリース法が議会を通り不当な侵略行為に対して抗戦するすべての国に援助をすることになり、食肉生産の迅速な拡大が推し進められた。政府は国内の精肉業者に対して、輸出用の缶詰の肉を、一週間に最初に400万、そして800万、さらには1500万生産するように要求した。ホーメル社はスパムやほかの国内外向けの缶詰肉の生産を促進した。一旦、合衆国が公式に参戦すると、合衆国内のすべての精肉業者は、生肉にかぎらず加工された食肉製品すべてを増産するようになった（Atkin 193-194）。

6 このようなイギリスの苦境は以下の1つの卵をめぐる「痛ましい」顛末を語る場面にもみられる。「ハーペンデン：ホートン、おばあさまにもらったもう1つの卵はどうしたんだい？／ホートン：それは旦那様……／ハーペンデン：2つあった、そうだったな。2つ送ってくれて、ぼくが昨日1つ食べたが、もう1つはどうしたんだ？／ホートン：私がその卵を冷蔵庫から取り出しまして、まさにフライパンのふちで割ろうとした矢先に……／ハーペンデン：やめてくれ、ホートン、あまりに痛ましい。そのことについてはもうこれ以上何も聞きたくない」（Rattigan *While the Sun Shines* 176-77）。

7 アメリカからではなくイギリスからの貸与、すなわちメイベルという「女性の身体」が一時的にアメリカに提供されることになることを示しているようだ。

8 ブレーメン、とりわけ、造船所などを有するその西部地区は、連合国空爆の目標とされた。

9 戦時中のロンドンにおけるアメリカ兵の文化史については、Reynolds および武

藤ほかをみよ。
10　第2次大戦中の英米の外交については Nicholas を参照。これは1941年から45年の間米国ワシントン駐在のイギリス大使館がロンドンの外務省に毎週送っていた政治報告書を集めたものであり、アンザイア・バーリンの序文がつけられている。その目的は英米関係の重要さに関わる諸問題についてアメリカ国内の態度や世論についての動向や情報を英国内外の政治家・官僚に流通させることにあった。また、真珠湾攻撃後にそれまでの対外諜報・宣伝局などの情報活動機関を統合した大統領直轄の戦時情報局（OWI）は、その宣伝・プロパガンダ活動に大いにハリウッド映画を利用したことや大戦中のアメリカの文化外交については Wilson、また、渡辺を参照のこと。

　　　このような英米間での文化遺産の共有についていえば、ハーペンデンが自分の留守の間マルヴェイニーに部屋を自由に使ってもらうのでその間世話をするように告げられた召使ホートンは、家にあるおそらく骨董品などの文化遺産の取り扱いについて心配をするのだが、ハーペンデンが、マルヴェイニーがそうした貴重な品の価値については本人以上に心得ているといったり（Rattigan *While the Sun Shines* 189）、マルヴェイニーがハーペンデンは読んだことのないバイロンの詩を引用したりするところ（Rattigan *While the Sun Shines* 180）にあらわれているようだ。
11　ラティガンは1930年代ワーナー・ブラザーズの英国テディントン・スタジオで映画脚本家として働いていた。
12　ひとりのイギリス人女性をめぐりイギリス男とアメリカ男とがなす三角関係は、本書第3章で取り上げた『炎の滑走路』でも主題化されている。
13　この英国国内の統合は、緊密な英米関係の成立には、不可欠なものと考えられていたようだ。ワシントン在住英国人大使館員の外交文書にみられるように、当時アメリカ議会において英米関係の親密さを推し進めることに懐疑的な反英グループが、その根拠として挙げていたのが、英国国内にドイツとの宥和政策を進めていたクリヴデン・セットのような親ドイツ派グループの存在であった。

> The division for and against does not follow party lines or the usual classifications of opinion although the arguments for and against are slanted by preconceived likes and dislikes. Former isolationists

express their anti-British bias in criticizing the British for not opening such a front and for waiting for the Americans. There has been some suggestion in left-wing circles that influential Americans and Britons of the "Cliveden" way of thought are holding back the project of a Second Front.... (Nicholas 68)

このような英国国内における分裂はアメリカ人の介入により修復できる、ということか。

14　英仏協商は1904年に結ばれた友好的な相互理解を意味する英仏間の外交文書で英仏間の帝国主義に基づく対立を解消したものであり、両国の関係が修復される契機となった条約である。第2次世界大戦中という歴史状況を考慮すれば、単純に英仏間の友好関係を問題にしたのではない、対独あるいは対ファシズムに向けた連合国の結束を表象しているとみなすことは、もちろん、できる。だが、このテクストの視線は戦後のグローバルな世界とその地政学を見越しているようである。

第 2 章

ラティガン『アフター・ザ・ダンス』と"Bright Young Things"の政治文化
──パラサイト、雇用、"the Exchange Telegraph"

1 若者文化と戦間期英国上流階級

　"Bright Young Things"と呼ばれる英国上流階級の若者文化が、かつて、存在した。従来の社会史あるいはカルチュラル・スタディーズの研究において主要な研究対象とされてきたのは、1960年代以降の労働者階級やその階級から分派したグループとしての若き男性たちの文化だったが、そうした対抗的あるいは反社会的な少年たちのものとは異なる、豪奢にして貴族的ともいえる若者のライフスタイルや文化様式があったことになる。すなわち、「煌びやかな若者たち」[1]。多国籍メディア企業が生産・配給・消費のプロセスをコントロールするなか、演劇のみならず詩や小説など文学・芸術の領域はかつてはそれと対比された映画その他のポピュラー・カルチャーとともに、さまざまなメディア空間の存在なしには考えられないのが、21世紀現代のグローバルな資本主義世界である。このような現在の視座からすれば、20世紀前半のメディアに「セレブ」として煌びやかに取り上げられた若者文化の重要性はますます増大している、といえるかもしれない。若者文化（あるいは子どもの文化表象）のもうひとつの源流・「起源」としての"Bright

Young Things"の文化を、さまざまな階級の関係性、あるいは、労働や雇用の問題から論じる必要がある。

　"Bright Young Things"というグループあるいは階級分派した集団は、メディア文化の表象と密接にかかわっている。1920年代、大衆メディアとしての新聞が世間をにぎわし、多くのセンセーショナルな事件が大衆紙に取り上げられたなか、1924年『デイリー・メイル』紙の紙面を、ロンドンでリアルタイムに起こっている誘惑的な事象すなわち新たな若者文化が飾ることになる。"Bright Young Things"の登場だ。英国上流階級の子女たちを中心とする若者文化の存在に目をつけそれをさらにプロモートした『デイリー・メイル』紙の所有者ノースクリフ卿は、「もっと新聞に人名を入れろ、貴族のものであればあるほどいい、連中のいるところにはニュースがあるからな」と社員教育したという。「だれでも自分たちよりも良い環境に暮らす人びとについての記事を読みたいんだ……少なくとも年収1000ポンドの者を念頭に置くように」と（Graves and Hodge 60）。

　ここで少しこの戦間期英国の若者文化について、その概略を再確認しておいてもいいかもしれない。D・J・テイラーの近年の文化史的研究によれば、"Bright Young Things"は、イギリス史における最も特異な若者文化のひとつということになっている。貴族の子女を中心とする上流階級の若者たちのグループは、手の込んだ仮装パーティを催したり、「宝」探しのため夜のロンドン中を走り回ったり、大量な飲酒、麻薬などを「嗜んだり」し、1920年代の新聞・雑誌のゴシップ欄を賑わした。そうした自由奔放な若い貴族たちや社交界の子女たちをタブロイド紙が"Bright Young Things"あるいはBright Young Peopleというニックネームを授けたのが、そのはじまりだ[2]。

> Like many a youth movement they began unobtrusively, found themselves seized upon by a grateful media and were rapidly converted into a stylised and decadent version of their original

第 2 章　ラティガン『アフター・ザ・ダンス』と "Bright Young Things" の政治文化

form. <u>Their great days were over by 1929</u>: thereafter the stunts tended to be stage-managed, the entertainments pallid imitations of what had gone before, the territory colonised by younger acolytes. Again, like many another youth movement, the Bright Young People carried with them the cause of their future destruction. Starting out in search of an environment where a few like-minded friends could enjoy each other's company, they – or their descendants–ended up in the pursuit of spectacle for its own sake. Degeneration was inevitable, as were the casualties that followed in its wake.（D. J. Taylor 283　下線筆者）

ただし、こうした若者文化も 20 年代末以降の時代になると衰退する。30 年代になってファシズムや共産主義の両極端に走るあるいは英国を飛び出してイタリアなど国外に向かうものもおり、そこでまた文化の移動もあったようだ。その例をひとり挙げれば、ブライアン・ハワードは、結局のところまとまった著作や出版物が達成されることなく終わった。むしろそのそばにいて

"Bright Young Things" の代表的なパーティ
The Bath and Bottle Party

ハワードやハロルド・アクトンのような人たちのライフスタイルを素材にして文学者として成り上がりのサクセス・ストーリーを実現したのがイーヴリン・ウォーだったりする[3]。

さて、テレンス・ラティガンの『アフター・ザ・ダンス (*After the Dance*)』(1939) は、まさに "Bright Young Things" を分析した劇テクストということになっている。ラティガンは28歳の時に『アフター・ザ・ダンス』を書いたわけだが、そのグループの真正なメンバーになるには若すぎた。あるいは、その「若さ」に孕まれた世代や階級の微妙な差異が単純な同一化も単純な否定も満足できないような——1980年代以降のノスタルジアやヘリテージ文化によって復活・再発明されたようなイーヴリン・ウォーとはべつのかたちで——文化的・政治的な反応を引き起こした[4]。たとえば、D. J. テイラーも以下のように述べている。

> [『アフター・ザ・ダンス』]は、the Bright Young People に対する単純で直截な攻撃（an attack on the inanities）というよりは、むしろ、そうした予想される攻撃を前もって受け止めながら発せられたより巧妙な告別の辞の一例（one of the subtler valedictions）と解釈されるべきだ。(D. J. Taylor 248)

その文化的アイデンティティあるいは帰属がどのように規定されるかはひとまずおいて、ともかくも伝記的には、ラティガン本人は、1920年代終盤の新聞紙面を飾った煌びやかな社交界の記事を記憶しているくらいの年齢ではあったわけだ。結果として、この芝居は "Bright Young Things" という集団的な文化現象を、その決定的な評価や解釈はかなり微妙なものではあるにしても、ある種の共感と距離感をともないながら、惜しみなく事細かに分析したものであることはたしかなようだ。

『アフター・ザ・ダンス』は、1939年6月21日ロンドンのセント・ジェイムズ劇場で初演された時には高く評価されたものの第2次世界大戦開戦

第 2 章　ラティガン『アフター・ザ・ダンス』と"Bright Young Things"の政治文化

によって上演打ち切りとなり、『戯曲選集（*The Collected Plays of Terence Rattigan*）』(1953) にも所収されることなく「忘れ去られた」あるいは「失われた」。この戯曲は、同じく英国の文学・演劇研究においては十分にその意味が問われずハイ・カルチャー／ポピュラー・カルチャーいずれにも居場所を見つけることなくいわばそのエアポケットに置き去りになってきた"Bright Young Things"という若者文化との関係において、さらにあらためて問い直すことが、現在、求められているのではないか。その際に試みるべきは、もちろん、狭義の文学研究や演劇史の書き換えというよりは、より広い文化空間についての問いを立てること、すなわち、ラティガンの演劇文化とナショナルなポピュラー・カルチャーの関係をグローバルに再検討することである。本章は、ラティガンと戦間期英国上流階級の子女たちが担った若者文化とのいささか込み入った関係性についてメディア表象を手がかりに読み直し、ラティガンと"Bright Young Things"の政治文化について再考してみたい。言い換えれば、本章が主張するのは、ラティガンが『アフター・ザ・ダンス』において表象する"Bright Young Things"の政治文化は、グローバルな金融資本の比喩形象である英国メディア文化に支えられたリベラリズムによって、解釈されるべきである、ということになろう。

2　劇テクスト『アフター・ザ・ダンス』の基本構造

　この劇テクストが主題化するのが"Bright Young Things"にほかならないことは、タイトルの意味を考えればあきらかかもしれない。「ザ・ダンス (the dance)」は 1920 年代のパーティや享楽に明け暮れた若者文化を意味している。また、「あとで (after)」は、そのメディア現象でもあった貴族的若者文化が、1939 年 9 月 3 日の対ドイツ宣戦布告による第 2 次大戦勃発を間近に控えた時代には、完全に終焉したことをあらわしている、ようにもみえる。そして、それは"Bright Young Things"に代わるより大衆的でポピュラーな国民文化が同じメディア文化の空間に出現していたことを複雑な

欲望と不安を抱いていた作者ラティガンがあらためて確認・認証する契機となった、のかもしれない。とはいえそうした解釈の決着をつける前に、まずは、『アフター・ザ・ダンス』の基本構造を確認しておくことが必要だろう。主人公は、デイヴィッド・スコット＝ファウラーという中年期の「若者」、潤沢な資産を有しロンドンの高級住宅地メイフェアの瀟洒なフラットで、侍従ウィリアムに傅かれ、妻ジョアンそして2人の共通の友人で同居人のジョンとともに、いまだに酒浸りのパーティ三昧の生活を送りながら、これも同居している甥のピーターに口述筆記をさせながらナポリ王ボンバの伝記を執筆中ということになっている有閑階級の38歳英国男性だ[5]。プロットは以下の通り。主人公デイヴィッドは、甥ピーターの婚約者でありながらも自分に恋心を抱き（果敢にも？大胆不敵に？）その退廃的な生活をあらためさせようとする若いヘレンと恋におち、ピーターの家出や妻の死にもかかわらず、ヘレンと再婚しようとするが、最後には、ジョアンの死後ロンドンを離れ就職するためにマンチェスターに旅立つ親友ジョンのアドヴァイスに従い、ヘレンをピーターに返還し、自らは旅に出ようと荷造りを命じながらも酒を飲み続けるという物語だ。テーマにおける二項対立は、デイヴィッドをめぐる妻ジョアンと若い娘ヘレンの対立。このような基本構造のほかに、夫と若い女との関係にショックを受けた妻ジョアンが死ぬこと、また、ヘレンをめぐる甥ピーターと主人公デイヴィッドの対立において結局ヘレンをピーターに返還するということ、これらのことから、かつて実際に若者だったデイヴィッド夫妻の階級・グループではなく、その旧若者世代のパーティ文化を批判し新たなライフスタイルや政治文化を具現する若いグループが肯定されていることになろう。

　『アフター・ザ・ダンス』の基本構造の意味は、表面的には、世代の対立、時代の変化ということで読み解くことができるようだ。たしかに、冒頭において、世代間の対立が明確に提示されている。第1幕において、とりあえず資産に恵まれた主人公デイヴィッドに依存する寄生者＝パラサイトとして、働かずに酒とパーティの文化にどっぷり浸った生活を送ることが可能

第 2 章　ラティガン『アフター・ザ・ダンス』と"Bright Young Things"の政治文化

な社会的ポジションに幸運にも居続けることができると思っている友人ジョンと、オクスフォード大を卒業したてで野心にあふれながらも働き口がみつからない現状にいら立ちを覚えパラサイトなど受け入れたいとする甥ピーターとの間には、少なからざる断絶が存在している。前夜のパーティのあとの二日酔いにもかかわらずデイヴィッドに名目上の賃金を受け取る仕事として与えられている口述筆記を「真面目に」やっているピーターを揶揄するジョンに向かって、「ちゃんとした仕事もしないで週5ポンドを受け取るなんてイヤですよ。……だって、毎日の生活をするためには誰だってちゃんと働くべきものだと僕は思っているんですからね」(Rattigan *After the Dance* 4-5)。生産や労働への意欲がありながら雇用を得ることがかなわない若い世代の失業状況が、毎日を紛らわす一見煌びやかなパーティと消費文化を享受する階級の代表であるデイヴィッドやジョンたちと対立している。ピーターと同じ新たな世代を代表する恋人ヘレンは、公然と、旧若者世代の問題が「お金がありすぎること」(Rattigan *After the Dance* 17)であり、それ故働く機会が与えられなかったことを「救いようのないほど愚かだ（pathetic）」(Rattigan *After the Dance* 17 下線筆者)、とみなす始末である。

　若者文化を中年期に差し掛かっても継続しようとする「愚かな」ジョンの立場からするなら、以下の場面に示されるように、ピーターたちの若者世代が生真面目なのが我慢ならず、その文化様式あるいはライフスタイルが自分たちの若いときにはけしてなかったような「退屈な」ものになってしまっていることに抵抗せざるをえない。

> JOAN. There's nothing wrong with <u>his generation</u>. They're just <u>serious-minded</u>, that's all. I think it's very nice.
> JOHN. You don't think anything of the sort. You think they're <u>bores</u>, and so do I. Whatever people may have said about us <u>when we were young</u>, they could <u>never</u> have said <u>we were bores</u>.　　　(Rattigan *After the Dance* 8　下線筆者)

41

ジョンに対して、デイヴィッドの妻ジョアンは、一応、真面目なことは別に悪いことじゃないと、ピーターたちの立場を擁護している。ただし、その上っ面だけの彼女の言葉は、"Bright Young Things" の中身のない軽薄さと愚鈍さを暴露してはいても、けして2つの世代を媒介し結びつけることに成功することはない。

『アフター・ザ・ダンス』における世代間の対立と新たな世代によって否定される旧若者世代の文化という論点は、より明示的なかたちでは、劇テクストの基本構造というよりは、ところどころに断片的に織り込まれた歴史的・社会的言及・隠喩に探ることができるかもしれない。メイフェアのデイヴィッドとジョアン夫妻のフラットに、同じ享楽的で愚かな若者文化を共有し続けている旧友ジュリア・ブラウンがあらわれるが、彼女とたまたま遭遇したヘレンの兄ジョージ（職業については医者の卵という設定）は、話に聞いたり読んだりはしていたが実際に「ジュリアやその一味（gang）」(Rattigan *After the Dance* 17) を目にしてみるとより一層その非現実性を感じてしまう。この非現実性がよってきたるところは、ジュリアやそのあとに登場するモィヤ・レキシントンというパーティ好きで麻薬中毒のキャラクターのモデル、ブレンダ・ディーン＝ポールという当時のモダンガールにある。ブレンダは、その大衆メディアでのステレオタイプと化した言説・イメージにおいては、米国のクララ・ボウに比すことも可能な英国版イット・ガールとして "Bright Young Things" の文化の外郭を彩る麻薬・酒・セックスと結び付けられ、また、マイケル・アーレン『緑の帽子（*The Green Hat*）』(1924) のヒロイン、アイリス・ストーム（映画版ではグレタ・ガルボが演じた）と重ねあわされた。

3　世代間の対立、あるいは、"Bright Young Things" の政治文化？

『アフター・ザ・ダンス』の基本構造とその表面的な意味をおさえた上で、さてあらためて注意すべきは、大英帝国とイングリッシュネスの国民文化を

第 2 章　ラティガン『アフター・ザ・ダンス』と "Bright Young Things" の政治文化

人種退化によって脅かす道徳的不適格者として保守派を任じる大人たちからは眉をひそめられ非難の対象となった "Bright Young Things" という若者文化が、そして、ラティガンの劇テクストの基本構造においては否定される愚かで無責任な若者性・幼児性が、少なくとも、ジュリアというマイナーなキャラクターにおいては、そうした時代や社会の趨勢あるいは支配的雰囲気にもかかわらず、ノスタルジアの対象になっていることだ。つまり、この断片的な部分をあえて特権化して取り上げるなら、英国上流階級に出自をもつ子どもっぽく無責任な文化の価値は、否定されているどころか密かに肯定される可能性を秘めていることになる。日々のパーティとその消費文化が、けして過去の消え去った煌びやかなモダニティの時間性というものではなく現在の時間においても保持すべきライフスタイルとして、欲望されている、ということだ。端的にいえば、ラティガンは、主人公夫妻の旧友を中年になって過去の若者文化をノスタルジックな商品イメージとして仲介するブローカーにしたてている、ということになろうか（D. J. Taylor 247）。

と同時に、主人公デイヴィッドと若い世代のヘレンとの不倫あるいは既存の退廃的生活に代わる新たな道徳的な恋愛・結婚へ向かうプロット、とりわけ、ヘレンが企てる "Bright Young Things" の教化をみるなら、『アフター・ザ・ダンス』が、現実世界に抵抗しながら失われし過去をノスタルジックに求めている、とはとてもいえない。妻のジョアンが、過去を髣髴させるパーティにあけくれたり昔のふるまいや言い回しを使い続けたりするだけでなく、蓄音機で 15 年も前の昔のレコード［"Avalon"］をかけ続けているように[6]、デイヴィッドも現在の生活からの逃避の手段として飲酒に耽っている。そのようにつねに後ろ向きにいまや非現実的な過去の時代に戻ろうとし続けて生自体を嫌悪するかわりに、まずは酒をやめ伝記の著作に向かって新たな人生をはじめよ、というのがヘレンの診断および教訓だ。

しかしながら、この若き世代による道徳的レッスンの当否を最終的に鵜呑みにし劇テクスト全体の解釈に決着をつける作業に取り掛かる前に、デイヴィッドが具現する英国の若者文化の「起源」ともいうべき歴史的契機への

言及があることを見逃すわけにはいかない。

> HELEN. You see, <u>when you were eighteen, you didn't have anybody of twenty-two or twenty-five or thirty or thirty-five to help you, because they'd been wiped out</u>. And anyone over forty you wouldn't listen to, anyway. <u>The spotlight</u> was on you and <u>you alone, and you weren't even young men; you were children</u>....
> DAVID. What did we do with this spotlight?
> HELEN. You did what any child would do. <u>You danced in it</u>.
>
> （Rattigan *After the Dance* 28　下線筆者）

　デイヴィッドたちは、彼らが子どもの状態から脱して成長へと前に進むための規範的先行者となるさらに古い世代あるいは大人たちが不在のため、自分たちだけスポットライトを浴びて、若者どころか単なる幼い子どもとして、ダンスを続けてきただけだと批判的に分析されるわけだが、そもそも、何ゆえに規範となる大人たちがデイヴィッドたちの若者世代には不在だったのか。いうまでもなくそれは第1次大戦に勇敢に出兵し「失われた世代」のメディア・イメージによって戦間期に神話化されることになる英国上流階級の大人の男たちがいたからだ。例えば英国ファシスト党の代表となるオズワルド・モズリーもそうした「失われた世代」の生き残りであり、労働党左派からファシズムあるいは右翼の両極端を振り子のように振れるその政治的軌跡も、世代という社会的差異によって説明可能な部分があるのかもしれない。「過去10年間の政治的分枝とは政党間のそれではなく、世代間の分枝であった」（Mosley 183）。デイヴィッドたち、あるいは、"Bright Young Things"のほかの面々は、もう少し若い世代に属するのかもしれない。

　マーティン・グリーンの『太陽の子たち』によれば、戦間期は、英国知識人、とくに文人にとっては、自分たち若者世代による大人・父親世代への真

面目かつ無責任な対抗や反逆に彩られた時代であった。「20年代は『父にたいする反逆』の時代であり、成熟と社会的責任を拒否した、ダンディズム、快楽主義、審美主義、性の中性化、自由化の時代であった。……しかし30年代に入ればさすがに政治への関心がたかまった。『太陽の子たち』のシンボル、B・ハワードは38年、独立労働党に入党し、左翼の代表的週刊誌、『ニュー・ステイツマン』で反ナチスの論陣を張った。そしてW・H・オーデン、スペンダーら若い世代が華々しく登場した……しかしながら、成熟と責任を拒否する、20年代の『太陽の子たち』の風潮はそっくりそのまま左翼政治への参加においてもうけつがれたのであった」（見市34-35）[7]。モズリーにしてもスペンダーにしても、あるいは、ハワードやアクトンも、それぞれ政治的および審美的な立場は一見まったく共通するところがないといえるのだが、英国上流階級の伝統を引く知識人としてその前の大人の世代に対する「反逆」とその無責任さを前面に押し出したメディア・パフォーマンスにおいて世代的統一性を提示している。

　英国戦間期の政治文化が、単純に、政党政治あるいは議会民主制の崩壊に伴うポピュリズムやファシズム／共産主義のポスト・ナショナルなイデオロギー闘争によって一色に覆われた、と考えるのは早計である、ということだ。さまざまな階級あるいはそこから分派したグループのダイナミックな組み換えとネットワークの編制があったわけで、そのダイナミズムを捉えるひとつの視角となるのが世代の差異と対立ということになることを、まずは、確認しておこう。ただし、ここからが本章の主張を進めていくポイントになるのだが、このような世代間の対立を調整し個々のグループ間の特殊性を保持しながら社会の全体性につながる政治文化に結びつけようという、ある意味、リベラリズムの伝統と系譜といえる動きはなかったのであろうか。（同じ動きがあった可能性を「失われた世代」の生き残りたちの場合にも吟味しなおすことは重要ではないか。）部分的な結論を先にいってしまえば、"Bright Young Things"あるいは「太陽の子たち」という英国上流階級の子女たちによる若者文化は、そのような結びつき——E・M・フォースターの"Only

Connect"をヴァージョン・アップしたもの——を企図したものだったのではないか[8]。デイヴィッドたちの世代は、「父にたいする反逆」という点で統一性はあってもそれ以外の点では19世紀的レッセフェール時代の個人主義をそのまま実践するのとは異なる、新たに変容するリベラリズムとの関係性によって、解釈することができるのではないか——たとえば、彼らが毎晩催していたようなパーティに参加していたリットン・ストレイチーや国際連盟の平和主義に関与したヴァージニア・ウルフの夫レナードすなわちブルームズベリー・グループのリベラリズムのような。

そもそも、"Bright Young Things"の妻ジョアンも、12年もの間ずっと無理して期待されたパフォーマンスを続けていたのだけれども、実は、違和感を抱いていた。

> JOHN. She thought you'd be bored with her if you knew. To prevent herself boring you, she changed in twelve years from a rather simple little girl into what she was when she died. Her life was a fake, a performance given for your benefit.　　　　　　　　(Rattigan *After the Dance* 81-82)

「むしろ素朴でかわいい少女（a rather simple little girl）」(Rattigan *After the Dance* 82) だった彼女の不幸な結婚生活の経験は、そこに原因があったともいえる。ジョアンは、煌びやかで不真面目な芸術家グループを気取る中年の「若者たち」に完全にコミットできていたわけでもなければ、その文学的才能のなさを指摘する若くて道徳的なヘレンに、単純に、嫉妬したわけでもなかったようだ。

> JOAN. You see, I've made a silly mistake about you. I thought you really were bored with people like-like Helen, and with the idea of not drinking, and leading a serious life and all

>   that. If only I'd known I might have been able to help you perhaps a little bit more with your work and–and things. Like Helen is doing now. Only, of course, I could never have done it as well.
> DAVID. I suppose I was ashamed to show you that side of myself. Anyway, I wouldn't have bored you with all that.
> JOAN. It's silly, isn't it? I wouldn't have been bored at all.
>
> (Rattigan *After the Dance* 62)

ジョアン自身、酒とパーティの日々というよりは実際に著作をしたり実業的な仕事をする真面目な生活に嫌悪や退屈を覚えていたわけではなかったことが告白される、と同時に、驚くべきことにデイヴィッドのほうもそうした面をもちあわせていたことがふたりの会話からうかがえる。少なくとも、英国上流階級の若者文化の一端を担っていたはずのジョアンと新しい世代を代表するヘレンとの対立は、女性間の世代の違い、つまり、20年代の愚かで無責任な「若者」／モダンガールと30年代の賢明な主婦タイプの対立ではない。ひょっとしたら、自殺の前にヘレンと対峙する会話の場面に暗示的に示されるように（Rattigan *After the Dance* 50-51）、そもそも上流階級の文化資本あるいは記号であった"Bright Young Things"のメンバーとして完全には帰属しえないジョアンの階級性あるいは微妙な階級的差異がまずは歴史的に存在しており、そのことが彼女の個人的な意識や認識のレヴェルでは、年老いてしまったモダンガールという矛盾した社会存在である自分のアイデンティティを承認せざるをえない困難として、1930年代から第2次大戦へ向かう英国の国民文化とドメスティック・イデオロギーのパワーを後ろ盾に妻・母という一見家庭的な女性像として設定されたヘレンと、対比的に描かれているのかもしれない。

　ラティガン自身は、ジャーナリストのインタヴューにおいて、『アフター・ザ・ダンス』という劇の創作意図が再び戦争が勃発することへの警告とその

責任が第1次大戦後に若者であった前世代にあるという断固たる申し立てだ、と発言していた。ただし、「若い世代から前世代への告発状」という作者の当初の意図にもかかわらず、執筆を進める過程で「連中の欠点をすべて考慮しても」若い世代のほうが「よっぽど愚かにして退屈であり」「堅苦しいうえに生意気ときている（priggish）」（Darlow 122-23）と徐々に前世代への共感を覚えるようになったらしい。英国の若者文化に対してラティガンが提示するこのような揺らぎや重点の移行、つまり、前向きに大人へと成長することに向かうための道徳的反省と告発でもなければ、いつまでも未熟で子どもっぽい「若者」として過去を懐かしむノスタルジアでもない身振りが、われわれ観客あるいは読者にどのような解釈をさらに要請するか。

　ラティガンが『アフター・ザ・ダンス』において表象する"Bright Young Things"の政治文化は、近年の文化史研究も明示的なかたちではないにしろ示唆しているように、英国リベラリズムの伝統や歴史によって、読解することができる。言い換えれば、『アフター・ザ・ダンス』を解釈する際に、その基本構造に主題化・前景化されている世代間の対立のみに注目するだけでは、不十分であり、むしろ、そうした世代をめぐる差異を分節化し直し新たに結び合わせる可能性を、劇テクストの全体構造やグローバルなメディア文化の空間において探らなければならない、ということだ。

4　英国メディア文化のエコノミーと"the Exchange Telegraph"

　さていよいよ、世代の差異や時代の変化ではなく、パラサイトという比喩形象であらわれる金利生活者、あるいは、「利子取得者(ランティエ)」といわれる階級の表象によって『アフター・ザ・ダンス』を読み直してみよう。世襲によって継承された資産から派生する不労所得によってその存在が可能である金利生活者と英国戦間期の失業問題と矛盾を孕んだ関係が、どのように交錯し交渉されるのか、英国メディア文化のエコノミーにおいて探ってみたいからだ。そのとき、ヘレンという若い女性をめぐるデイヴィッドとピーターとの三角

第 2 章　ラティガン『アフター・ザ・ダンス』と"Bright Young Things"の政治文化

関係あるいは異性愛体制の問題は、金融資本に基づく消費を文化的生産として実践するデイヴィッドと生産・労働への意欲はあっても雇用を得ることのないピーターとの差異や矛盾によって再解釈されることになろう。

　劇テクスト『アフター・ザ・ダンス』の冒頭場面では、"Bright Young Things"のライフスタイルをどんな時代や社会状況においてもあくまで保持しようと試みていたデイヴィッドのパラサイト、ジョンであったが、なんと第 3 幕のはじめには、就職して真面目な生活を送るために労働することを選択しているのをわれわれは目のあたりにすることになる。

> JOHN.　When Arthur first offered me the job. But it took me three months to decide to act on my decision.
> HELEN.　I bet you'll be back in a week.
> JOHN.　No, I'm never coming back. I'm going to my grave–a sooty, hail-fellow-well-met grave. Will you excuse me, Helen. I've got to superintend packing. (Rattigan *After the Dance* 66)

過去へのノスタルジアを断ち切りいわば前向きに大人への道を歩きはじめるジョンの新たな就職が提示する雇用の言説は、地理的・地政学的には、ロンドンのシティやカントリーハウスを中心とする南イングランドとは対照的なマンチェスターという北イングランド製造業の中心地であり、その労働は鉄鋼業や炭鉱業とは異なるものの、窓清掃のサーヴィスを提供する会社であり、少なくとも、それまでロンドン、メイフェアで享受した若者文化・消費文化とははっきり区別されている。というのも、その雇用を提供したのは、かつては同じ"Bright Young Things"であったメンバーでありながらその若者文化を批判しているアーサー、北イングランドの工業都市で窓清掃会社の経営者だからだ。そして、かつての旧友ジョンは、その共同経営者のオファーを受けたのだった、同時代の失業者のひとりでもあるピーターや北イングランド・スコットランド・ウェールズなどの衰退した製造業地帯の労働者たち

——たとえば、ジャロウ行進のような——とはあまりにも鮮やかにして対照的なやり方で。ラティガンの劇テクストがここで示唆しているのは、"Bright Young Things"のダンスやパーティが終わった後の時代の金利生活者の生活が実業界・産業界へ向かうジョンのような「大人」のライフスタイルへの変更、ということなのかもしれない。

とはいえそうした結論を下す前に、まずは、雇用と労働の場所を確認しておこう。以下の引用にある第2幕第2場の時点では、そのオファーに対してジョンはいまだ決心しかねているところであるが、クリーニングの労働をめぐって、「型どおりのつまらない退屈な生活様式（the common rut of dreary life）」（Rattigan *After the Dance* 56）と"Bright Young Things"の愚かしくも煌びやかなライフスタイルの対立が設定されたうえで、後者はすでに時代遅れになっておりそれを実践する本人たちもそれに気が付いているはずだと否定される。

> JOHN. You're not running away, Arthur. You're cleaning windows.
> ARTHUR. Yes I'm cleaning windows.
> JOHN. I'm sure you have to <u>face life squarely to clean windows for a living</u>.
> ARTHUR *is silent*.
> It's depressing how many of the old crowd have settled down into <u>the common rut of dreary life</u> like you.
> ARTHUR. The majority, thank God. <u>People like you and David and Joan and the rest of this awful crowd here tonight are as dated as hell. I suppose you realise that.</u>
> （Rattigan *After the Dance* 56　下線筆者）

なぜなら、それに気づいて死を選ぶことになるジョアンも含めて、デイヴィッ

第2章　ラティガン『アフター・ザ・ダンス』と"Bright Young Things"の政治文化

ドたち「若者」は、実のところその若者性つまり彼らの父親世代への反逆や反社会的な対抗といった新しさあるいはモダニティに特徴づけられたエネルギーやパワーがすでに衰えており、その結果として、中年になった男女が学校に通う子どもがみせる幼児性を示すだけ、つまりは、煌びやかでもなければもはや若者とはとてもいえない無様な醜態を曝しているだけ、という現象としてあらわれることになる。

　さらに、デイヴィッドたちのグループが生から逃避する形式としてみなされる若者文化の歴史的コンテクスト、すなわち、1930年代のヨーロッパの国際政治への言及が明示的になされており、その場合、かれら"the bright young people"をめぐる二項対立は、煌びやか・愚か vs 退屈・生真面目の対立ではなく、「賢い（wise）」vs「勇敢（brave）」のそれによって書き換えられている（Rattigan *After the Dance* 55-56）。

> ARTHUR.　I think it's obscene to see <u>a lot of middle-aged men and women behaving like children</u> at a school treat. It's <u>the bright young people</u> over again, only <u>they never were bright and now they're not even young</u>.
>
> JOHN.　　I don't think one should ever grudge people <u>the form of escape they choose, however childish</u> it is. I think they are very <u>wise</u>.
>
> ARTHUR.　It may be wise to try to escape from the world as it is at the moment, but it isn't exactly <u>brave</u>.
>
> 　　　　　　　　　　　（Rattigan *After the Dance* 55　下線筆者）

同時代の国際政治あるいはヨーロッパの地政学的関係において「勇敢」という記号の意味・価値が指示するのは、第1次大戦の場合には失敗したが、今度の大戦をあらかじめ防止するための外交政策あるいは国民の意識はいかなるべきものであるか、という問題である。たとえば、チェンバレンの宥和政

策やさまざまなかたちの平和主義でよかったのか。あるいは、共産主義 vs ファシズムといったポスト・ナショナルなイデオロギー対立と重層的に交錯したり組み替えられる "Bright Young Things" が提示する「逃走（running away）」（Rattigan *After the Dance* 56）のライフスタイルは戦争や国際政治上の紛争にどのような効果や帰結をもたらすものなのか[9]。

> JOHN. I hope people do prevent it. I shall be very grateful to them.
> ARTHUR. We had our chance to do it after the last war, but we all ran away instead. The awful thing is that we're still running away. I didn't realise that so much until tonight.
>
> （Rattigan *After the Dance* 56　下線筆者）

『アフター・ザ・ダンス』においてジョンがマンチェスターで窓清掃会社の職を得るという雇用の言説は、戦間期大英帝国の産業・金融業のグローバルな再編と位置の変動にともなう構造的不況における失業を、そのままそのような社会・経済問題として対応するというよりは、むしろ、ラティガンのよりあからさまにプロパガンダ色があらわな『炎の滑走路（*Flare Path*）』（1942）とその映画テクスト『大空への道（*The Way to the Stars*）』（1945）を部分的に先取りするかのように、世界規模の戦争や国際政治の問題に、それにともなう経済効果の含意とともに、転位しようとする身振りと解釈することも、可能かもしれない。

　しかしながら、そうした国際政治における国家の機能やグローバルなメディア文化の商業・産業的側面にも目を配るだけでなく、『アフター・ザ・ダンス』のテクスト全体を構造化しているパラサイトとしてあらわれる金利生活者・金融資本と労働との差異性に、さらに、注目して読み直す必要がある。実はこの芝居におけるパラサイトは、ジョンのほかにもいることを忘れ

第 2 章　ラティガン『アフター・ザ・ダンス』と"Bright Young Things"の政治文化

てはいけない。デイヴィッドの甥のピーターというもうひとりのパラサイトに注目すると、ラティガンは"Bright Young Things"を単純に懐かしんで肯定するわけでもそれを否定してナショナルなポピュラー・カルチャーの道徳主義を選ぶわけでもないことがわかるからだ。むしろそれらの対立を想像的に解決するための第3の道というか試みを提示している。

　その試みが見られるのは、ピーターの異性愛関係と分かちがたく結びついた"the Exchange Telegraph"への雇用の可能性である。

> DAVID. By the way, I know a man in <u>the Exchange Telegraph</u> who says <u>they want young men who can type and don't mind night work</u> I thought of you, but of course I couldn't get in touch with you. (*He hands him a cheque.*)
>
> PETER. How much do they pay?
>
> DAVID. Practically nothing at all to start with, I think, but apparently it's <u>a job which can lead to something quite good in future</u>.
>
> PETER. (*With a quick laugh.*) The future! That's a nice little prospect, isn't it?
>
> DAVID. I know. It's rather hard to look ahead these days, isn't it? Still, I don't think it's worth giving up <u>a good job</u> just because one's afraid of what's going to happen.
>
> 　　　　　　　　　　　　　(Rattigan *After the Dance* 75　下線筆者)

家出をして職もなくお金に困ってプライドを捨ててまで借金を乞う甥ピーターの行く末を案じたデイヴィッドが提示したのが、"the Exchange Telegraph"の職であった。冒頭の場面では、デイヴィッドを頼りそのフラットにパラサイトとして寄宿するジョンとの対立・対比が強調されていたわけだが、この場面では、同じパラサイトとしてのピーターが表象されている、

53

といわなければならない。叔父と甥の間にあった断絶あるいは差異が微妙に調整され、いずれも金融資本にそのライフスタイルや日々の物質的生活を依存する存在として、いわば分身として再表象されている、といってもいいかもしれない。

　タイプライターができて夜間勤務を厭わない若い人材・労働者を求めているこの通信・情報サーヴィス産業に属すらしい会社は、最初の賃金はスズメの涙ほどだが、この未来がどうなるかわからない戦局が迫るなかでは、あるいは、そうした特殊で変動の激しい状況であるからこそ、将来という時間性を賭金に大きな成長を遂げることができるようなきわめて将来性に富んだ企業（"a job which can lead to something quite good in future"）として表象されている。そこでの勤務形態は、通常の会社や工場における労働、たとえば、ジョンの窓清掃のような業務とは違って、早朝に出社し昼間に働くのではない。夜間に仕事をするのは、通常とは逆転したあるいは21世紀の現在からみればフレキシブルともいえる勤務時間における労働である。ひょっとしたら、パラサイトのように、大人に成長することなく、子どもが、そのままの若者性・幼児性を保持したままで、生産過程あるいは経済構造に参入することが可能な雇用のイメージとなっているようにもみえる。

　結局のところその雇用あるいは就職の結末がどうなるかジョンの場合とは違ってわからないままピーターのこの物語はオープン・エンディングとして幕は閉じるのだが、ピーターが、ヘレンとよりを戻して考え直して、ひょっとしたら、雇用されたかもしれない企業 "the Exchange Telegraph" とは、いかなるものだったのか。実は、**Exchange Telegraph Company** という実在する企業がモデルとなっており、この会社は、そもそも1872年に創立され、創設者の1人ジェイムズ・アンダーソン卿は1860年代は大西洋の海底にロンドンとニューヨークを結びつけるため最初の電信ケーブルの敷設事業に携わった。創設当初はロンドン証券取引所に交換手を常置し、株式市況・海運情報をはじめとする情報を加入者に提供することを業務とした。会社名にある **Exchange** が証券取引、あるいは、ヒト・モノ・資本の交換を意味

第2章　ラティガン『アフター・ザ・ダンス』と"Bright Young Things"の政治文化

することからも予想されるように、その後、とりわけ金融情報を提供する主要な通信企業に成長し1987年にUnited Newspapersに買収されるまで、情報のビジネス化と情報産業の多様化、通信・情報手段の発明や応用、企業の戦略的運営等の面で、足跡を残した[10]。

ただし、まず最初に注目したいのは、Extelという呼称をもつこの個別企業ではない。1939年9月に勃発した第2次大戦前、とりわけ1936年以降重要性を増した大西洋を結ぶ海底ケーブルを通じてなされる通信の歴史との関係から解釈したい。電気通信（telecommunication）を単にテクノロジーの問題としてではなく、各国民国家の関係からなる国際政治の問題として論じる、すなわち、情報通信のグローバルなネットワークを「目に見えない武器（Invisible Weapon）」として論じるD・R・ヘドリックは、戦争が、電気通信に特別な重要性を加えることになった、なぜなら、情報は武器であり機密であるからだ、と主張している。

Extel House
（1957年にExchange Telegraph Companyの本部となる）

> The first half of the twentieth century was an age of wars and preparation for wars. War adds a special dimension to telecommunications, for information is a weapon and so is secrecy.(Headrick 273)

戦間期にはナショナリズムや国有企業のライヴァル関係が激化したことから、各国の政府は国際電気通信に深くかかわるようになっていった。これまで電話通信において支配的であった大英帝国は、2つのレヴェルからその地位を脅かされることになった——アメリカの富とナショナリズムの台頭と新たなタイプのケーブルと無線電信だ。しかしながら、ことはそう単純では

55

なく、第2次大戦勃発後、英国は再び電信において支配的地位を奪還する。大英帝国の通信は比較的安定したものであるだけでなく、ドイツの機密の暗号を理解することができたからだ。(Headrick 6-8)

　大英帝国あるいはそのグローバルに転回する帝国主義の「目に見えない武器（Invisible Weapon）」としての通信、ここでは Exchange Telegraph Company という英国メディアの空間は、自由競争を原則とする市場を前提に各国民国家の境界をトランスナショナルに横断する金融資本あるいはヒト・モノ・情報とそれらを規制したり保護したりする国家とが対立したり交渉がなされたりする場所であった。同様のことは、よりグローバル、トランスナショナルな企業転回を見せたマルコーニ社の例を見ればよりはっきりするかもしれない。戦間期から第2次大戦前後の時代においてグローバルなものとナショナルなものが交錯し調整されるエコノミーが機能するのがこの通信・メディア企業をめぐる空間だった。

> Since the turn of the century, there had been <u>tensions between Britain's government and its telecommunications firms</u>. For a long time, <u>Marconi's entrepreneurship</u> had clashed with <u>the government's technological conservatism and economic statism</u>. The tension persisted into the 1930s, but on a different basis. Both sides now had much less room to maneuver: the government was more insecure, hence <u>more security minded</u> than ever, while the company faced <u>serious economic problems. In the clash between political and economic needs, Britain traded profitability for security.</u>　　　　　　　　　　(Headrick 213　下線筆者)

ヘドリックによれば、政治と経済の対立と交錯、すなわち、対ドイツとの戦争やそれに付随する産業・貿易問題、さらには、ソ連とのイデオロギー抗争やアメリカとの覇権争いというコンテクストにおいて、安全保障（security）

第2章　ラティガン『アフター・ザ・ダンス』と "Bright Young Things" の政治文化

を重視する英国の国家・政府と経済的な利益（profitability）との綱引きにおいて、利益・国益をめぐる取引・交渉がなされ、グローバルな帝国としての大英帝国とその金融資本がさまざまな情報や商品に転化しながらメディア空間を流通し駆けめぐった。そしてその生産プロセスの全体性においてナショナルだけでなくローカル／グローバルなレヴェルでさまざまな政治的・文化的関係性が編制された、と考えることができる。

　実際に、Exchange Telegraph Company（Extel）の歴史的発展は、そうした多国籍メディア企業への「成長」を示したわけであり、現在もとどまるところのないサイバースペースを舞台に転回し続けている。1970－90年代にかけて、ピアソンを含むさまざまなメディア企業との買収・合併を繰り返し、2000年にはトムソン・ファイナンシャルに買収され、現在は、Extelというブランド名を保持しながらトムソン・ロイターの1部となっている。より重要なのは、80年代以降、Sky TV と合併して衛星放送事業やさらにコンピューター・教育業界にも積極的に乗り出し――日本では、大学英語教科書を販売するピアソン桐原――、従来の銀行・石油あるいはペンギン・グループなどの出版（1990年代には、ポスト・フォーディズムの経営・生産方式によりニッチ産業としてのポストコロニアル文学を、ドイツのバーテルズマン傘下にあるランダムハウス社とともに売り出したことも忘れてはいけない）と垂直・水平統合を推進してきた巨大なコングロマリットとなっていることである。そして、こうした姿こそ、ラティガンが劇テクストのなかでその有望な未来を約束した "the Exchange Telegraph" ということになる（Thomson Reuters および Exchange Telegraph Co. Ltd. AIM25）。

　最後に、劇テクスト『アフター・ザ・ダンス』に立ち戻り、このようなグローバルに転回する英国メディア空間のエコノミーとの関係性において、デイヴィッドへの借金の代理あるいは取引として提示される "the Exchange Telegraph" へのピーターの雇用の問題を再考したい。具体的には、広義のメディア空間における金融資本や情報通信にかかわる exchange がこれら2人の男たちすなわち叔父と甥の間で交換される女ヘレンという物語図式にお

いてどのように比喩形象化されているのか、問うことになるだろう。

　この芝居のエンディングにおいて、デイヴィッドがヘレンとの再婚を断念しピーターに彼女を返還しようとする。こうした身振りは、親友ジョンによって与えられた（"give"）アドヴァイスを最終的に受け入れヘレンをあきらめた（"give up"）かたちになっていることを示しているが、だからといってそれがロンドンのソサエティを後にするマンチェスターで雇用を得る選択をデイヴィッドもする可能性を示すわけではまったくない。そして、その男同士のコミュニケーションの媒体となっているもの、すなわち、両者の意図や欲望を互いに流通させ交換するメディアに注目するべきだ。

　まず、デイヴィッドがピーターにヘレンを返還するときに使用するのが、電話というメディアであることに気が付く。ヘレンへの伝達は手紙であるのに対して——"I've got a letter to write that's going to take hours"（Rattigan *After the Dance* 84-85）——男同士のコミュニケーションは、甥の新たな就職・雇用 Exchange Telegraph への就職と深く結びついており、情報・サーヴィス産業のネットワークの存在を示唆している。幕が降りるときに観客が目にするのは、なるほど、相変わらずウィスキーのデキャンターに手を伸ばす金利生活者にして「若者」たるデイヴィッドの姿であるが、その瞬間は、電話の受話器をおろす形姿と切り離すことができない——"*He rings off, and then very slowly reaches for the whisky decanter, and pulls it towards him. Curtain*"（Rattigan *After the Dance* 85）。この電話のコミュニケーション回路を通じて、ヘレンという「生真面目な女学生のような少女（an earnest school girl）」（Rattigan *After the Dance* 81）が交換され移動する、英国上流階級の叔父から甥へと。

　　　DAVID.　　　I'll want you to take a letter round there at half-past seven to Miss Banner; and Williams—pack.
　　　WILLIAMS. Pack, sir?
　　　DAVID.　　　Yes, Williams, pack. I'm going away tomorrow.

第 2 章　ラティガン『アフター・ザ・ダンス』と"Bright Young Things"の政治文化

>WILLIAMS. Very good, sir.
>
>*He goes out.*
>
>*DAVID quickly draws all the curtains and turns on the lamp by the piano; then, on an impulse, looks up a private number in a private book, picks up the telephone and dials. He strums four notes of "Avalon" as he waits for a reply.*
>
>Hello, Moya…David…David…Yes, I can hear it. It sounds like a good party. Listen, is Peter there? Well, stop him, will you? …Wait a minute. Don't tell him it's me…All right…Peter…Don't ring off, this is important…Listen, damn you, let me speak…I'm not going to lecture you. I've got some news that might interest you, that's all…I can't tell you what it is now, but you'll hear about it all right in time. <u>Listen, Peter, will you promise me you won't cut your date with Helen tomorrow? It's important…No, I'm not joking…it's really important both for you and for her</u>…Promise me…
>
>（Rattigan *After the Dance* 84　下線筆者）

内容としては、「おまえたち若い 2 人のために」とヘレンの贈与が伝えられているのだが、そのコミュニケーションの形式が表象しているのは、デイヴィッドとピーターとの間に交わされる約束というスピーチ・アクトにほかならない。劇作家ラティガンは、『アフター・ザ・ダンス』において、交換される女や異性愛をめぐって構築され分節化され直される男同士の絆の重要性を、メディア文化のエコノミーにおいてしるしづけている、そして、そのエコノミー空間においてこそ、金融資本に基づく金利生活者のライフスタイルをなおも享受し続けるデイヴィッドと労働・雇用の欲望に失敗した失業者ピーターとの矛盾の解消が想像的に試みられている、ということだ。

劇テクスト『アフター・ザ・ダンス』が表象するのは、このように再解釈し直してみると、"Bright Young Things"という戦間期英国の貴族的若者

文化の完全なる終焉というよりは、メディアのグローバルな文化空間におけるその新たな変容と転回の予感ではなかっただろうか。現実世界の場所のいったいどこへ無責任で不真面目な「若者」・「子ども」のまま旅立っていくのかはわからないが——"I'm going away tomorrow"（Rattigan *After the Dance* 84）——、デイヴィッドの選択あるいは選択の拒否の身振りは、けして英国リベラリズムと金利生活者のライフスタイルの棄却を指し示してはいない。

　ジョンがマンチェスターに旅立った後ひとり残されたデイヴィッドは、その親友がかつて見つめた自宅のバルコニーすなわち今は亡きジョアンが投身自殺した虚空な空間を、あてどなく目的もみつけることもできないかのようにみつめる[11]。ただし、その後の彼の行為によってあらわされるのは、「ロンドン図書館」から借りたダフ・クーパー著『タレーラン評伝』（ヘレンの教化によってそのまま未完成となっているナポリ王ボンバの伝記の代案）が示すいわば文学の薫り高き英国外交やプロパガンダへつながる更生後の人生でもなければ[12]、相変わらずの煌びやかな消費生活に明け暮れるモイヤのパーティにつながるジャズ音楽 "Avalon" のピアノ演奏でもない（Rattigan *After the Dance* 83-84）。『アフター・ザ・ダンス』がその一部として編制されるメディア文化の空間において、ラティガン自身の劇テクストの特異性は、評伝・伝記という英文学の伝統的ジャンルやそれと対照的なポピュラー音楽文化と交錯しながらもそれと矛盾を孕みつつ共鳴するかたちで、表象されている。それは、電話と酒、つまり、さまざまなメディアによって編制され転回するネットワークをそのリミットなき未来空間に投資される資本のイメージに表象されている。言い換えれば、グローバルな金融資本の比喩形象である英国のメディア文化に提示されているライフスタイルは、ポスト・ナショナルなイデオロギー対立に彩られた戦間期における、英国の変容するリベラリズム、とりわけ、金利生活者のトランスナショナルでリベラルなエコノミーと運動の軌跡であった、と解釈されなければならない。

第 2 章　ラティガン『アフター・ザ・ダンス』と"Bright Young Things"の政治文化

5　"Bright Young Things"のトランスアトランティックな転回に向けて

　ラティガンが『アフター・ザ・ダンス』において表象する"Bright Young Things"の政治文化は、近年の文化史研究が明示的なかたちではないにしろ示唆するように、英国リベラリズムの伝統や歴史によって、読解することができる。ただし、その変容するリベラリズムとさらなる転回は、パラサイトという存在様式を可能にする金利生活者のエコノミー、ならびに、戦間期の失業問題へのひとつの想像的解決としての"the Exchange Telegraph"における雇用の言説によって解釈されなければならない。言い換えれば、"Bright Young Things"のリベラルな政治文化は、グローバルな金融資本の比喩形象である英国のメディア文化に支えられたものであるというのが、本章の結論である。

　今後さらに、現在のグローバルな多国籍メディア企業の初期形態を具現したノースクリフ卿のプロパガンダやメディア表象のポリティクスに注目し、その大衆ジャーナリズムの政治文化という観点から若者文化の歴史とりわけ"Bright Young Things"の通時的系譜と空間的転回を見直さなければならない。ただし、こうした見直しは、ハイ・カルチャーとポピュラー・カルチャー、英文学とプロパガンダといった「文学の文化研究」といった問題機制にとどまるものではないかもしれない。戦後英国演劇の周縁化された劇テクスト『アフター・ザ・ダンス』のなかのグローバルなメディア文化を読み直すことによりあらためて問題となってくるのは、なによりも、演劇・映画という境界線を跨いで大西洋をトランスアトランティックに横断してゆく文化の仕掛け人ラティガンのイメージではないだろうか。そのような英国文化産業のエージェントとしてのラティガンのフィギュアは、たとえば『ブラウニング版（*The Browning Version*）』（1948）や第 2 次大戦さなかに上演された『炎の滑走路』とこれらがさまざまに翻訳・再生産されるトランス・メディア空間との関係をふまえながら、第 2 次大戦期および冷戦期における『チップス先生さようなら（*Goodbye, Mr. Chips*）』とそのプロパガンダ性あるい

はカルチュラル・ディプロマシーとしての意味を解釈してみる可能性を開いているのではないか。

Notes

1 1920年代すなわち "Bright Young Things" の時代・社会背景については、McKibbin を、またこの文化集団と1920年代のオクスフォードとの関係については、Carpenter を、それぞれ参照のこと。

　英国の若者文化を見直す試みとしては、まず、ジェンダーとフェミニズムによって見直す McRobbie and Garber を、またモダニズムとコロニアリズムという問題機制によるものとしては Esty を、またさらにグローバリゼーションの観点から文学に限らずさまざまな文化やメディアにおける若者・子どもを論じた Fowler、Shary and Seibel、Nayak を、それぞれ参照のこと。

2 イーヴリン・ウォーの『卑しい肉体（*Vile Bodies*）』(1930) は、こうした1920年代の上流階級の若者やその文化を風刺した小説といわれている。そのもとのタイトルは "The Bright Young Things" であったが、すでにメディアで使い古されたフレーズとなっていたため変更したという。また、2003年にスティーヴン・フライが、ウォーの小説テクストを映画化しており、そのタイトルは *The Bright Young Things* である。

　Bright Young People のメンバーを結び付けながらも「統一のない」集団としているのは、共通の政治的・社会的見解（political and social outlook）や経済的身分（economic standing）ではなく、パトリック・バルフォアが「衝動のコミュニティ（a community of impulse）」と呼んだものだ。理論上では、たとえば、ブレンダ・ディーン＝ポール、イーヴリン・ウォー、ダイアナ・ミットフォードとエド・バラの間に結びつきはほとんど存在しない。しかしながら、当時のイット・ガール、野心に燃える小説家、貴族の息女と前衛的な画家を引き寄せたマグネットは、彼らを引き離すような階級・富や気質の境界区分よりもはるかに強かったのだ。彼らはみな、20年代独特の雰囲気で親密に結びつけられた、ということらしい (D. J. Taylor 31)。

3 Martin Green の *Children of the Sun* は、レイモンド・ウィリアムズとは異なるポスト・リーヴィス派の「文化と社会」あるいはヨーロッパからロンドンを経由してアメリカ合衆国に連なるコスモポリタンな文化史の試みだが、そこで密かに

第 2 章　ラティガン『アフター・ザ・ダンス』と "Bright Young Things" の政治文化

企てられている「偉大な伝統」の英文学史の書き換えの可能性についても、注意しておかなくてはならないのはいうまでもない。

> I want to describe <u>the imaginative life of English culture after 1918</u> and to trace the prominence within it, the partial dominance over it, established by men of one intellectual temperament, the men I call <u>England's Children of the Sun</u>. I am concerned primarily with the high culture of the country, and within that primarily with the intellectual and imaginative literature, though I want to use that as a focus, a lens, and to look through it at the imaginative life of the whole society. If I am granted that point of view, I think I can show that a certain type of experience, appropriate to a certain mode of being, was cultivated by the young men who felt that they were the generation of English writers growing up after the War; who convinced most of their contemporaries who cared about books that they were right; and who, therefore, established a new identity for "England," a new meaning to "being English," in the world at large and in the privacy of individual minds. (Green 3　下線筆者)

4　こうした相反する反応については、Rebellato *1956 And All That* も参照されたい。
5　ナポリ王ボンバの伝記の執筆というモチーフは、"Bright Young Things" あるいは "Children of the Sun" の中心人物ハロルド・アクトンが企図したメディチ家に関する著作、または、ブライアン・ハワードのついにその完成・出版を見ることなく終わった企画（現代の紳士についての哲学的考察）を想起させる。だが、また同時に、『アフター・ザ・ダンス』の主人公のデイヴィッド・スコット＝ファウラーという名前は、米国の「失われた世代」のイメージをも想起させる。スコット・フィッツジェラルドは、いうまでもなく、大西洋を越えた同時代の若者文化を指示するジャズ・エイジあるいはローリング・トゥエンティーズの代表的アイコンであったのだが、1930 年代末には、かつて世界を魅了した文学的才能にはふさわしからぬ仕事をハリウッドでする羽目になり、絶望的なアル中に陥っていたらしい。そして、このことはラティガンの耳にも入っていたようだ（Darlow 124）。そもそも、1937 年、ラティガンは大ヒットした『涙なしのフランス語』

のブロードウェイ初演のためニューヨークを訪れたのだが、その折映画脚本家として雇われていたワーナー・ブラザーズ英国支社の上司アーヴィン・アシャーから契約を盾にハリウッド行きを強要されたがなんとか回避してニューヨークにとどまり、そこで『アフター・ザ・ダンス』の構想を練ったということだ（Darlow 122）。

6　"Avalon"はアル・ジョルソン、バディ・ドゥシルヴァ、ヴィンセント・ローズによる1920年のポピュラー・ソングでジャズのスタンダードとされ、多くのアーティストがレコーディングしている。

7　劇テクストのなかで論拠となる言説やイメージはほとんど描かれていない。ただし、以下のヘレンとピーターの"political discussion"としてすぐに消去される場面、とりわけ、家出したピーターが頼っていた友人パット・モリスをめぐる会話に注目してもいいかもしれない。

> HELEN. Tell me about Pat Morris. Is he still as <u>red</u> as ever?
> PETER. Well, he's pretty violent about things at the moment.
> HELEN. I don't blame him. Has he converted you, Peter, or are you still just <u>mildly pink</u>?　(Rattigan *After the Dance* 73-74　下線筆者)

ラティガン自身の主張によれば、『アフター・ザ・ダンス』の若い世代、つまり、ピーターとヘレンは多かれ少なかれ共産主義者という政治的立場が含意されている（Darlow 125）。

また、ラティガンとそのボーイフレンドの1930年代における政治的スタンスについては、以下の通り。

> As the 1930s progressed they had shifted further to the left. A *Daily Telegraph* reporter who interviewed Rattigan at this period formed the impression that he was "an almost complete pacifist."... As western governments failed to stand up to the dictators or give substance to the ideal of collective security through the League of Nations and settled for appeasement, <u>the Communist Party seemed increasingly attractive as the only opponent of fascism.</u> Although, unlike some of his friends,

第 2 章　ラティガン『アフター・ザ・ダンス』と "Bright Young Things" の政治文化

> Rattigan did not join the Party, he <u>certainly flirted with it.</u> Goldschmidt joined the Labour Party and became very active in the Holborn constituency. The catalyst for their feelings was the Spanish Civil War. （Darlow 126 下線筆者）

8　これらの若者文化を、さまざまなメディア文化の表象によって編制されたものとしても注目しながら、"Bright Young People" として再考した D. J. Taylor の主張は、本章がここで述べているように明示的には述べられていないが、同じ英国のリベラリズムによって解釈する試みとみなすことができるのではないか。戦間期に "High Bohemia" と呼ばれたコスモポリタンなソサエティの真面目な試みは、"their efforts to 'connect'" (D. J. Taylor 9) つまりメイフェアのパーティや社交の実践によって左右の政治的イデオロギーやカトリックなどの宗教的派閥の分断や対立をそれぞれの特殊性を保持したままに緩やかなアソシエーションによって同盟関係やネットワークを編制することであった。

9　スペイン内戦とラティガンの関係については、Darlow の以下の説明を参照のこと。"Again Rattigan was clearly using a play to work through his own immediate preoccupations. At the time that he was working on *After the Dance*, the Civil War between fascism and socialism was raging in Spain" (Darlow 123).

10　Exchange Telegraph Company は第 2 次大戦勃発に備えて 1939 年にスイスのチューリッヒに支店を開き、ポルトガルへの新サーヴィスを開設するための交渉を外務省と始めたということだ（Scot）。

　　1987 年 United Newspapers に買収されるまでの企業史については Scot を、また、海底ケーブルの 20 世紀初期の状況については Garratt を参照のこと。

11　何もないバルコニーをみつめるパラサイト、ジョンが雇用を求めてマンチェスターへいく決定的な契機となったのが、デイヴィッドが最後に眼差しを向けたジョアンのイメージと結びついた同じ場所であった。

> *John rises, goes out to balcony and returns, pulling the curtain wide open. The balcony is seen to be empty. He tries to attract DAVID's attention. DAVID and the rest go on singing. Curtain.* (Rattigan *After the Dance* 63)

12　19 世紀の旧リベラリズムとその変化を示唆する言説としては以下の場面を参照

のこと。

> DAVID. It was a time when Europe still lay under the dark shadow cast by the giant figure of Prince Metternich; when the twin forces of nationalism and liberalism had not yet dared to show their heads... (Rattigan *After the Dance* 33)

インターメッツォ A
カワードの『逢びき』とハリウッド映画

　ラティガンの『深く青い海（*The Deep Blue Sea*）』(1952) が、ショーン・オコーナー制作によって英国で映画化されたのが 2011 年だった。監督はテレンス・デイヴィス、そして、ヒロインを演じたのがノエル・カワードの戯曲『生活の設計』(1933) の舞台演技を足掛かりに『ナイロビの蜂』(2005) のような英国映画さらには米国ハリウッドでも活躍する女優レイチェル・ワイズである。そのタイアップ版として新たに出版された『深く青い海』によせた序文のなかで、ラティガン演劇の 21 世紀における映画化にさいして重要な着想の源泉となったのが、カワードの戯曲『静物画（*Still Life*）』(1936) の映画版『逢びき（*Brief Encounter*）』(1945) である、とオコーナーは述べている（O'Connor "From Stage to Screen" xvi-xii）。映画という異なるメディアに翻訳された『逢びき』のおもな変更点は、主人公ローラ・ジェッソンの視点から物語を語る回想形式、そして、ローラの精神的葛藤と見事に調和したテーマ音楽としてのラフマニノフのピアノ協奏曲 2 番の使用の 2 点だが、こうした翻訳・翻案の先行例にならって、オコーナーは 1950 年代の劇テクストを 21 世紀の観客にも訴える映画テクストへの翻訳・制作を試みようとした。さらに、戯曲『深く青い海』の主人公ヘスター・コリヤーは、2 度の自殺未遂の際いずれもガスを用いるのだが、映画では、2 度目の自殺未遂の場面が、『逢びき』における列車のホームを模して、地下鉄のホームに差し替えられている。こうして、21 世紀の現在、カワードの戯曲を原作とする「名作」映画『逢びき』は、ラティガンの『深く青い海』が映画化されたときにも、演劇テクストから映画メディアへ変容した英国文化の範例となっているようだ。

　実は、このような英国文化テクストの再生産は、すでに冷戦期米国においてもなされていた。トランス・メディア空間における翻訳作業が行われるのは英国国内だけではないということだ。映画『逢びき』において、郊外の中

産階級の主婦ローラ・ジェッソンは、アレックに別れを告げて不倫関係に終止符を打ち、夫との退屈な結婚生活へ戻る。ローラの沈黙に示される悲痛な決意と苦悩を前に、英国中の映画館で女性観客は涙をしぼりハンカチを握りしめたという。ローラは、英国中の女性観客に訴えかけ、戦時中における立派で勇敢な「イングリッシュネス」のイメージをになう戦時中の最後のヒロインであった（Light）。ローラを通じてナショナルな戦争プロパガンダを提示するカワードの演劇『静物画』の映画化である『逢びき』において表象された「イングリッシュネス」の冷戦期のハリウッドにおける変容・転回を確認するために、ビリー・ワイルダー監督『アパートの鍵貸します（*The Apartment*)』（1960）を取り上げてみよう。米国映画協会のＩ・Ａ・Ｌ・ダイアモンドのインタヴューにおいて、オーストリア・ハンガリー帝国内の現ポーランド出身であるユダヤ系文化人であるワイルダーは、上司たちに不倫の場として自らのアパートを提供することで出世を願う男バクスターを主人公とするこの映画の起源が、デイヴィッド・リーン監督『逢びき』にあると答えている。英国の『逢びき』ではローラの不倫相手アレックが2人の密会のために友人のアパートを使用するのだが、この米国映画監督は、ほとんど画面には登場しない友人のほうに関心をもち、非常に興味深いキャラクターになるとそのアイディアを暖めていたらしい（Horton 111）。

　ハリウッド映画『アパートの鍵貸します』には、ホームへ帰還するヒロインは登場しない。英国の演劇・映画テクストにおいては、主人公ローラとアレックの逢瀬の場を提供する友人として脇役にすぎなかったキャラクターが、上司の情事のために自分のアパートを貸す保険会社に勤めるサラリーマンに取り換えられ、ハリウッド映画では主人公として前景化されている。言い換えれば、カワードのテクストにおいてアレックと別れたローラが帰還する家庭＝故国であるホームは後景に退き、それとは対照的な不倫すなわち結婚外交渉の場所である男友達のアパートが前へ押し出される。そして、そのプライヴェート／パブリックを横断する（まるでホテルのような）空間の使用を立身出世の手段にする米国の企業と労働者が、新たな覇権を握る資本主

義世界の空間を提示している。『アパートの鍵貸します』は、「イングリッシュネス」のホームを志向するいささか保守的な遺産を米国の会社で働くサラリーマンが表象する競争社会という企業文化へとトランスナショナルに変容させた例とみなすことができる。

　ただし、衰退する大英帝国の時代から抬頭する「アメリカの世紀」へ、すなわち、英国演劇芸術からハリウッド映画産業へ、英国文化の変容と転回の歴史的過程についてもうひとつ別の物語をたどるために、カワードの『逢びき』とワイルダーのもうひとつの映画『7年目の浮気（*The Seven Year Itch*）』（1955）との関係性にも目を向けてみたい。この同名の米国演劇を原作とするコメディ映画において、夏休みに妻子を避暑地に送り出しニューヨークで単身過ごすことになる主人公が、自分のアパートの2階に夏の間だけ越してきた若い女性との道ならぬ恋を妄想するときに流れるのが、『逢びき』のテーマ音楽であるラフマニノフのピアノ協奏曲2番である。『7年目の浮気』では、米国の中年男リチャードは「前衛的すぎる」ストラヴィンスキーではなくラフマニノフの方を選ぶのだが、その楽曲が繰り返し使用されることによって、メロドラマ『逢びき』における不倫が、パロディ化されて、想起されるように仕組まれている。

　映画におけるクラシック音楽の効果が認識された歴史的経緯について振り返ってみるならば、ミューア・マシーソンが、アレクサンダー・コルダのもと、音楽監督の任についた1930年代が、英国映画音楽においては決定的な瞬間だった、といわれる。コルダとともに、マシーソンは、SF映画『来たるべき世界（*Things to Come*）』（1935）の音楽担当としてクラシック音楽の作曲家アーサー・ブリスを招き、音楽が視覚イメージに対する付加的なものではなく不可欠な存在であることを示すことに成功した。その後、英国情報省の映画制作部門の音楽監督に任命されたマシーソンは、戦時下における映画制作に携わることになるが、第2次大戦勃発後は、ドキュメンタリー映画がとりわけ多く制作され、彼のような音楽家たちは映画音楽の文化的生産に活動の場を求めるようになった。その代表例が、大西洋を横断して英国を支

援する活動努力を描いたドラマ・ドキュメンタリー『ウェスタンアプローチ (*Western Approaches*)』(1944) に使われたクリフトン・パーカー作曲『海の風景 (*Seascape*)』だ。ドビュッシーやベンジャミン・ブリテン、フランク・ブリッジズを彷彿とさせるこのテーマ音楽は、現実に撮影された海原とそこに映し出される救命船の人びとの苦難の物語に、多大な効果を与えた。そして、この音楽を担当したパーカーは、英国映画音楽におけるパイオニアとみなされている (Donnelly)[1]。

戦時中は、ドキュメンタリー映画とならんでメロドラマ長編映画の受容も多かった。ドキュメンタリー映画の様式が長編映画制作にも影響をおよぼし、そこで使用されたような音楽がメロドラマでも用いられるようになった。その代表的映画が、1939年のナチス侵攻に苦しむポーランド人を描いた『危険な月光 (*Dangerous Moonlight*)』(1941) であるが、映画に描かれた美化された戦時下の混乱を見事に表現しているテーマ音楽『ワルシャワ・コンチェルト (*The Warsaw Concerto*)』は、ラフマニノフのピアノ協奏曲2番のパスティーシュといわれる (Donnelly)[2]。これをきっかけに、ラフマニノフの様式をまねた音楽が、英国映画で多用されるようになったのであり、英国映画というメディア空間のさまざまな再生産こそが、クラシック音楽の大衆化の契機となっている、とみなすことができるかもしれない。『7年目の浮気』という映画テクストは、音楽におけるヨーロッパの高等芸術が、ビリー・ワイルダーのような大西洋を横断して米国へ亡命した文化人とともに移動し、ハリウッド映画においてさらに変容・転回された例とみなすことができるだろう[3]。カワード演劇の映画メディアへの翻訳と冷戦期米国のハリウッド映画産業における再生産との間をつなぐのがラティガンの『深く青い海』であったわけだが、そのヒロイン、ヘスターの心理描写に効果的に挿入されたサミュエル・バーバーのヴァイオリン協奏曲も、また、同種のラフマニノフの使用と共鳴するものとして理解されるべきものだ。カワードの『逢びき』におけるラフマニノフのピアノ協奏曲2番の存在は、クラシック音楽が大衆化する、あるいは、高等芸術が米国ハリウッド映画産業へグローバ

ル化する過程において、カワードの演劇テクストをはじめとする英国の劇場文化の再生産が特別に重要な意味をもっていたことを指し示している。

『危険な月光（*Dangerous Moonlight*）』ラフマニノフのピアノ音楽のパスティーシュ

Notes

(1) パーカーは、カワードの戦争プロパガンダ映画『軍旗の下に』の音楽も担当している。
(2) 『危険な月光』の衣装デザインを担当したのは、セシル・ビートンであった。
(3) ヨーロッパから亡命した芸術家が20世紀のアメリカ文化に与えた影響については、Horowitz を参照のこと。また、20世紀のドイツ音楽のヨーロッパからハリウッドへそしてその後の東ドイツへの移動の軌跡という観点から、亡命ユダヤ人音楽家とハリウッド映画音楽誕生の関係を論じたものに、高岡がある。

第 3 章

ラティガンの「まじめな劇」と戦争プロパガンダの文化

―― ソフト・パワーとしての『炎の滑走路』と
　　『大空への道』？

1 「まじめな劇」成功の契機――『炎の滑走路』とはなんだったのか？

　2011 年、『炎の滑走路（*Flare Path*）』がトレヴァー・ナン[1]の演出によってヘイマーケット劇場で再演された。70 年のときを経て初めてのウェスト・エンドでの上演だった。第 2 次世界大戦中に、テレンス・ラティガンを劇作家として英国演劇壇に返り咲かせた劇テクストが、21 世紀という異なる社会・文化的コンテクストにおいてどのように受容されるか、チャレンジとなる再演であったといえるかもしれない。英国軍がアフガニスタン侵攻に参加し西側資本主義社会の諸都市が新たな攻撃の脅威にさらされているかもしれないという不安が存在するロンドンにおいて、1942 年当時には予想もしなかった反響がみられたようだ（Rebellato Introduction *Flare Path* xxxv-xxxvi）。

　大戦のさなかの 1942 年、ラティガンは、「まじめな劇」の成功の契機となった『炎の滑走路』によって、再び、ウェスト・エンドにおける名声と地位を

73

獲得する。アポロ座で初演されたこの劇テクストは劇作家ラティガンのキャリアにおける転換点といわれている（Rebellato Introduction *Flare Path* xxxvii）。笑劇『涙なしのフランス語』(1936) の大ヒット以降成功に恵まれず、ラティガンは自分が一発屋（a one-hit wonder）で終わらないためには、笑劇だけではなく「まじめな劇」での成功がぜひとも必要であると考え『アフター・ザ・ダンス』を産み出した[2]。だが、1939年初演のこの劇テクストは第2次大戦が勃発したということもあり戦時下の英国では60回で終演となった。また、1938年ハロー校ならびにオクスフォード大からの友人トニー・ゴールドシュミットとともに共同執筆したファシズムの指導者を主人公とした笑劇『フォロー・マイ・リーダー（*Follow My Leader*）』は、ヒトラーのチェコスロヴァキア侵攻というタイミングのため宮内長官から上演を禁止され、その後1940年に禁止が解かれようやく上演の運びとなったものの、わずか15回の公演で打ち切りとなってしまった（Darlow）。こうした不遇な経験のせいもあって、劇作家としての自信を喪失し創作障碍に陥ってしまったラティガンは、このまま劇作家としてのキャリアを終えるのかという不安から、オーストリアからの亡命精神科医キース・O・ニューマンの診察と助言を受け、英国空軍（RAF）に入隊した[3]。入隊後、彼は爆撃手や無線通信手の任務を果たし昇進した。『炎の滑走路』は、ウェスト・エンドを支配したH・M・テナント社の社主ヘンリー・テナントの死後に実権を握ったヒュー・ビンキー・ボーモントが、最初に興行した劇であったが（Darlow 150）、このテクストの誕生とラティガンの復活には、このような英国空軍での成功体験によるところ大であった、ということになる[4]。

　本章では、第2次大戦さなかに上演され「まじめな劇」での成功の契機となった『炎の滑走路』を取り上げ、その成功を産み出した歴史的条件を考察する。英国国内の劇壇での再評価のきっかけとなった『炎の滑走路』は、単純に劇作家としての転換点としてだけではなく、より広い文化的・政治的意味を英国の歴史のなかでもっているのではないか。このような可能性を考えるときに、英国空軍映画制作部で映画の脚本を執筆するように配置転換さ

れたラティガンが『夜明け（*The Day Will Dawn*）』(1942)、『表現の自由（*Uncensored*）』(1942) といった戦争映画を手掛けたことはみのがせない。具体的には、『炎の滑走路』を翻案するだけでなくラティガン自身がアナトール・ドゥ・グルンワルドとともに脚本を担当したアンソニー・アスキス監督『大空への道（*The Way to the Stars*）』(1945) との関係から、戦争プロパガンダとしての『炎の滑走路』を解釈したい。ラティガンによるこの「まじめな劇」は、実は、第2次大戦という世界規模の戦争を戦う英国のプロパガンダ文化の一端を担っているのではないか、そしてさらには、そうした役割を担うことを通じて文化的生産としてのラティガンの演劇がグローバルなトランス・メディア空間へ転回する契機をなしていたのではないか、このような可能性を示唆することが本章の目的である。

2 「バトル・オブ・ブリテン」という歴史的条件
——ナショナルな戦争プロパガンダ

『炎の滑走路』は、『お日様の輝く間に（*While the Sun Shines*）』、『三色スミレ（*Love in Idleness*）』とともに、第2次大戦3部作といわれることもあるが（Rusinko）[5]、実際、ウェスト・エンドで3作同時上演して演劇的成功をおさめたラティガンは、「軍服のセレブ」（Darlow 164）としてメディア文化における存在感を示すことになる。だが、そもそも『炎の滑走路』成功の歴史的条件は、皮肉なことに、ラティガンの不遇の2作を産み出したものと同じもの、すなわちドイツとの世界戦争であった。『炎の滑走路』初演の観客のなかには、劇の脚本の検閲のために、英国空軍司令部のチャールズ・ポータル卿が控えていた。幕が降りて、ラティガンは卿から直々に祝福の言葉を受け取ることになったのだが、それによって『炎の滑走路』は、英国情報省と英国空軍から承認された、ということになる（Rebellato Introduction *Flare Path* xxvii）。

このような価値評価のポイントは、具体的に劇テクストが描く歴史状況や

政治関係にあるのだろうか。まず、1939年独ソ不可侵条約締結後、英仏両国はドイツ軍によるポーランド侵攻開始に対して宣戦布告を行った。開戦直後は中心勢力であるドイツと英仏の間で本格的な戦争が展開されない、いわゆる「奇妙な戦争」あるいは「いかさま戦争」と呼ばれるが、この時期は、国内の戦争体制準備が進行していたといわれる。国土防衛や、公共の治安の維持のために非常指揮権法が制定され、また国内保安、経済戦争、情報、食料、海上輸送を担当する各省が設置され、総力戦に備えて国家による経済、情報の統制体制が整備されていった。1940年、ドイツによるノルウェー、デンマークへの攻撃が開始され、「奇妙な戦争」に終止符が打たれ、「宥和政策」を保持してきたチェンバレン首相に代わって首相の座に就いたチャーチルがその挙国一致内閣に労働党と自由党を参加させ、総力戦体制を政治面でも完成させた。ドイツ軍の攻勢に直面し英国大陸遠征軍はフランス軍とともに、ダンケルクから海峡を超えて英国に撤退した。この「ダンケルク撤退」は英国国民の士気を高めることとなったが、このあとのフランスの敗北に続き英国要地へのドイツ空軍による爆撃が開始された。たしかに、空襲の被害は甚大で、爆撃されたが破壊を免れたセント・ポール大聖堂やミッドランドの工業都市コヴェントリの聖堂の破壊・炎上は、その象徴となった。

1940年12月29日から30日、夜のロンドン大空襲を奇跡的に免れたセント・ポール大聖堂（Clive Life 撮影）

第 3 章　ラティガンの「まじめな劇」と戦争プロパガンダの文化

　このドイツ軍による英国本土への空襲あるいは「バトル・オブ・ブリテン」の時期、すべての国民がなんらかのかたちで巻き込まれることとなった。開戦前にすでにしかれていた徴兵制のもと徴兵年齢——当初は 18 歳から 41 歳の男性であったが、上限が 50 歳に引き上げられた——の国民は軍隊に動員され、さらに 1941 年末からは、女性も徴兵の対象となり、20 歳から 30 歳までの女性が女性補助部隊や重要な工場などに送られた。第 1 次大戦が「国王と国のために」戦った戦争であったのとは異なり、人間の自由を極度に圧殺するファシズムに対する人びとの戦争であるという意識が、モダンガール出現以降に生きる英国女性も例外となることなく、国民の間に戦争協力姿勢を産み出していった、とされる。

　このような歴史的コンテクストを、『炎の滑走路』の基本構造は、どのように表象しているだろうか。主人公は、英国空軍の爆撃パイロットである夫テディに会うためにリンカーンシャーのファルコン・ホテルに滞在している英国人女優パトリシアである。プロットは、この英国女性パトリシアが、元恋人で不倫関係にあったハリウッド映画俳優ピーター・カイルとよりを戻し夫に別れを告げようとするが、最後は、不倫相手ピーターとの復縁ではなく夫のもとにとどまることを選択する物語。一見、英国人女優パトリシアをめぐる英国軍人の夫テディと英国生まれで米国の市民権を得てハリウッド映画スターとなったピーターとの三角関係にみえるが、実は、パトリシアの最終的な選択には、戦時下における英国の人びとが、個人的な欲望の成就ではなく、故国のために責任を果たすことを選択する、つまり、戦時下の健気で勇敢なヒロインのイメージが描かれているのだ。

　パトリシアは、ピーターとの 1 年にわたる「罪の生活（living in sin）」に耐えられず英国に戻って休暇中の年下の軍人テディと「戦時中の、突風のようなロマンス（whirlwind wartime romance」（Rattigan *Flare Path* 33）に陥り結婚したのだが、年下の夫テディとの結婚生活に満足を得られず、ロンドンで再会したピーターと復縁することをテディに告げようとする。だが、その実行は、繰り返し、遅延される。痺れを切らしたピーターが、待ち

きれずに自ら2人の関係をテディに告げるべくファルコン・ホテルに乗り込んでくるのも、パトリシアのテディへの告白の実行が、2度、遅延されたからだ。1度目は、ロンドンからテディに会いにやってきたパトリシアの歓迎とテディの昇進を祝うパーティが催され、ビールを飲みすぎてテディが酔いつぶれてしまったため。ピーターは、テディを介抱するパトリシアのイメージに、以前の彼女にはみられなかったような魅力を本能的に感じとる——"Charming for you"——のだが、「いわなくてすんでほっとしたからだわ」(Rattigan *Flare Path* 35) というパトリシアの返答に示唆

「バトル・オブ・ブリテン」における英国軍人とふつうの人びとの絆、あるいはテディを選択するパトリシア

されているのは、差し迫った選択について実は未だ決心がついてはいないことである。

　より重要な2度目の遅延は、テディが、緊急命令により突然の空爆に出撃することになったために起こる。そして、パトリシアが、はじめて爆撃機の離着陸を照らす照明滑走路の存在を知るのがこの遅延のあとだ。

> DORIS.　　They haven't lit <u>the flare path</u> yet.
> PATRICIA. What's <u>the flare path</u>?
> DORIS.　　Lights in a line-so that they can see when they're taking off.
>
> 　　　　　　　　　　　　　(Rattigan *Flare Path* 52 下線筆者)

ポーランド人伯爵で英国空軍に加わった夫ジョニーに会うためにファルコン・ホテルに滞在するドリスとともに爆撃機の離陸の準備をしているのを見

第3章　ラティガンの「まじめな劇」と戦争プロパガンダの文化

守りながら、パトリシアは、ドリスの説明により、ドイツ軍が上空で待ち構えているため、照明を灯すと英国の爆撃機の所在が敵方にわかり狙い撃ちにされる危険に曝されていることを知るようになる（Rattigan *Flare Path* 53-53）。英国空軍の戦闘パイロットであるテディがおかれている状況を、はじめて、パトリシアが認識するのが、この瞬間であり、この場面で描かれる空中戦はあきらかに「バトル・オブ・ブリテン」にほかならない。

　この直後、パトリシアは、テディの上官スワンソン中隊長とともに爆撃機の離陸を見守るなか、一機の爆撃機が暗い夜空に離陸中に墜落あるいは爆撃された様子を目撃することになる。その翌朝、いままでにない経験をする。無事に帰還した夫テディから、ドイツ軍爆撃の任務に向かう恐怖・不安や部下に対する責任感の重圧に耐える苦悩とともに、自分に対する率直な愛情を打ち明けられたパトリシアは、英国軍人テディの妻としての、そして英国に対する「義務」（Rattigan *Flare Path* 88）や責任感に目覚めることになる。戦時下とりわけ「バトル・オブ・ブリテン」のさなかにおいて英国国民としての自覚をもったパトリシアは、「私的な幸福」よりもより「公的な事柄」に対する責任を全うすべく、ピーターに別れを告げることを選択する。

> PATRICIA. ....I used to think that <u>our private happiness</u> was something far too important to be affected by <u>outside things</u>, like <u>the war or marriage vows</u>....
> PETER. 　Yes it is, Pat, far too important.
> PATRICIA. No, it isn't, Pete, beside what's happening out there―(*Points to the window*.) <u>It's just tiny and rather―cheap</u>―I'm afraid. ... It may be just my bad luck, but I've suddenly found that <u>I'm in that battle</u>, and I can't―
> 　　　　　　　　　　　　　　（Rattigan *Flare Path* 88-89 下線筆者）

「私的な幸福（our private happiness）」こそが重要で、その「外部にある

79

公的な事物や事件（outside things =the war, marriage vows）」などに影響を受けるものではない、とかつてのパトリシアは考えていた。だが、照明滑走路の存在と意味を認識した彼女は、私的な幸せすなわち不倫や駆け落ちなどは、「些細なむしろ安っぽいもの（just tiny and rather-cheap）」（Rattigan *Flare Path* 89）にすぎず、英国民として戦っている自分を自覚し、戦争や結婚の誓いに対して忠実な義務を履行することを選択するのだ。近代国民国家英国を保持するのは、近代的異性愛として表象された英国国内の軍隊をあらわすテディと英国のふつうの人びととをあらわすパトリシアとの相互理解の絆であるということだろうか[6]。

　以上のように、『炎の滑走路』の基本構造が表現する意味を規定するのは「バトル・オブ・ブリテン」すなわち第2次大戦における英国の航空戦であり、英国軍人の妻としてパトリシアが、外国ハリウッドで活躍する英国人ピーターに説くモラル、個人の幸福よりも優先されるべき国民としての義務の称揚にこそこの劇テクストが価値評価されるポイントがある。言い換えれば、ナショナルな戦争プロパガンダに由来するあからさまな道徳的メッセージが、ラティガンの「まじめな劇」『炎の滑走路』成功の鍵である、ということになる。

　実際、『炎の滑走路』におけるパトリシアの選択は、ノエル・カワードの演劇『静物画（*Still Life*）』とその映画化『逢びき（*Brief Encounter*）』において主人公ローラ・ジェッソンが選択した結末同様、対独総力戦下における望ましい英国国民のイメージを提示しているようにみえる。ロンドン滞在中に『炎の滑走路』を観劇したローズヴェルト米国大統領夫人が英国首相夫人に強く勧めたことも手伝って、首相ウィンストン・チャーチル自身が、珍しいことにアポロ劇場に足を運びこの劇を観て、楽屋を訪れ「控えめな表現の傑作だ（It's a masterpiece of understatement）」と役者たちを激励するほど感銘を受けたとのことらしい。さらに、その控えめな表現を英国人らしさとして言及もしたとのことだ（Darlow 163-64）。

　ただし、このチャーチルが称賛する「イングリッシュネス」を表象するホー

ムすなわち故国・家庭への帰還するパトリシアのイメージが示唆する、挙国一致支持という国内にむけたナショナルな戦争プロパガンダだけが、この劇テクストの成功の歴史条件だと解釈するだけで、はたして、十分なのだろうか。パトリシアとテディとの結婚の誓いで結ばれた絆が、断ち切られずに保持されることを可能にしたのは、なんだったのか。それはパトリシアの「義務」への目覚めだけではなかったはずだ。やけになってテディに2人の関係・計画を暴露しようとしたものの、思いとどまったピーターの改心とそのタイミングが重要なのではないか。最終的にテディとの関係を選択したパトリシアをめぐるピーターとテディの関係性、すなわち2人のライヴァル関係に注目する必要があるかもしれない。

3　男同士の絆と英米関係――ハリウッドと英国空軍の危険な関係

　結末のピーターとテディの関係に目を向けると、英国空軍パイロットの妻パトリシアやモーディ、そして『逢びき』の中産階級の主婦ローラのような女性キャラクターが表象する英国のふつうの人びとの戦いは[7]、国内に向けたナショナルなプロパガンダとして機能していただけではない、と解釈し直すことができるかもしれない。言い換えれば、この劇テクストにも、第1章で論じた『お日様の輝く間に』に表象されたような矛盾を孕んだ英米関係を探ることができるのではないか、もっともより控えめなかたちではあるが。

　『炎の滑走路』の結末の直前の場面を、再読してみよう。ヨーロッパの戦場から大西洋を横断して移動した米国で市民権を獲得しハリウッド映画産業界で私的な幸福の成就を求める俳優ピーターは、これまで築いてきた俳優の職を失いかねないという「ミッドライフ・クライシス」つまり中年男性の不安を抱えているのだが、その不安は、自分が理解できないファシズムに抑圧された自由や民主主義を獲得するための戦争に起因するものとみなしているようだ。そして、その不安解消のためにパトリシアを必要とする「自分勝手（selfish）」（Rattigan *Flare Path* 57）な欲望にとらわれているピーターに

は、国家の安全保障のために努める軍人の義務や責任など無縁のもののようだ。パトリシアとの復縁がかなわなかったピーターは、2人の関係をテディに暴露しようと試みる。だが、その実行を、直前で、断念するひとつの契機が、テディがピーターに何気なく打ち明ける戦闘時の不安——"I'm quite ready to admit we sometimes find it a bit of a bind"(Rattigan *Flare Path* 97)——だ。その直後、世界中を股にかけ("Dashing madly about all over the world")、ファンに囲まれ大金を稼ぎ、魅力的な女性たちにモテモテの「映画スター」に憧れると軽口をたたきながら、「生涯の友へ(to my life-long buddy)」というような自慢できる記念となるサインをテディから求められたピーターが、走り書きをテディに渡す場面、とりわけ以下のテディの台詞が重要である(Rattigan *Flare Path* 97-98)。

> Thanks a lot. (*Reads it*.) Oh, thanks. <u>Between you and me</u> I never know what that means, although <u>it's the Air Force motto</u>.
> I don't know what it means, either.
>
> (Rattigan *Flare Path* 98　下線筆者)

テクストでは明示的には示されないが、そこに記されているのは、なんと、英国空軍のモットー——「艱難を超えて、栄光へ」すなわち"Per Ardua Ad Astra(Through Adversity to the Stars)"——であった。この英国空軍のモットーこそが媒介項としての機能を果たし、テディが表象するナショナルな軍隊あるいは戦争とピーターが表象するグローバルなハリウッド映画文化あるいはポピュラー・カルチャーとの間に、ひそかな男同士の絆が結ばれた瞬間がちらりと垣間見える。テディとピーターとの絆は、英国空軍と英国市民とのナショナルな結びつきを表象するものでもなければ、英米の軍事的同盟関係をひそかに示すというものでもないようだ。

　この2人の男性間に国境を越えて結ばれる友愛の絆は、どのような文化的意味を帯びている可能性があるだろうか。『お日様の輝く間に』とは異なり

第 3 章　ラティガンの「まじめな劇」と戦争プロパガンダの文化

英国を支援する米国軍人ではないが、米国に結びつくピーターは、第 2 次大戦時大西洋を横断し英国プロパガンダにおいて重要な役割を演じた英国人作家や文化人をひそかに表象しているのではないか。とりわけ、強い不介入主義を採る 1930 年代の米国では、英国政府による公式プロパガンダは功を奏することはあまりなかった。そのような中で、米国で印税暮らしをしていたり、米国市場に向けて執筆する作家たちは、政府から独立して活動するようであり、外国の手先であるという非難を避けることができた。また、そうした作家たちによる非公式な「プロパガンダ」は、たいていの場合、米国人に、英国の伝統・文化やその遺産を共有していることを認識させるものであり、そうした同郷の士ともいえる英国人が孤軍奮闘するなか、米国人も国際的責任を引き受けるべきではないかと訴える講義もあった（Calder x-xi）。

　たとえば、30 年代まで風俗劇で名を馳せたサマセット・モームにもそうした別の顔があった。戦時中、米国の雑誌『出版社週報（*Publishers' Weekly*）』に、「英国と英国人を知るために（"To Know about England and the English"）」という記事を寄稿し、そこでも、後に映画化されるイギリスのテクスト、『ミニヴァー夫人（*Mrs Miniver*）』をはじめとして、フィリス・ボトムの『ロンドン・プライド（*London Pride*）』を取り上げている。彼は、とりわけ、英国人の典型的特徴を卓越したイメージで具現するチャーチルの生涯をみごとに描いたフィリップ・ゲダラ『チャーチル――肖像（*Mr Churchill: A Portrait*）』を読むように勧めている（Calder 122）。モームは、さらに、『現代英米文学入門（*Introduction to Modern English and American Literature*）』として米国だけで出版されたアンソロジーとなる「偉大な現代読本（*Great Modern Reading*）」を編む。このアンソロジーについて、G・B・スターンにあてた手紙のなかで、これはある意味「英米両国共編のアンソロジー（get-together anthology）」であり、英国と米国の各国民が「事実上ひとつの国民（in fact one people）」であることを証明するものだ、とモームは述べている。このアンソロジーの序文において、英文学と米文学とか、両国の文学を区別するのではなくて、「ひとつの」「英語

圏の文学」とみなしたい、という主張はあきらかに巧妙な非公式プロパガンダの例となっている（Calder 123）[8]。

　このように英国人作家たちがさまざまなメディアを通じて両国の文化的・歴史的なつながりという視点から米国に参戦を促す非公式のプロパガンダ活動をおこなっていたが、そうした文化活動のなかでもとりわけ効果的で重要な役割を果たしたのが、映画メディアであった。第2次大戦勃発時、ハリウッドには英国生国を離れて活躍する多くの俳優——セドリック・ハードウィック卿、メイ・ウィッティ、C・オーブリー・スミス、エドマンド・グウェン、アラン・モーブレー、ベイジル・ラスボーン、ブライアン・アアーン、ケイリー・グラントなどなど——が存在し、「英国人俳優の植民地」ともいうべきものを形成していた（Calder 245）[9]。こうした俳優や映画監督たちは、ハリウッドにいながら英国政府のための活動をしていた。たとえば、ロサンジェルスにいたハードウィック卿は、ラスボーンやアアーン、コールマンとともに、ブリティッシュ・カウンシルのために映画産業の情勢を監視し報告する役割を担っていたし、ヒッチコックも、英国政府高官からハリウッド映画における英国人の表象を改善するよう要請されたという。アレクサンダー・コルダは、ニューヨークの英国安全保障調整局のウィリアム・スティーヴンソン卿と交流があり、ケイリー・グラントとともに、ハリウッドの活動や姿勢を監視し報告するように依頼を受けていた（Calder 246-47）。

　『炎の滑走路』のなかで米国映画スターとして活躍する英国人俳優ピーターのイメージは、このような戦争中のハリウッド在住の英国人が構築したトランスアトランティックに国境を超えた結びつきをひそかに表象しているとみなすことができるかもしれない[10]。そして、劇テクストの結末では奇跡的な帰還を果たしたポーランド人伯爵と英国空軍との友愛関係が、祝祭的に表象されるために、後景に退いてしまうことになるこの絆は、英国情報省の後援によって制作された映画『大空への道』においてより明示的なかたちで、英米の同盟関係として提示されることになる。

4 『大空への道』における英米関係——RAF と戦争プロパガンダ映画

　ナショナルな戦争プロパガンダという機能をもった劇テクスト『炎の滑走路』のエンディングで英国空軍のモットーを通じて結ばれた男同士の絆によって示唆された英米の同盟関係は、よりグローバルなメディア文化における翻案『大空への道』においては、第2次大戦における英国空軍と米軍との絆を描くことでより明示的に示されているようだ。この映画テクストは、英国国家の国益のためだけに機能する戦争プロパガンダではなく、英米の同盟関係に焦点を当てるトランスアトランティックなプロパガンダの文化として機能しているといえるのではないか。

　『大空への道』は、『炎の滑走路』の翻案を翻訳・再生産したとされているが[11]、基本構造を含めかなり大きな書き換えがなされている。まず、舞台やキャラクター設定に変更がみられる。たとえば、舞台は、劇テクストでは描かれなかった英国空軍のハーフペニー・フィールド基地が主要な空間となっている。そして、主人公でもあり女優というキャリアをもっていた職業婦人パトリシアは、もうひとつの舞台である基地近くの村でパブを経営する女性トディに、変更された。最終的にホームへ主婦として回帰するとしても一度は家庭の外での労働と不倫を経験する英国女のアヴァンチュールの物語は、夫の名誉の戦死を乗り越えてパブの経営を切り盛りしつつ残された息子を育てる毅然として健気な母の保守的イデオロギーに回収されている。さらに、批評家たちに批判されたポーランド人ジョニーの奇跡の生還の物語も書き換えられ、英雄的な最後を戦場で迎える米国男ジョニーは帰還することはない。

　副次的な男性キャラクターに注目するならば、英国空軍パイロットのテディが、異なる2人のキャラクターとしてそれぞれ別に描かれており、空中戦で戦死するトディの夫デイヴィッドと彼の代わりに生き残る空軍での部下ピーターに分離していることがわかる。こうして、『炎の滑走路』における英米関係は、英国軍人テディとハリウッドへ移動してそこで活躍する英国

人俳優ピーターの2人の文化的結びつきによって表象されていたが、『大空への道』は、ポーランド人パイロットが書き換えにより消去された結果、英国軍人ピーターと米国軍人ジョニーとの協力関係によって、より直接的な両国の政治・軍事的同盟を表象することになったわけだ。

『大空への道』に先立ち、ラティガンは、砲兵隊員や無線通信手の任務から配置転換された英国空軍映画制作部で映画の脚本執筆に携わった。その時に長編ドキュメンタリー映画『ジャーニー・トゥギャザー（*Journey Together*）』のほかに手掛けたのが、第2次大戦中のノルウェーを舞台に、そこでの反独抵抗運動を描いた『夜明け』（アメリカでは *The Avengers* というタイトルで公開）、そしてまた、ドイツ占領下のベルギーを舞台に、ナチス・ドイツに抵抗するベルギー人地下組織のレジスタンスを描いた『表現の自由』だった。このような英国空軍で制作に関わった映画は、主として英国人パイロットや空中戦を描いたのであったが、いずれも、観客としては米国人をターゲットにした要素を含んでいる。たとえば、ケンブリッジ大学のアッパー・ミドル・クラスの学生とワーキング・クラスの青年の階級を超えた友情が英国空軍兵士の訓練を通じて結ばれる模様を描いた『ジャーニー・トゥギャザー』は、英国国内の階級差の問題の想像的な解決を提示しているが、その若い英国人パイロットたちの絆が、さらに大西洋を越え米国の航空学校において、言語や社会習慣の差異を超えたものに広がっていくさまも描かれている。「異なる階級出身の人びとによって、それぞれ異なるが同様の不可欠な義務を遂行する爆撃手によって、共通の道程を進んで行く」とりわけ、「英国人と米国人」が、共に経験する道のりによって英米関係の必要性と相互理解に基づいた両国協調関係を言祝ぐ映画テクストとなっている（Calder 243）[12]。

英国人と米国人の間の相互理解は、『大空への道』において、より明示的に強調されている。英国情報省の後援により制作されたこの映画は、『軍旗の下に（*In Which We Serve*）』（1942）と『最後の空撃（*The Way Ahead*）』（1944）とともに戦争3部作を構成するともみなされる（Calder

第 3 章　ラティガンの「まじめな劇」と戦争プロパガンダの文化

243-44）[13]。1940 年から 1944 年の時期を描く『大空への道』には、1942 年に英国の空軍基地に到着した米国人パイロットたちが登場するが、当初は相互理解も共感ももたない英米両グループの間に存在した緊張関係が解消されるのは、米国人がドイツ空爆の困難を認識し、英国人も米国人が払う犠牲の大きさに感謝し始めたときだ。米国の作戦成功を祝い両軍の兵士やホテルにとどまる民間人も交えての祝宴や両軍対抗の野球試合などを通じて、両国人の間に理解や友愛の感情が生まれる。とりわけ、ひとりの米国人パイロット、米国の参戦は遅すぎたと感じたために爆撃機に乗りひたすら飛び続けていたジョニーは、英国人パイロットのピーターとの友愛関係（パブの経営者トディに対するほのかな罪のない恋心？）からか、英国空軍を支援し続けるために英国にとどまることを選択する。米国への帰還の機会を「男として乗りかかった船」には「最後までとどまるべきだ」という思いから辞退したのだが、その直後に向かった突撃において彼は命を落とすことになる。映画では、はじめは敵対していた米国人と英国人の 2 人のパイロットが一緒に基地に戻るところで終わるのだが、その後に、前半で戦死したトディの夫デイヴィッドが遺した詩「ジョニーに寄せて」――Do not despair / for Johnny-head-in-air; / He sleeps as sound. as Johnny underground. / Fetch out no shroud / for Johnny-in-the-cloud; / And keep your tears / for him in after years. / Better by far / for Johnny-the-bright-star, / To keep your head / and see his children fed.――の一節が、まるで米国人パイロットのジョニーへの鎮魂の詩であるかのように、繰り返し反復される。W・H・オーデンの友人であり英国空軍にも従軍していたジョン・パドニー作のこの詩は、『デイリー・クロニクル』紙に掲載され、戦争詩として最も有名なもののひとつであった（Wansell）[14]。ちなみに、米国でのこの映画の公開時のタイトルは、この詩の一節をとり『雲のなかのジョニー』であったが、この詩を媒介として結ばれた戦死した英国人デイヴィッドと米国人ジョニーとの絆が、英国空軍のモットー「艱難を超えて大空へ」を具現し、大空において英米両国が結ばれるイメージが、一応のところ、提示されている。

だが、『大空への道』においてこのようにことさら過剰なやりかたで強調される英米の同盟関係が表象しているのは、実のところ、必ずしも円満とはいえない両国の関係性であった。1941年に参戦しヨーロッパでの米国軍の活動とりわけドイツ空爆参加について、他人の戦争になぜ米国人が駆りだされるのかと憤慨もしていたし、英国人のほうは経済力にまさる米国兵士たちがその豊富なマネーの力によって地元の女性を魅了するのを快くは思っていなかったらしい（Darlow 164）。たしかに、こうした見解は、当時の状況を単純化したものかもしれないが、実際、英国マスメディアでは、英米関係に関する議論はタブー視されており、両国の同盟にとって好ましい記事だけが各紙には掲載されていた。しかし、『デイリー・ミラー』紙がその暗黙の了解事項に反し英米双方の兵士からの率直な意見をのせたりもして、同盟関係を良好に保つには、むしろ腹蔵ない意見交換の必要性を求める声もあった。そうしたなか陸軍省ならびに外務省内部には、友好関係を促進するためのより積極的な政策が求められた。こうして、陸軍省の下部組織である英米（軍）関係委員会、また米国兵と英国民間人との友好的な関係を構築するために、陸軍省と欧州作戦戦域軍との間の合意にもとり英米連絡委員会、英国情報省の支援する「ウェルカム・クラブ」が、それぞれ、設立された（Reynolds 188-98）。英国情報省後援のこの映画テクストに、英米関係が両国の空軍パイロットの男同士の友情として理想化されているのは、実際には未だ実現していなかった両国の間の相互理解という政治イデオロギーが、緊急に、求められていたからにほかならない。

　もっとも、英米関係を経済的・商業的な視座から見直してみるならば、「バトル・オブ・ブリテン」を戦わなければならなかった状況において、戦争のために健気にそして果敢に戦う英国人とそれをヒロイックに支える米国人パイロットを描いた『大空への道』には、英米両国に向けた戦争プロパガンダとしてのナショナルな劇テクスト『炎の滑走路』が、よりグローバルなメディア・テクストに形式をかえて、再生産されている、とみなすこともできる。このような視座をとるなら、『炎の滑走路』がもともと、ハリウッドからも

その映画化の版権が求められていたことは（Darlow 164）興味深い。この版権を求めたのは 20 世紀フォックス社ではあったが、ハリウッドにおいて、プロパガンダ映画制作の代表的な存在は、メトロ・ゴールドウィン・メイヤー（Metro-Goldwyn-Mayer）すなわち MGM だった。1933 年から 1945 年にかけて、MGM は毎年 2・3 本の「英国」映画を制作したが、重要なのはその数ではなく、それにかけた費用と安定した収入を制作会社にもたらしたその人気であった。この特定の時期の「英国」映画における「イングリッシュネス」のイメージはあくまで英国好きの米国の視点から提示されるものであったが、英国の文学・歴史・文化とその遺産、そして英国民の戦争努力というテーマは、大西洋を跨いだ両国いずれからも好まれた（Glancy 97）。

　このような戦争プロパガンダ映画を英国情報省が後援した歴史状況とはいかなるものだったのか。第 1 次大戦で映画がプロパガンダとして効果的に機能した経験から、開戦時の英国情報省に映画制作に専念する部署ができ、初期長官に保守党のプロパガンダ映画に関わったジョン・ボール卿が就任したが、労働党・自由党さらには文学・文化人からの攻撃を受けた。そしてその後、ケネス・クラーク卿が後任となって、長編、ドキュメンタリー映画、ニュース映画それぞれの役割を規定するプログラムを開発した。この 2 人以上に重要なのが、クラーク卿の後任として任に就いたジャック・ベディントンであった。「最も不当に忘れ去られた人物のひとり」とされるベディントンの功績は、映画部門に宣伝活動（PR）の知識を取り入れたことだが、これは彼がシェル・グループのシェル映画部門において広報担当役員の任についた経験によって可能となったものだった。ベディントンの政策はドキュメンタリー映画と商業的な長編映画とのバランスをとるというものだったが、後者の商業的な映画制作のために、彼は映画会社グラナダ・グループを発展させていたシドニー・バーンスタインを映画制作部門の顧問として招いた。バーンスタインが起用されたのは、映画会社を所有する英国の実業家としてのキャリアを買われただけではなく、米国との親密な関係のため、とりわけ、ウォルター・ウェンジャーのようなハリウッドの重要人物との友愛関

係を結んでいたからだった (Calder)。

　ベディントンの政策が功を奏し、当初ドキュメンタリー映画が優勢であったものの、英国民の士気高揚・決意表明のため、さらには海外とりわけ米国におけるプロパガンダ効果を生むことをめざして、徐々に多くの商業的長編映画が制作されるようになった。英国産のドキュメンタリー映画だけでは、米国でのプロパガンダ効果は不十分であったのだ。英国作家たちによる文学テクストや脚本が提供されるようになったのは、こういう歴史条件があったからだ。こうして、『大空への道』や『軍旗の下に』、『最後の空撃』などが制作された。英国の戦争プロパガンダにおいてハリウッド長編映画の重要性を最初に主張したのは、外務大臣ハリファックス卿であった、といわれるが (Calder 245)、英国情報省も、英国人が孤軍奮闘し苦闘する姿に米国人の関心・同情を獲得するうえでのハリウッド映画の重要性を認識し、映画制作者や英国への支持表明をするハリウッド在住の英国人俳優・演出家・作家らのコミュニティと背後で協働するようになっていった。

　ラティガン復活のきっかけとされる「まじめな劇」である『炎の滑走路』同様に英米の同盟関係を言祝ぐ『大空への道』は、英国情報省が後援し英国空軍映画制作部門が産出した重要な第2次大戦の戦争プロパガンダ映画であった。ナショナルには新たな演劇によって退場させられたとされているラティガンであるが、これらの劇や映画という文化テクストは、その後の福祉国家につながる戦争プロパガンダとハードな軍事・外交政策の力というコンテクストから再読する可能性を示唆していることになる。ただし、映画の脚本家として大西洋を横断しハリウッドでも活躍することになる点に注目するなら、『炎の滑走路』と『大空への道』というテクストは、たんなる英国国家の国益のために奉仕する戦争プロパガンダとしての価値をもつだけではないかもしれない。第2次大戦さなか、括弧つきではあれ映画をはじめさまざまなジャンルに開かれたトランス・メディア空間において、ラティガンが生産した演劇文化は、ひょっとしたら、21世紀の現在ではソフト・パワーといわれることになる機能を果たすことにより、経済的・商業的にグローバ

ルに転回・拡張する契機でもあった可能性を解釈することができるかもしれない。

5 ポーランド人兵士ジョニー——東ヨーロッパの地政学的空間

　第2次大戦中のラティガンは、戦争プロパガンダ映画制作に関わったわけだが、戦後の『ブラウニング版』では、これとは逆の反プロパガンダの身振りを、『チップス先生さようなら』への批判的な言及により、示していた。さらにまた冷戦のさなかには、『チップス先生さようなら』の再映画化に携わるという奇妙な軌跡を辿る。こうした曲がりくねったキャリアの変遷は、ラティガンと『チップス先生さようなら』のいささか込み入った関係に注目しながら、終章で、再び考察することにして、最後に、批評家たちからは批判されたハッピー・エンディングとなった『炎の滑走路』という劇テクストの結末で、英米関係を後景に退かせるような奇跡的な帰還を果たしたポーランド人伯爵と英国空軍との友愛関係について、その意味の可能性を、本格的な解釈のための覚書として、東ヨーロッパの地政学的空間に少しばかり探っておきたい。

　テディとピーターが、国境を超えた男同士の絆を結ぶ直前の場面に注目しよう。空爆にでたまま戻らないポーランド人伯爵の夫ジョニーの安否を気遣う元バー・メイドの英国人妻ドリスが、フランス語で書かれた夫からの手紙の翻訳をピーターに依頼する場面だ（映画『大空への道』では、この手紙が「ジョニーに寄せて」という詩に変容している）。妻ドリスへの感謝の念と永遠の愛が綴られたその手紙によれば、ドイツのポーランド侵攻によって家族を失ったジョニーは、ドイツ軍と闘うことだけが英国に移動し英国空軍に加わったその目的だったが、英国人ドリスとの出会いによって再び生きる希望を得ることができたのだった。ポーランド人男性ジョニーと英国女性ドリスとの国境も階級も超えて結び合わされた夫婦の絆は、テディに敵対していたピーターにも影響を及ぼすことになる。さらに、ピーターは、空爆から未だ

帰還しない同僚のポーランド人ジョニーの身を案じるテディとの会話を通じて、彼が抱える英国空軍の小隊を率いる将校としての責任を理解する。テディとパトリシアとの間に結ばれた英国軍人と民間人の絆が保持されるのも、既述した空軍のモットーの走り書きによってひそやかに結ばれた英米の男同士の絆が結ばれるのも、ピーターがテディにパトリシアとの関係を暴露せず立ち去ったからこそ可能になったのだが、その行為もそもそもはポーランド人と英国人との間に結ばれた絆の存在によって規定されているようにもみえる。

劇テクストの結末では、ポーランド人ジョニーの奇跡的生還を祝うため、ホテルのバーに一同が集まり宴が催される。ジョニーは、「英国空軍になんか入りたくない、戦争になんか行きたくない、ぶらぶらしていたいよ、ピカデリー地下鉄あたりでさ、上流の貴婦人に食べさせてもらってさ」（Rattigan *Flare Path* 98）と、ポーランドなまりで歌い、それに一同が加わり合唱が始まり宴たけなわとなる。宴の場におけるピーターの不在は、米国へ大型旅客機で帰国するためにすでに出立した彼を「俺たち奴がいなくても問題ないさ」というテディの台詞に示されるように、重要視されない。英米の同盟関係は後景に退くだけではなく、否定すらされているようにもみえる。劇の結末で舞台に提示される祝宴の場面においては、英国軍人テディとポーランド人貴族ジョニーとの間に結ばれる友愛によって、英国空軍とポーランドの同盟関係が表象されているようだ。旧来の劇評や批評において意味がないと批判・否定されてきたこの結末の場面は、はたしてどのような意味があるのだろうか。

『ニュー・スティツマン』のロジャー・マンヴェルら批評家だけではなく、初日に先立って通し稽古を観るために招かれたノエル・カワードも、ポーランド人のパイロットが奇跡の生還を遂げる「センチメンタル」な「ハッピー・エンディング」は「劇を台無しにする」（Darlow 151-52）などというように批判しているが、第2次大戦後へいたる歴史的過程と地政学的関係に注目するならば、もう少し別の解釈を試みてみることができるかもしれない。プロパガンダの担い手あるいはパブリック・ディプロマシーのエージェント

としてのカワードは、なるほどそのきわめて英国的な保守主義と軽妙なダンディズムがたしかに大英帝国の植民地では拍手喝采をもって迎え入れられたとはいえ、フェビアン社会主義あるいは左寄りの英国リベラリズムの立場から英国の外交政策を批判するH・G・ウェルズとともに、米国でのプロパガンダ活動においては完全な失敗例だった（Calder 89-115）。この失敗をふまえて出されたのが、インペリアル・ケミカル・インダストリーズ会長であった第2代メルチェット卿により、チャーチル首相に最も影響力のある科学顧問であったオクスフォード大の物理学者フレデリック・リンデマンに宛てられその後外務省に提出された英米関係に関する報告書だった。ちなみに、カワードとウェルズのあとに彼らとは対照的なかたちで文化による外交の成功をおさめることになるのが、カワードと同じく劇作家としてさまざまな社会問題やその時々のファッショナブルな風俗を取り上げながら一貫してポピュラーな作家であったサマセット・モームである。

　さてここで、戦争プロパガンダの文化としてのラティガンの「まじめな劇」と矛盾を孕んだ英米関係をよりグローバルな地政学的空間において捉え直す手始めの作業として、第2次大戦前の時空間にさらに遡行しその歴史的条件となるものを吟味しておきたい。1937年以後、アメリカの外交政策は、徐々にウィルソン的な性格を強めていき、1941年には大西洋憲章の宣言によりその頂点に達した、と同時に、アメリカ経済が戦争へと動員されたことで、これ以前のニューディールを基調とした経済の国内的な制約を超えた新たなグローバルな経済的・政治的合意形成のための状況が作り出されたとされる。この合意は、「コーポレート・リベラリズム」、フォーディズムという生産体制と国家介入の政策をもとに自由な国際経済再建を推進するイデオロギーであり、北大西洋地域におけるアメリカのヘゲモニーがその基軸であった。このようなアメリカの外交政策すなわち「ローズヴェルト攻勢」に対して、ロンドンに拠点を置くヨーロッパ各国の亡命政府は、すぐに肯定的な反応を返した。1942年1月1日の連合国共同宣言は、自由フランスを含めたロンドンに拠点を置く9つのヨーロッパ諸国政府、ならびに、英領コモンウェ

ルスの国々によって承認された大西洋憲章の原則にそうかたちで、実現されたものであった（van der Pijl 107）。

　こうしたアメリカの新たなリベラリズムのトランスアトランティックな形成の歴史的過程において、東ヨーロッパの地政学的空間とポーランド人の動きは、見逃すことのできない重要な契機をなしている。1941年2月、亡命中のポーランドの指導者であるシコルスキ将軍と彼のアドバイザーであるユゼフ・レティンゲルは、戦後のヨーロッパにおける経済協力について大陸ヨーロッパ諸国の政府メンバーと討議を開始した。1941年末にかけて、この2人のポーランド人によって立ち上げられた大陸ヨーロッパ諸国の外務大臣で構成される常設組織とその定期的な会合から、戦後の欧州統合に対して重要な成果をもたらすことになる2つのプロジェクトが生まれる。すなわち、ベルギー、オランダ、ルクセンブルク間での関税同盟の結成に向けた計画、そして、「欧州経済協力連盟（European League for Economic Cooperation, ELEC）」の創設に向けた提案。「経済協力連盟」はレティンゲルが主導した会合の重要な成果であり、彼自身がこの連盟の書記長に就任した（van der Pijl 119-20）。第1次大戦前には英国でジョウゼフ・コンラッドの近しい知人となり第2次大戦後には共産党政府から追放されたレティンゲルがその創設に力を注いだ統合ヨーロッパは、新たにグローバル化された資本主義とリベラリズムの経済・政治体制の拡張の歩みに肯定的に対応して形成されながらも米国の覇権と必ずしも完全に一致するものではないものであったにしろ、ソ連の共産主義あるいはさまざまな「全体主義」イデオロギーの否定という点で、それぞれの利害の一致をみるものであった[15]。

　歴史教科書的なコンテクストでいうならば、米国参戦に先立つ「バトル・オブ・ブリテン」のさなか、米国は英国帝国内の海空軍基地を借用する見返りに英国に駆逐艦を与え、さらに1941年には、レンドリース法を成立させて軍需品・武器・食糧の英国への供給を開始した。英国は、こうした米国の戦争協力を確保することに腐心していた一方で、ヨーロッパのファシズム諸国との戦いに際してソ連の存在を重視し、1941年独ソ戦が勃発すると英ソ

第3章　ラティガンの「まじめな劇」と戦争プロパガンダの文化

協働行動協定を結ぶなどしてソ連との協力体制の樹立も企図していた。ただし、スターリンが独ソ戦線での負担を軽減しようとヨーロッパの西側における第2戦線の設定を要求したのに対し、英国は消極的な態度をとった。チャーチルが大英帝国とその世界戦略にとっての死活問題と考えたのは、バルカン地域ならびにインド・太平洋につながる地中海海域・中東という交通・流通の要所あるいは戦略的地域であったからだ。このような歴史的コンテクストも、東ヨーロッパとりわけポーランドの地政学的空間やそれを直接・間接に提示するさまざまなテクスト・サブテクストによって、再解釈する必要があるのかもしれない。ひょっとしたら、ソ連との協力体制あるいは分断・崩壊を乗り越えたヨーロッパとの関係構築か、新たな覇権国米国という超大国との同盟関係か、これらの選択肢の間で揺れる英国の外交政策の姿が、劇テクスト『炎の滑走路』における、英米の同盟関係と交錯しながらもあざやかな対照をなしながら反転される、英国とポーランドとの絆の表象によって炙り出されているのかもしれない。もっとも、米国の支援を求めながらヨーロッパとの関係も構築しようとする英国の外交政策とソフト・パワーは、戦後にも引き継がれることになるのではあるが。

Notes

1 トレヴァー・ナンは、王立シェイクスピア劇団（Royal Shakespeare Company）の芸術監督、最高責任者や、ナショナル・シアター（The Royal National Theatre）の芸術監督を経て、ヘイマーケット劇場の芸術監督に就任している。
　　ナンは、RSC時代、キャメロン・マッキントッシュ制作でアンドリュー・ロイド・ウェバーが音楽を担当した『キャッツ』の演出を担当している。このミュージカル版『キャッツ』は、T・S・エリオットの *Old Possum's Book of Practical Cats* を基にしたものだが、1980年代以降、英国ミュージカルがグローバルに成功し流通する契機となったものだ（Sheehan）。
2 父親の外交官早期引退を契機に経済的状況が一変した経験を持つラティガンは、経済的に困窮することをひどく恐れ、自分のウェスト・エンドでの不安定な地位に不安を覚えていた、という事情もあったらしい（Darlow）。

3 1930年代は平和主義者であり左翼的立場をとっていたラティガンのこの入隊の決断は、友人・知人たとえば B・A・ヤング（Young）には、意外な選択とうつったらしい（Rebellato Introduction *Flare Path* xxiii; Young 38）。

　また、キース・O・ニューマンは、催眠術を用いて患者を自分の影響下におくという芳しくない評判もあった。

4 『炎の滑走路』の後、『お日様の輝く間に』・『三色スミレ』も、H・M・テナント社がプロデュースしたものであった（Darlow; Huggett）。

5 『三色スミレ』におけるイデオロギー的対立については Rebellato、Introduction *Love in Idleness /Less Than Kind* を参照。

6 このような女性が表象するふつうの人びとの戦いは、別の軍人ミラー曹長の妻モーディーの声を通してもかたられている。空襲で家をなくして馬の合わない夫のおばエラと暮らすのは快適ではないが、「戦争中なのだから、事情はちょっと違う、そういうことにも慣れなくっちゃってこと、それだけよ（there's a war on, and things have got to be a bit different, and we've just got to get used to it-that's all）」（Rattigan *Flare Path* 49）と。

7 カワードの『逢びき』のローラが担った「戦時下のヒロイン」という議論については、Light のとりわけ以下の引用部を参照。"In 1945 Laura Jesson leant out of a train window blinking away the tears which pressed into her eyes and waved goodbye to the man who might have become her lover. In *Brief Encounter*'s story of a suburban housewife who refuses to stray from the fold and returns to her state, dull marriage, post-war Britain saw an image of itself. ...It was this quality of reticence which made Celia Johnson a heroin, at times brisk and sensible...but somehow inconsolably wistful, a life whose still waters ran deep. Her eyes luminous with emotion and her voice brightly cheerful, she was above all a gallant figure, a personification of that class ideal which was the creation of the inter-war period, but which had found its finest hour in 1940. Laura Jesson was the last of the wartime heroines"（Light 208　下線筆者）。

8 『アトランティック・マンスリー』のような雑誌には、「ダンケルク撤退」や潜水艦での活動など、海軍の軍事行動等についての直接体験を表現した記事が寄せられて、米国の読者に英国人が闘っている戦争をより身近なものに感じさせようと

した（Calder 153）。アカデミックな世界でも、英米の歴史的な緊密な関係についての論文が執筆された。たとえば、ハロルド・ラスキは「米国としてのリンカーン（Lincoln as America）」を執筆した（Calder 162）。

9　第2次世界大戦初期においてハリウッド在住英国人の数は史上最高を数えた。ハリウッドにおける「英国」映画制作は最高潮に達し、映画制作会社は、英国人作家、スター、演出家、制作者を招じたことが一因だ。より高額な報酬、より大きな名声や安定した映画制作環境に魅せられてすでに戦前から英国映画制作者たちは大西洋を渡りさらに米国を西へと横断してハリウッドに移住している。長期にわたる趨勢のほんの1部にすぎないとはいえ、1938年から1940年の移動は、まさに出エジプト記を思わせるものがあったという（Glancy 157）。

　30年代のMGM「英国」スタジオが制作した代表作が、『響け凱歌（*A Yank at Oxford*）』(1938)、『城砦（*The Citadel*）』(1939)、『チップス先生さようなら（*Goodbye, Mr. Chips*）』(1939) である。さらに、第2次大戦中に制作して成功したものに、『哀愁（*Waterloo Bridge*）』(1940)、『ミニヴァー夫人（*Mrs Miniver*）』(1942)、『心の旅路（*Random Harvest*）』(1942)『ドーヴァーの白い崖（*The White Cliffs of Dover*）』(1944) などがある。

10　ハリウッド映画スターとして登場するピーターとともに言及されているのが、ビング・クロスビーであるが、さらにローズヴェルト大統領の善隣外交（中南米向けの外交政策）の推進に関わっていたとされるブラジル出身のミュージカル女優・映画スターのカルメン・ミランダ Carmen Miranda（Rattigan *Flare Path* 13）や米国政府発行の戦争債券の販売促進に関わった戦時中ピンナップ・ガールとしても人気を博した女優ドロシー・ラムーア（Dorothy Lamour）（Rattigan *Flare Path* 17）の名前が挙がっているのも興味深い（Samuel）。

11　「艱難を超えて、大空へ」という意味の英国空軍のモットーは、古代ローマの詩人ウェルギリウスによるローマ建国の叙事詩『アエネーイス』という古典文学に起源をもつとされるが、このモットーが映画『大空への道』のタイトルに用いられているのはあきらかだ。

　また、英国情報省の後援のもと、1945年、アメリカのメディア企業、20世紀フォックスによって制作された可能性もあったこの戦争映画を監督したのは、結局のところ、アンソニー・アスキスになったのだが、ダンケルクの撤退を背景に国内のホームを健気に守り人びとの戦争に関わる中流家庭の女性を描いたミドル

ブラウ文化のテクストである、と同時に、代表的なプロパガンダとしても有名な『ミニヴァー夫人』——このテクストとローズヴェルト夫人、アメリカ参戦との関係も周知の逸話だ——を制作した米国のウィリアム・ワイラーによって監督される話もあったらしい（Darlow 164）。『ミニヴァー夫人』については、戦間期英国の conservative modernity の文化を吟味した Light を参照のこと。

12　第2次大戦の英国空軍爆撃手の歴史を研究した Connelly は、その研究書の付録 B として、ラティガン脚本の英国空軍映画制作部門によるこの2つの映画『ジャーニー・トゥギャザー』と『大空への道』を取り上げている。

13　カワードが制作・監督・主演もし、『大空への道』同様英国情報省の後援を受けた『軍旗の下に』は、大西洋を跨いで英米両国で大成功をおさめ、プロパガンダ映画のモデルともみなされるものだ。その後、英国の国民軍の創設による陸軍の増強を歴史的サブテクストとした同様の映画制作を、英国情報省大臣ブレンダン・ブラッケン（初代ブラッケン子爵）から依頼されるが、海軍に比べ陸軍には詳しくないことを理由に辞退したため、陸軍に配属されたピーター・ユスチノフとエリック・アンブラーが脚本を担当し『最後の空撃』が制作されたということらしい（Calder 243-44）。

14　アスキスの伝記を書いた Minney によれば、戦後、アレクサンダー・コルダに指名され、ラティガンが脚本を担当し米国アカデミー賞脚本賞候補に挙げられた『超音ジェット機（*The Sound Barrier*）』（1952）を監督できなかったアスキスは、ジョン・パドニー原作の小説 *The Net* を翻案し、国際的な科学者グループが時速2000マイルの航空機製作のため研究を重ねているという映画制作を試みたという（Minney 153）。文学史上にはほとんど取り上げられることのない、パドニーという戦争詩人が、第2次大戦前後の政治的・文化的コンテクストにおいては、存在感を示していたということか。

15　この時期にはもうひとり有名なポーランド人として、ナンシー・ミットフォードの愛人としても知られるガストン・パレウスキがいる。第2次大戦にいたる歴史的軌跡を共産主義とファシズムのイデオロギー闘争を舞台にしながらも、ある意味で英国上流階級が具現する「イングリッシュネス」の世界を描いてみせたミットフォードの小説『愛の追跡（*The Pursuit of Love*）』（1945）には彼の名前が献辞として刻まれている。ロンドンの自由フランス政府においてド・ゴールの側近で、チャーチルによりその監視役の情報機関長として派遣されたこのポーランド

生まれの外交官・諜報員——第 2 次大戦中にはフランスのレイノー内閣で最高幹部であったらしい——とは異なり、レティングルは、英国と関係を結ぶヨーロッパの政治・外交のみならず、英米関係によって構築された戦後資本主義世界におけるヨーロッパの経済・生産体制の編制にも少なからず関与することになる。1946 年、英国の王立国際問題研究所で、ヨーロッパ各国がそれぞれの主権を放棄することによりヨーロッパ連邦の樹立の必要性を、ソ連の脅威を前提にしながら、演説を行ったあと、さらに、英国大使も務めたアヴェレル・ハリマンを通じて、米国の財界や外交問題評議会へのネットワークを広げていった（Retinger）。

インターメッツォ B
「戦争の劇場」──戦争プロパガンダとセシル・ビートン

大英帝国戦争博物館

　2012年9月、オリンピック終幕後にロンドンを訪れた折のことであるが、帝国戦争博物館が催していた「戦争の劇場」と題した展示があり、セシル・ビートンが写真というメディアを通じて捉えた第2次大戦の記録に遭遇する機会があった。セシル・ビートンとは何者か。これまで、ビートンといえば、偉大なスタイリストとして、ファッション写真家、戦前の"Bright Young Things"をはじめとするセレブたちの姿を優雅に撮影する肖像写真家、日記作家、大西洋を横断した華やかな活躍、演劇や映画の舞台・衣装デザイナー、ミック・ジャガーやジーン・シュリンプトンからニューヨークのアンディ・ウォーホールにいたるスウィンギング・シックスティーズの担い手たちとの親しい交友関係などといったイメージによって語られてきた。そして、彼の活動の場は、舞台裏、たとえば、映画の撮影現場やスタジオ、あるいは、ロイヤル・ファミリーをはじめとするグローバルな著名人を撮影する宮殿や豪奢な客間のような空間に結び付けられる（Holborn）。おおむねこのようなものが、従来のビートン像だ[1]。
　しかしながら、「戦域」という辞書的な意味にはおさまりきれない今回の展示「戦争の劇場（Theatre of War）」が提示するのは、そうしたこれまでのイメージとはまったく異なるビートンの姿だ。第2次大戦中である1939

101

年から45年まで、ビートンは英国情報省に雇用された経歴をもち、ロンドンの空爆、北アフリカの戦場、ビルマ（現ミャンマー）作戦やさまざまな戦場の実情を写真撮影によって伝えるという任務を遂行していた。つまり、ビートンの活動の舞台は、これまで想起されてきたような華やかな空間とは正反対の、戦場だったのだ。たしかに、国内戦線において、ロンドン大空襲の残骸は悲劇的で時には現実の理解を超えたものであったし、ビートンの写真映像は、戦争プロパガンダとして、英国空軍の実情を報告するために兵士や爆撃手らの英雄的行為の瞬間をとらえた。戦場の戦いだけではなく、造船所での労働や生産活動なども目の当たりにする経験をへたビートンは、情報省から与えられた義務をそのまま単純に果たすにとどまらず、演劇的映像を捉える機会を得たという。ビートンが実践・遂行する「戦争の劇場」においては、とてもありえないような歴史的状況が、カメラのレンズを通すことにより、豊かな可能性を秘めた被写体として想像的に生産される（Holborn）。

「戦争の劇場」展示カタログの表紙のセント・ポール大聖堂

そうしたビートンの戦争写真を特徴づける写真メディアの劇場性は、なにより北アフリカにおいて捉えられた戦争の残骸の光景においてその歴史性を物語っているようにもみえるが、さらに、インド、ビルマ、そして中国へと至るビートンの戦争プロパガンダは、戦闘機・武器、将校・その軍隊、君主たち・その従者たち、負傷兵・負傷者たち、そして、労働者たちをエレガントに捉えている。そのファッショナブルなスタイルとエレガンスによって構成されたドキュメンタリーは、過ぎゆく時代の瞬間・契機を捉えた比類なき映像イメージの創造ともなっている。戦争プロパガンダの一翼を担うことになった7000枚におよぶ写真とそのネガを現在保有しているのが、今回の展示の舞台となった帝国戦争博物館であるが、戦争カメラマンとしてビートンが生産した数多の写真は、芸術・文化と戦争・歴史との複雑な関係性を再演する「戦争の劇場」空間を構成・編制している。

ここで、この「戦争の劇場」を構成する写真をビートンが撮影した経緯を少しおさらいしてもいいかもしれない。ビートンは、ハーロー校からケンブリッジ大というコースを進む上昇志向に溢れた中産階級出身のシャレ者であった（Taylor）。『タトラー』誌・『バイスタンダー』誌に妹や母親の写真を掲載したり『デイリー・エクスプレス』紙のコラム欄に関わったりするなどして、英国社交界のパーティに参加するきっかけを探りながら、"Bright Young Things"の世界でその存在感を示すことに成功した（D. J. Taylor 59）。狂騒の20年代を彩る貴族階級の「煌びやかな若者たち」世代のライフスタイルを華麗にとらえたビートンが、ロンドンのボンド・ストリートにあるクーリング・ギャラリーで最初の個展を開くことになるのは、1927年のことであり、イーディス・シットウェルの弟、オズバートの後ろ盾を得たことが大きかった（Green; Vickers）。そして、この個展の成功を契機に、ビートンはニューヨークの多国籍雑誌出版企業コンデ・ナスト社と専属契約をし、ファッション雑誌『ヴォーグ』誌のカメラマンとして、新境地を開くこととなった。その後、大西洋を跨いでファッション・社交界の有名人の写真を撮影するセレブな写真家の地位を確立していったことは周知のとおりだ。

　だが、1938年米国版『ヴォーグ』誌に、明確な意図もないままに掲載されたビートンのジョークまじりのコメントが、ユダヤ人に対する差別と受け取られたため、その号の回収・改版をせざるをえなかったコンデ・ナスト社は多大な損害を被った。ビートンは即刻解雇されることになり、その華やかなキャリアは、突然、幕を閉じることになる[2]。とはいえ、問題となったコメントは、虫眼鏡を必要とするようなサイズであるにもかかわらず、広く世界に流通するスキャンダルとなった。ニューヨークでの活動の場を失いヨーロッパを旅したあと英国に戻ったビートンは、英国王ジョージ6世妃エリザベスの撮影を命じられバッキンガム宮殿に赴いたのだが、このときまさに第2次大戦前夜であった。王妃の肖像写真は出版を許可され、それがきっかけとなりキャリアが復活することになる[3]。そしていよいよ、当時ナショナル・ギャラリーの館長であり、英国情報省広報部の映画担当部門の顧問で

もあったケネス・クラーク卿を通じて、国内外の戦況を記録するカメラマンの任務に就くことになる。その職務は、ロンドン空襲の衝撃を捉えることからはじまった。ロンドン・シティにあるクリストファー・レン設計の8つの教会とギルドホールを破壊した激しい爆撃を奇跡的に免れたセント・ポール大聖堂のイメージが代表的なものだ。さらに、高級住宅街で知られるベルグレィヴィアやブルームズベリー・スクエアが爆撃によって破壊された悲惨な光景をはじめとしたロンドン大空襲における荒廃状態、戦火のもとロンドンとその市民たちを守ろうとする兵士たちの英雄的行動などが記録されている。

　もうひとつだけ取り上げるなら、ドイツ軍によるロンドン空襲の被害に遭った3歳の幼女アイリーン・ダンが、傷を受けて頭に包帯を巻きぬいぐるみの人形を抱きしめている写真がある。この写真によってビートンは見事に戦争の1シーンを切り取りその悲惨さを訴えることに成功しているが、このいたいけな被害者のイメージは、英国『イラストレイティド・ロンドン・ニュース』に掲載された後、米国雑誌『ライフ』1940年9月23日号の表紙を飾り、グローバルに流通し、さまざまな非公式のプロパガンダのなかでもひときわ強力なメッセージを送ることになったという。とりわけ、いまだ英国側に立って第2次大戦に参戦していなかった米国での政治的・イデオロギー的効果は高かった。その同じ『ライフ』誌には「セシル・ビートンのカメラは爆撃にあった英国の姿を悲劇的に捉えている」という見出しのもと、荒廃したロンドンの様子や被害に遭い病院に収容された人びととその看護をする看護師長や女性志願兵たちの姿とともに、米国から支給された衣服を写した写真イメージが掲載されている。そして、この写真が掲載されたおかげで、ビートンの英国版『ヴォーグ』誌さらには米国版『ヴォーグ』誌への復帰が可能になった。

　上昇志向のシャレ者ビートンの個人的なキャリアという観点からするなら、英国の戦争プロパガンダにかかわるカメラマンとしてのキャリアが実は重要であったということになる。言い換えれば、「戦争の劇場」が表象する

集団的な歴史性は、心理学化された野心や欲望に矮小化されたかたちで再生産されたり消費・受容されたりする可能性をいつもすでに孕んでいるということだ。英国文化テクストとしてのビートンと戦争写真を未来に向けてこうした受容や解釈を再考するという観点からすれば、21世紀の現在において「戦争の劇場」を提示した英国の帝国主義や戦争に結び付けられた特異な博物館が可能性として果たすかもしれない機能や意味は、きわめて興味深い。ラティガン同様、第2次大戦を歴史的契機とし、セレブな写真家から戦争カメラマンへとあざやかに転身・変身したビートンの秘密のイメージを公開したのは、帝国戦争博物館という文化空間であった。

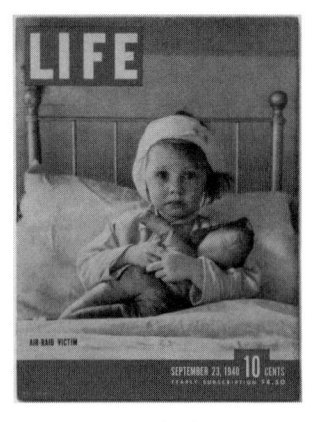

ビートンの戦争プロパガンダが表象するロンドン大空襲での幼気な被害者

Notes

(1) 日本における受容については、『ユリイカ』1991年6月号の「特集セシル・ビートン――ファッション写真の半世紀」が、「ガルボ、コクトー、カポーティ、ヘップバーンらとの交遊のなかで」、ビートンを論じている。例外として、上野俊哉「2つの大戦・2つの戦争写真――ビートンとスタイケン」(126-31)が、戦争と映像表現のかかわりについて論じたポール・ヴィリリオの仕事を紹介しながら、ビートンの戦争写真についても言及している。

(2) 人種差別や親ナチという意識は否定するビートンであったが、当時ハリウッドの映画制作に対して批判的であり、そのことが不用意なコメントにつながったのかもしれない、と日記には記されている (Vickers)。"but if there is any possible explanation these quotes contained my subconscious momentary irritation at having seen so many bad Hollywood films (qtd. in Vickers 208)."

(3) エリザベス王妃の写真は、その後1940年1月に『ライフ』誌に掲載され米国でも高く評価されることになる。また、英国情報省に正式に雇用されるのに先立ち、ビートンは、ウィンストン・チャーチルを含む政府の高官や情報省の役人たちの肖像写真も撮影していた。

第 4 章

『眠れるプリンス』とヨーロッパ冷戦
―― 「短い 20 世紀」におけるバルカン問題

1 ラティガンと大英帝国の文化
――戦後英国演劇における『眠れるプリンス』の不在

　2011 年、テレンス・ラティガン生誕 100 年を記念する映画が公開された。ひとつはまず、『深く青い海（*The Deep Blue Sea*）』、そしてもうひとつは、『マリリン 7 日間の恋（*My Week with Marilyn*）』[1]。前者はいうまでもなくラティガンの傑作戯曲の映画化である。後者は一見したところラティガンとは無関係のようにみえるかもしれないが、下敷きになっている映画ならびに劇テクストがラティガンの手によるものなのだ。この映画は、英国を代表する名優ローレンス・オリヴィエとアメリカの文化的イコンあるいは「セックス・シンボル」と言われた女優マリリン・モンローとが共演した『王子と踊子（*The Prince and the Showgirl*）』（1957）の撮影舞台裏を綴った、コリン・クラークの日記テクストを映画化したものだ[2]。映画『王子と踊子』の脚本を担当したのがラティガンであり、そして、その原作『眠れるプリンス（*The Sleeping Prince*）』（1953）は、エリザベス 2 世戴冠式を記念して執筆された戯曲である。

　ラティガンの戯曲『眠れるプリンス』はロンドン、ウェスト・エンドのフェニックス劇場で、ローレンス・オリヴィエの演出により初演され、主演はオ

リヴィエとヴィヴィアン・リー夫妻（当時）。『イヴニング・スタンダード』紙の劇評に集約されるように、批評家からの評判は芳しいものではなかったが、それでも、戴冠式を記念した縁起物ということと2年ぶりにウェスト・エンドの舞台に復帰する英国演劇のスター・カップルの共演に公演数は274回に及んだ。ただし、3年後のブロードウェイではそうした特別な機会とは無縁のため、酷評を浴びせられたのち公演は52回で閉じられた（Darlow 305-6）。このような当時の評価とは別に、『眠れるプリンス』は演劇史上、ほとんど、顧みられることのないテクストだ。近年ラティガン再評価を試みているダン・レベラートの戦後英国演劇の研究においても『眠れるプリンス』は取り上げられてはおらず、ラティガンの伝記においても言及される程度の扱いだ。そこでも「想像力」はあるが「浅薄な物語」とかたづけられてしまう（Young 118）。また、この戯曲は、その映画版『王子と踊子』として映画化されたが、こちらも映画史において重要視されることはない[3]。つまり、演劇においても映画においても、『眠れるプリンス』が意味あるかたちで占める位置はどこにも見当たらないようだ。商業的にはなぜか成功した作家の1作品として言及されるのみで、その価値評価は存在しないようだ。まずは、従来の演劇史とは違うコンテクストで探るために、『眠れるプリンス』というこの奇妙な劇テクストの文化的意味が産出された文化状況を確認してみよう。

　特別な機会であるこのエリザベス2世の戴冠式とは、文化史的にどのような意味があったのであろうか。1953年6月に執り行われた公式のスペクタクルであるこの戴冠式は2つの矛盾したイメージが同時に提示されていた。「将来への回帰（return to the future）」、すなわち、過去の栄光と将来への希望だ。エリザベス朝の復活というモティーフを繰り返し用いることにより、過去の偉大な大英帝国と戦後新たに出発する英国のイメージが提示された。戴冠式は、大国としての英国の継続性を言祝ぐという意味では後ろ向きであるが、冷戦という新たな対外競争という状況にあって、コモンウェルスを再発明し、王室を絆としてさまざまな民族や国民のグループからなる独

特な英国を再統合することで戦後蘇る新たな帝国というイメージを高らかに掲げた、ということのようだ（Conekin 1-2）。こうした偉大な大英帝国の復活と未来ある英国の再出発が重なる高揚したムードに対して、戴冠式に出席していたヨーロッパ、オランダの文化史家ヨーハン・ホイジンガは懐疑的なコメントを残している。過去の栄光と将来への希望が共存した第2のエリザベス朝だなどと浮かれている英国は、実は、苦痛、幻滅、落胆、そして屈辱に満ちた時代に船出することになると（Huizinga 206-10）。

　1951年にロンドンのサウスバンクを主会場として開催された英国祭は、科学・技術における英国の功績を喧伝すると同時に建築や産業デザインを通じて芸術・文化との間の橋渡しを試み、第2次大戦後の英国の再生を示そうとした祝祭だったと言われる。英国の「道徳的、文化的、精神的、そして物質的な」復活を示し「現代の混迷への挑戦であり未来に投げられた自信の光芒」というプロパガンダを掲げた祭は、「国民のための強壮剤」と名指された。さまざまな文化的な活動の企画が組まれ、その責任を負ったのがアーツ・カウンシルであった。演劇部門では、オールド・ヴィック劇場での7つの芝居が上演されることになったが、アーツ・カウンシルは不如意な役割しか演じられず、せいぜいできたことといえば、商業管理部門に関わり「モダン」な英国を示す祭典にふさわしい演目の上演をするよう説得を試みることぐらいであった。ローレンス・オリヴィエとヴィヴィアン・リー共演によるセント・ジェイムズ劇場での2本立て『アントニーとクレオパトラ』／『シーザーとクレオパトラ』は成功したとはいえ、見渡してみると上演されたのは古典や再演ばかりで、現代劇は見当たらなかった。英国祭の報告書によれば、アーツ・カウンシルはこのような状況に失望の色を隠せ

エリザベス2世の戴冠式

なかったとのことだ（Hewison 52）。ひとつの救いとして、現代社会における重要な意義を示す新たな演劇に与えられるアーツ・カウンシル賞を受賞したジョン・ホワイティングの『聖人の日（*Saint's Day*）』をめぐる議論が一時的に盛り上がったりもしたが、大きな国民的な成功を収めることはなかったし、劇場で上演されるファンタジー演劇と呼ばれる一連の芝居も批評家からは「アーツ・カウンシル・キッチュ」、「安っぽい飾り立て（"prettification"）」と批判され満足な成功も収めることもなかった。結局のところ、観客が満足したのはウェル・メイド演劇であり、この時期の演劇界は重苦しい空気に包まれていた。そのような中で、その右に出るものがいない商業的な成功を収めていたのはラティガンであったのだ。

　また、エリザベス2世の戴冠式の煌びやか壮麗な式典において政府や貴族たちは儀式におけるそれぞれの役割を演じ、全国民もこの融合と統合の式典に参加したのは、実のところ、新しい文化メディア、テレビの画面を通してであった。戴冠式は、ヒエラルキーと帝国、そして家族の双方を祝う劇場として機能したと同時に、文化的メディアとしてのテレビの重要性を確認したことにもなった（Hewison 64）。そして、『眠れるプリンス』が初演されたのは、文化的には、テレビが登場しその重要性を示し始めるとともに、演劇もその新たなメディアにより変容しつつある時代だった。

　本章は、戦後英国演劇というナショナルな空間のなかに奇妙なかたちで存在する『眠れるプリンス』を取り上げることにより、英米のトランスアトランティックな関係にとどまらない、ヨーロッパをも視野に入れたグローバルなエンターテインメント文化という観点から、読み直す。だが、ポピュラー・カルチャーにも注目するからといって、『眠れる森の美女』やアンソニー・ホウプのルリタニア・ロマンスとのつながりで読みたいわけではない。そうしたよくもわるくも脱政治化されたカルチュラル・スタディーズの読みではなく、東ヨーロッパとりわけバルカン半島をめぐる地政学、言い換えれば、エリック・ホブズボームの「短い20世紀」という視点から解釈しなおすこと、そして戦後英国演劇に文化的ユートピアの可能性として存在したグローバル

な未来への欲望を探ること、これら2つのことが本章の目論見だ。そのとき、文化テクストとしての『眠れるプリンス』は、英ソの地政学的な対立をひとつの重要な起源とする米ソ冷戦によって、あるいは、そのようなヨーロッパ冷戦によって、解釈されなければならない。

2　冷戦期における文化テクストとしての『眠れるプリンス』
　　――米ソ超大国のイデオロギー対立？

　『眠れるプリンス』というタイトルから、この劇がヨーロッパの神話・民話の伝統あるいはロマンスの伝統に通ずるということは、明らかであろう。眠れるプリンスすなわち The Sleeping Prince が想起するのは、「眠れる森の美女（the Sleeping Beauty）」にほかならないからだ。この劇テクストは、「眠り姫の伝説のように――"It is like the legend of the Sleeping Princess"」（Rattigan *The Sleeping Prince* 45）とあるように、眠れる森の美女が、プリンス・チャーミングと出会い、キスによって、目覚めるというおとぎ話の枠組みを借りて、ジェンダーを逆転させている。すなわち、眠っているのは政略結婚をしている中年のプリンス、カルパチアの摂政チャールズ大公殿下――"Only here it is the Prince that sleeps"――であり、このプリンスが、若く美しい乙女（"the beautiful young maiden"）であるアメリカ人女優メアリーの魔法のキスによって目覚める（"the mystic kiss that might bring this sleeping Prince to life"）（Rattigan *The Sleeping Prince* 45-46）ことを待っているという設定だ[4]。

　次にプロットを確認しよう。バルカンの小国カルパチアの若き国王ニコラス8世の実父で、主人公である摂政チャールズ大公殿下が、英国の新国王ジョージ5世の戴冠式に招待されたロンドン滞在中、ミュージカル・コメディ『ココナッツ・ガール』の端役で出ていたアメリカ人女優、メアリーに性的関心を示すが、その欲望を満たすことができず公使館から追い出すようにする。その後、度重なる邪魔が入り、追い返すことができないうちに、政

略結婚した無邪気な大公妃にも気に入られまた父親に抵抗する息子ニコラスの心をも開かせるアメリカン・ガールの魅力によって、チャールズ大公は生まれて初めての自由な恋愛に目覚め、異性愛の愛情によって結ばれるが、最後は、特別待遇でカルパチアに呼び寄せるという申し出をメアリーに断られ、自国に帰国するストーリーである。劇のテーマは、目覚め、覚醒、である。前近代的な政略結婚をしていたチャールズがメアリーによって近代的な異性愛に目覚めるというロマンスであるこのテクスト全体を規定する二項対立は、主人公チャールズとメアリーによって提示される、ヨーロッパとアメリカ、ということになるだろうか。

『眠れるプリンス』のウェスト・エンドの舞台では夫婦で共演したローレンス・オリヴィエとヴィヴィアン・リー

さて、このバルカンの小国カルパチアは、テクストにおいてどのように描かれているだろうか。冒頭の英国外務省のバルカン担当の外交官ピーター・ノースブルックによると、現政権の実権を握る摂政チャールズ大公の下、英仏協商を支持するカルパチア王国（"in view of the recent adherence of Carpathia to the Entente Cordiale"）（Rattigan *The Sleeping Prince* 14）は、英国外交において重要視されており、そしてそれゆえに特に大公の要望に沿うように気が配られている。それに対して、息子の国王ニコラス8世は、父が実権を握る現政権が同盟を結んでいる英仏の帝国主義（"British imperialism and French greed"）（Rattigan *The Sleeping Prince* 30）を批判し、そうした英仏側に与する現政権の政策に対する国民の怒りはいずれ過激な行動に出かねないと、父を手厳しく攻撃している。息子の立場は、ドイツの皇帝側に立ち全体主義を指し示すフィギュアとして提示されているようにみえる。国王ニコラスは、野党党首を媒介にドイツ皇帝ヴィルヘルム2

第4章 『眠れるプリンス』とヨーロッパ冷戦

世と通じて、大公が実権を握る現政権に対してクーデターを起こす企てに加担している。チャールズ大公の政策がカルパチアを戦争に巻き込むことになると考えていたからだ。父と息子の対立というかたちで提示されている歴史的対立は、いわゆるバルカン問題ということになる。

　ここで、歴史的にバルカン問題について確認しておこう。バルカン半島は、長くオスマン帝国の支配下にあり、複雑な民族構成をなしていた。オスマン帝国が弱体化するとともに、これらの民族の独立運動が活発化し、この地域をめぐり、ドイツ・オーストリア・ロシアがおのおのの利害関係からこれに関与して国際対立・紛争の焦点となっていた。とりわけ、ロシアはスラヴ系民族の独立支援を通して唱える南下政策（パン＝スラヴ主義）により、ドイツ・オーストリアによるパン＝ゲルマン主義と衝突して「死の十字」を展開したため、バルカン半島は「ヨーロッパの火薬庫」と呼ばれた。その後、バルカン諸国が同盟を結成しはじめた第1次バルカン戦争において、トルコは敗北し、トルコが領有していた土地の所有をめぐる戦勝国間の対立がもとで第2次バルカン戦争が起きた。この2回のバルカン戦争の結果、ロシアを背景とするセルビアの勢力とドイツ・オーストリアの対立が激化することとなり、1914年のサラエヴォにおけるオーストリア・ハンガリー皇太子フェルディナンドの暗殺を引き金に、数週間のうちに第1次大戦が勃発したのは周知のことだ。カルパチアにおける父と息子によって示される英仏とドイツの対立は、物語の設定となっている1911年にすでに問題となっていたバルカンにおける緊張関係、すなわちロシアが支援するパン＝スラヴ主義とドイツ・オーストリアが支援するパン＝ゲルマン主義とのそして三国協商と三国同盟の対立を指し示しているともいえるかもしれない。ただし、この劇が初演された時代との齟齬を考慮してみれば、そのような単純反映論によって解釈するのは早計だろう。

　そこで、『眠れるプリンス』というヨーロッパ騎士道ロマンスにつながる「眠り姫」の伝説を継承・転回した劇テクストにおいて、騎士がお姫様あるいは貴婦人を救う物語から、若いアメリカ人女優によって、ヨーロッパの中年の

大公を目覚めさせる物語に変容している、このことに注目しよう。この変容は、ヨーロッパの宮廷・貴族文化の系譜であるロマンスに、アメリカという要素が侵入していることを意味していることになるのだが、このアメリカの存在はどのように解釈することができるだろうか。この劇の初演の年 1953 年という歴史状況すなわち米国 1950 年代の冷戦イデオロギーとの関係という視点からみてみよう。

1 幕 1 場において、カルパチアの摂政チャールズ大公殿下は、ドイツ皇帝ヴィルヘルムと通じ総選挙を要求し政権をねらう自国の野党党首ウルフスタインを逮捕したことが国際的に面倒な状況を生みだしているが、この逮捕は、現野党が政権を取ることで生じるかもしれない事態——カルパチアとフランスとの同盟は無効となりドイツとの同盟が組まれ、そうすればヴィルヘルムがモロッコへ影響力を行使しようということになる (Rattigan The Sleeping Prince 25) ——を阻止するためだった。チャールズ大公は、これを英外相に説明したと自国の閣僚に電話で伝えるのだが、その際、その逮捕に抗議したアメリカ人が掲げる自由主義を「愚かなアメリカ人 (stupid Americans)」、「政治的自由とか民主主義の権利などというナンセンス (some nonsense about political freedom, and democratic rights)」、「いつになったら愚かなアメリカ人は成長するのだ (When will those idiotic Americans grow up?)」(Rattigan The Sleeping Prince 25-27) と辛辣に批判する。このように大人のヨーロッパと対照的に愚かな子供としてのアメリカは、メアリーというアメリカン・ガールにも結び付けられる。英国外交官ピーターは、メアリーの「可愛いちっちゃいおつむ」(Rattigan The Sleeping Prince 15) では伝統あるヨーロッパ王室のプロトコルを理解するのは到底無理とでもいわんばかりである。また、チャールズ大公は、性的関心とその欲望を満たすためにメアリーを呼びつけたものの、その交渉が不首尾に終わり激昂し、何度も彼女を追い返そうとするが、その度に邪魔がはいってままならない。ヨーロッパの老獪な政治家であるチャールズ大公は、彼女の子供のように天真爛漫な自由な振る舞いに振り回され「手に負えない子ども」

を相手では、「文明人である大人」（Rattigan *The Sleeping Prince* 104）の現実の政治の世界の理屈は通らない、と辟易しているようだ。2幕2場においてチャールズ大公が、それまで一見無邪気で奔放な子どものようにしかみえなかったメアリーの隠された知性に驚きそれを評価することになり、メアリーとの異性愛に目覚めることになるのだが、ここで大公が、性的にだけではなく、目覚めたことが、より重要だ。大公は何に目覚めたのか。メアリーの知性は1枚のメモによって明らかにされる。そのメモというのが、ニコラス王のマニフェストであり、「所定の期日よりも早く政権に就くようにとの一部のものからあった提議を全面的に拒否し却下する」こと、「チャールズ大公の摂政のもと忠誠と全霊を上げて一致団結すること」（Rattigan *The Sleeping Prince* 106）を国民に宣言するのがその内容であった。まだ署名される前のマニフェストを示しながら、メアリーは、チャールズ大公に歩み寄り（"a little give and take in this life"）（Rattigan *The Sleeping Prince* 106）の必要性を説き、署名するためのニコラスの条件を提示する。その条件には、議会解散と総選挙の実施とともに、オートバイの購入と国内において自由なツーリングの許可が挙げられている。チャールズ大公は、このマニフェストが実はドイツ支持派の野党党首による現政権打倒陰謀の告白書であり、その重要性を認識するに至る。そして、このマニフェストにより、自らが国際社会において、それまで否定していた自由主義・民主主義の支持者として認められる可能性に有頂天になる――「自由主義、憲法、そして民主主義の支持者として祖国に帰国するのはこの私であって、ウルフスタインではないのだ (it is I and not Wolffstein who can go to the country as the champion of freedom, of the Constitution and of democracy. (*Happily*.)」（Rattigan *The Sleeping Prince* 108）。国内政治における対立を有利な立場で解消できる可能性を齎した自由主義の主導者としてのフィギュア、アメリカ人メアリーによって、自由主義・民主主義に目覚めさせられた、言い換えれば、「眠っていた」チャールズ大公が、冷戦イデオロギーに覚醒されたということになる。

ところで、このテクストにおいてアメリカのリベラリズムへと覚醒するのは、チャールズ大公だけではない。チャールズ大公の息子でカルパチアの国王ニコラス8世におよぼした影響にも目を向ける必要があるだろう。そもそも眠れるプリンスを覚醒させる役割を担ったアメリカン・ガール、メアリーの意味を最初に気づくのは国王ニコラスだ。ニコラスはクーデターの計画を相談するためドイツ大使と電話で密談をする必要があり、その電話をメアリーにかけてもらうのだが、ニコラスには想定外のことが起こる。実はドイツ語を理解するメアリーにその内容を知られてしまうのだ[5]。実の父であるチャールズ大公を傷つけない条件に同意すれば秘密を守るとしながら、16歳の息子が実の父親に対して卑劣な策略を企てることの是非を、親子の愛情という観点から説くのである。感情的な親子関係や、年長者が若者よりも賢いという考えをアメリカ的だとみなし批判するニコラスであるが、メアリーの説得に耳を傾け、父親の愛人の中では1番好きだ、などというお世辞をいったりする（Rattigan *The Sleeping Prince* 87-89）。

　このようなやり取りをきっかけにして、当初は陰謀の仲間と連絡を取ることを警戒した父から命じられた謹慎を解かれ、ニコラスは外務省主催の舞踏会にメアリーをともない出席したのだが、そのあとのニコラスの様子が説明される場面を確認しておこう。チャールズ大公が舞踏会から戻って、ピーターから息子についての報告を受けるところだ。本来は馬車で戻るはずのニコラスがメアリーとともに「バス（A *public* bus）」で公使館に戻り、今は給仕の部屋でフォックス・トロットというアメリカのダンスをメアリーから習っている（Rattigan *The Sleeping Prince* 101）と知らされたチャールズ大公の「あの娘の影響だな」（Rattigan *The Sleeping Prince* 102）という台詞にも示されるように、ニコラスがメアリーの影響下にあることは明らかだ。マニフェストは、このあとの場面でメアリーからチャールズ大公に手渡されることになる。こうして、息子ニコラスもドイツ皇帝との結びつきによって指し示される全体主義から自由主義に目覚めたことになる。父と息子の和解の可能性が示され、それは、2幕3場においてチャールズが息子に対してこれ

までにない、ニコラスを戸惑わせるような愛情表現を示す場面によって裏書されるようだ。

　このように父と息子によって表象された東ヨーロッパのバルカンにおける緊張関係は、メアリーが表象するアメリカの冷戦イデオロギーの介入によって、想像的に解決された、ようにみえる。バルカンという20世紀の始まりと終わりを象徴する地域を表象するこの冷戦期の文化テクスト『眠れるプリンス』は、米ソのイデオロギー対立すなわち、自由主義と全体主義の二項対立を、自由主義の立場から想像的に解決したテクスト、ということになるだろうか。

3　「短い20世紀」における『眠れるプリンス』とさまざまな英米関係

　『眠れるプリンス』の基本構造を踏まえたうえで、制作・流通レヴェルに目を向けてみるとどのようなことがわかるだろうか。たしかに、『眠れるプリンス』の構造においては、米ソの冷戦対立から派生するヨーロッパとアメリカの関係性が主題化されており、英米のトランスアトランティックな関係は前景化されてはいないことが確認できた。だが、この劇テクストの流通過程に目を向けると、ニューヨークのエージェント、ハロルド・フリードマンが媒介になって1956年に米国ブロードウェイで上演されている（Wansell 262）。また、ワーナー・ブラザーズにより映画化された『王子と踊子』は、物語では、原作と同様に、英米関係は主題化されてはいないものの、制作は、マリリン・モンロー・プロダクション[6]とローレンス・オリヴィエ・プロダクションの合作で、英米関係が協働的に関与していることが明らかだ[7]。また、戯曲『眠れるプリンス』では、タイトルにより主人公がバルカンの大公と明示されているが、制作・資金面で英米合作の映画の場合は、タイトルも『王子と踊子』に変更されており、スクリーンの中心を占めるのは、むしろ、マリリン・モンロー演じるアメリカ人女優のほうだ。このようなトランスアトランティックな英米の文化関係の意味を前景化するレヴェルをテクスト解釈

において考慮するなら、『眠れるプリンス』の基本構造だけではなく、演劇や映画を含むメディア文化というコンテクストに解釈の可能性を開く必要があるかもしれない。

　この点できわめて興味深いのが、制作レヴェルにおいても主題レヴェルにおいても英米関係が前景化されているポスト冷戦期のテクスト、すなわち、『マリリン7日間の恋』だ。だがその前に、ポスト冷戦期の現在から冷戦を含む20世紀の歴史について見取り図を描いておくことも無駄ではないだろう。英国の歴史家ホブズボームが物語る『20世紀の歴史』において「短い20世紀」と呼ばれた時代は、サラエヴォで始まり、サラエヴォで終わるのである。

> 1992年6月28日、ミッテラン・フランス大統領が、予告なしに、また予想もされなかったことであるが、突如としてサラエヴォに現われた。サラエヴォは当時すでにバルカン戦争の中心になっており、この戦争はその年の残りの半分のうちに約15万人の人命を失わせることになった。このボスニアの危機の深刻さに世界世論の注意を喚起しようというのが、彼の目的であった。たしかに著名で高齢、そして目に見えて病弱な政治家が小火器と大砲の銃火のただなかに姿を現わしたことは、大いに世界の注目をひき、かつ賞賛された。しかし、ミッテラン氏のサラエヴォ訪問の1つの側面、つまりその日付は、それこそが肝心の点であったが、言及されないままに終わった。フランス大統領は、なぜその特定の日を選んでサラエヴォに行くことにしたのだろうか。6月28日は、1914年、サラエヴォにおけるオーストリア・ハンガリー皇太子フェルディナンド暗殺の記念日であり、この暗殺から数週間も経ずして、第1次世界大戦の勃発にいたるのである。(Hobsbawm 2-3)

サラエヴォは20世紀を象徴する都市空間ということである。ヨーロッパに

おける冷戦終結とともに出来した旧ユーゴスラヴィア解体のあと、ボスニア紛争の「現在」からみるなら、ホブズボームの「短い20世紀」は、「世界戦争と革命の時代」すなわち資本主義と社会主義というイデオロギーの二元論的な対立の時代を扱っており、共産主義あるいは社会主義革命が近代工業社会の負の遺産を克服するユートピア社会の代案を提示するとともに反革命のもっとも先鋭な形態としてのファシズムを産み、また、英国型の福祉国家と変容したリベラリズムの存続への道を用意した、という見取り図を提示している。このような比較的長期の歴史的視座から、旧大英帝国から新たな英国に変容・変換するプロセスにおける政治文化、つまりここでは、『眠れるプリンス』や『マリリン7日間の恋』が捉えられなければならないのではないか。

　ポスト冷戦期の2011年に制作された『マリリン7日間の恋』は、英国BBC映画と米国ワインスタイン・カンパニーの合作であり、配給も英国はエンターテインメント・フィルム・ディストリビューター、米国はワインスタイン。俳優陣も、米国からはミシェル・ウィリアムズがモンロー役で、英国からはコリン・クラーク役のエディ・レッドメイン、オリヴィエ役を演じるケネス・ブラナーはじめ脇を固めるベテランが、それぞれ参加している。このような点から制作面・キャスティング面において英米の協力関係が明示されているだけでなく、さらに、物語において英米関係が重要主題となっている。ローレンス・オリヴィエの様式化された演技とマリリン・モンローの付き人でありメソッド演技の神様リー・ストラスバーグの妻ポーラ・ストラスバーグによるメソッド演技をめぐった対立として、あるいは、英国の舞台芸術と米国の映画文化の緊張関係として。具体的には、撮影現場において監督として指揮をとるオリヴィエを差し置いて、モンローはポーラ・ストラスバーグによる演技指導にしたがうことが幾度も強調される。さらに、ケネス・ブラナー演じるオリヴィエのシェイクスピア俳優として培われ名優として英国演劇の宝として評価されてきた演技は、気まずいほどの誇張表現と過剰な演技のように示され、ミルンの言葉を借りれば、「徐々に退屈な俳優に堕し

ていくさま」(Milne 173-74)が、ウィリアムズ演じるモンローのカメラに愛される演技と対照されているようにみえる。この対立関係の緩衝材となっているのが、映画の主人公コリンだ。タイトルになっているマリリンとの一週間は、撮影現場の緊張関係が生む息苦しさや新婚の夫アーサー・ミラーとの口論やその後の彼の不在などから精神的に不安定になっていたモンローが、コリンとの友愛関係を通じて徐々に元気を取り戻していく様を提示している。興味深いのは、こうした緩衝材のイメージとして映像化されるのが、ウィンザー城やイートン校という英国の伝統的な文化イメージであり、いわゆるヘリテージ映画にくり返し用いられた英国の田園風景とカントリーハウスに象徴されるモティーフがここでも使用されていることである。

　英米関係の対立の重要な要素になっているのがアメリカ側のメソッド演技のようであるが、これについて少しだけ確認しておこう。コンスタンティン・スタニスラフスキーの演劇術が演劇界および映画産業にトランスアトランティックに文化移動をした時に、リー・ストラスバーグの理念とテクニックが重要な媒介の役割を果たした。アメリカにおけるメソッドと呼ばれたものは、グループ・シアターやエリア・カザンが、シェリル・クローフォードとともに、アクターズ・スタジオに招いたストラスバーグに、その多くを負っている。1948年のいくつかのワークショップでの彼の教育が決定的だった。1951年までに、ストラスバーグはアクターズ・スタジオの指導的役割を果たし、将来性のある生徒の入学をコントロールし、その理念がスタジオのカリキュラムを形成するようになっていった。ストラスバーグとメソッド演技は同一視されるようになり、アクターズ・スタジオこそがアメリカにおけるメソッド演技の拠点となった。個人あるいはセルフのリアルさを重要視した点では、スタニスラフスキーも同じだが、ストラスバーグの場合は、内面化されたセルフの個人が演じるキャラクターやそのパフォーマンスに投射されることを重要視した。言い換えれば、心理学化された個人の真正さこそメソッドの核心といえるし、それこそ冷戦期の心理学化の、すなわち、政治的な社会性を脱政治化しあくまで個人の心理的な問題に転位する冷戦期アメリ

カのイデオロギーの、重要な一部を構成するものであった。メソッドによる役者の演技は、そのように内面を重視し極端に言えばナルシシズムを前面に押し出した表現によって自己の表現と自己の演技（self-representation）をそのパフォーマンスにおいて行うことを期待されたのだ（McConachie 86-92）。冷戦期アメリカ演劇・映画のカリスマ的なスターの文化表象に集約されているのは、ヨーロッパの高等芸術がアメリカのポピュラー・カルチャーであるハリウッド映画へとグローバルに転回し変容する軌跡、とみなされなければならない。

　では、冷戦期と比べてポスト冷戦期に前景化される英米関係の特異性を、冷戦期ならびにそれ以前に生産された諸テクストと比較することで考えてみよう。同じバルカンを舞台にした2つのテクスト、第1次大戦前に出版されベストセラーとなった『三週間（*Three Weeks*）』（1907）と第2次大戦後にヨーロッパからアメリカへ渡りスクリーンの妖精として世界を魅了したオードリー・ヘップバーン主演『ローマの休日（*Roman Holiday*）』（1953）[8]とそれぞれ比較してみれば、『眠れるプリンス』をめぐる英米の特別な関係の存在は、より明らかになるだろうし、その特異な歴史性についても考察する道を開くことになろう。

　まず、『眠れるプリンス』の物語の時代設定とほぼ同時期の20世紀初頭に出版されたエリノア・グリンの『三週間』は、英文学の「偉大な伝統」の代表Ｄ・Ｈ・ロレンスの小説『虹』にも言及されているほどの当時大ベストセラーとなった姦通小説・「セックス・ノヴェル」だ。そのプロットは、イートン校とオクスフォード大出身の英国人青年ポールが、休暇中のスイスで年上の人妻実はバルカンの架空の国の女王「レイディ」と出会い恋に落ち、性的にも政治的にも目覚め、帰国して大英帝国を担う若きリーダーに成長する物語である。そして結末は、夫に殺害されたレイディとポールとの子供がその国の王子となることを知り、王子の5歳の誕生日を祝う式典に参列したポールの姿が提示される。主人公の英国男性が父子の絆を確認するという場面で幕が閉じられる、ということだ。

It was in a shaft of sunlight from the great altar window that Paul first saw his son. The tiny upright figure in its blue velvet suit, heavily trimmed with sable, standing there proudly. A fair, rosy-cheeked, golden-haired English child–the living reality of that miniature painted on ivory and framed in fine pearls, which made the holy of holies on Lady Henrietta's writing-table…. And as he knelt there, watching their child, it seemed as if his darling stood beside him, telling him that he must look up and thank God, too–for in her spirit's constant love, and this glory of their son, he would one day find rest and consolation. (Glyn 290 下線筆者)

『三週間』は、『眠れるプリンス』がバルカンとアメリカとの関係を主題化しているのとは違って、東ヨーロッパの国と英国の結びつきを描いている。『眠れるプリンス』同様、東ヨーロッパとはいえ、バルカン地域の架空の国でどこかは不明にされており、ソ連の衛星国かあるいは東側と西側のボーダーに係累づけられる国、例えば、ユーゴスラヴィアのような国を思い浮かべることができるだろう。ただし、同じ英語圏政治文化を代表するフィギュアとはいえ『三週間』においては英国人であり、『眠れるプリンス』の場合はアメリカ人であるという違いがある。『三週間』が出版された20世紀初頭は、大英帝国がいまだそのパワーを世界に誇示しえた時代である一方、『眠れるプリンス』が初演された第2次大戦後の1953年がアメリカがスーパー・パワーとして抬頭したことを踏まえれば、英語圏政治文化の世界を指し示すフィギュアの差異は、覇権国の差異と歴史的移行という点から理解することができるかもしれない。英国がヨーロッパの大国としてバルカン地域の利害をめぐってロシアと対立していた20世紀初頭に出版された『三週間』においては、アメリカは登場しないのである。

『眠れるプリンス』の初演と同年ウィリアム・ワイラー監督のハリウッ

ド映画『ローマの休日』が封切られているが、この映画テクストの基本構造は以下のようになろうか。主人公である東ヨーロッパの架空の国の王女アンは、ヨーロッパ諸国の首都を訪問中、最終滞在先のローマで過密スケジュールの公務と自由のない日々にヒステリーを起こし、夜中にこっそり城を抜け出してしまう。アン王女は、街でアメリカ人新聞記者ジョーに偶然出会い、王女の素性に気づき密かに一大スクープを狙うジョーとその友人に翌日ローマを案内されることになる。アンは、永遠の都ローマでの自由な休日を満喫することにより、次第にジョーと恋に落ちていくが、最後には、王女としての立場を自覚し公務に戻るという物語だ。ヒステリーを起こした王女は、年配の侍女から与えられたミルクとクラッカーの夜食を受け入れるが、初めての恋に決別したあとのエンディングにおいては、ミルクとクラッカーはもう必要ない、ローマでの経験により大人の女性に成長したアンの姿が映し出される。『眠れるプリンス』との共通点は、どちらのテクストも、公務から一時的に逃れた自由な空間としてのロンドンならびに休日という非日常に特徴づけられたローマ、東ヨーロッパあるいはバルカンとアメリカとの境界領域として表象される空間で、物語が展開する。東ヨーロッパの架空の小国の王族である主人公が西側諸国の実在の首都を訪れ、そこに生じた非日常的な「緑の世界」において、アメリカの自由主義の洗礼を受け、目覚める（成長する）ということである[9]。ただし、その経験を可能にしたローマ滞在は、西側諸国との通商関係を推進する王室外交によって動機づけられていた。ここで『ローマの休日』の冒頭に映し出されるパラマウント・ニュースに注目しなければならない。王女アンの西欧諸国訪問の報道——"After three days of continuous activity and a visit to Buckingham Palace, Ann flew to Amsterdam where Her Royal Highness dedicated the New International Aid Building and christened an ocean liner. Then went to Paris, where she attended many official functions designed to <u>cement trade relations between her country and the Western European nations</u>."——を、念のために確認しておこう。そしてまた、それぞれの物

語において、国際政治の「想像的解決」を試みるフィギュアは、自由主義の主導者としてのアメリカ人であり、テクストの日常の世界、あるいは、政治的に問題となっている社会として提示されている地域は、20世紀を象徴する地域、バルカン、であった。ただし、米国ハリウッド映画である『ローマの休日』においては、冒頭に示される王女の訪問国のひとつとして、あるいは、エンディングにおいて王女の記者会見に出席するメディアのひとつとして以外は、英国は登場しない。冷戦期の英米関係は、覇権の移行が表面的には完成した、という意味で、英国は不在ということであろうか。

『三週間』におけるアメリカの不在、『ローマの休日』における英国の不在、それを歴史的に決定づける条件である冷戦前と冷戦期、この2つのテクストと合わせて読んでみると、『眠れるプリンス』というテクストにおける英米関係の特異性が炙りだされてくるのではないか。冷戦期に初演されながら物語は第1次大戦以前に設定され、前景化されることはないものの、英米関係が矛盾を孕んだかたちで描かれていることに気づかざるを得ない。

以上のように、文字テクストのかたちで主に受容・消費されている文学としての演劇テクストを、劇場・映画というメディア文化に開くことで、英米関係がこのようにいつもすでにテクストの重要な構成要素であったことが認知される、と同時に、冷戦以前、冷戦期、ポスト冷戦のそれぞれの国際政治状況・地政学的条件の規定の下、さまざまに英米関係が表象されていることがわかる。言い換えれば、英米関係に注目することによって、近代国民国家をトランスナショナルに横断するさまざまな政治文化を探り出す可能性があるということだ。

4 『眠れるプリンス』とヨーロッパ冷戦
　　——バルカン問題に表象される英ソの地政学的対立の歴史的プロセス

さてここで、本章の『眠れるプリンス』の最終的解釈を準備するために、再度、このテクストに立ち戻りプロットのエンディングを読み直してみたい。

第 4 章 『眠れるプリンス』とヨーロッパ冷戦

メアリーと再会を約束しながらも同行することはあきらめたチャールズ大公が、祖国に帰国するところで、この芝居の幕が下りるのだが、その直前に、いわば眠りから目覚めたヨーロッパのけして若くはないプリンスによってサプライズとして用意されたアメリカン・ガールを呼び寄せる計画が、英国外交官の介入によって、台無しにされてしまうという場面が挿入されている。その興味深い場面を分析する前に、この外交官ピーターが担う機能を確認する必要があるだろう。近代的な異性愛を経験することになったのは、外務省による接待で、ミュージカル劇場を訪れたことがそもそものきっかけだった。

> REGENT. I am not pleased with your part in the affair, Northbrook. I am distinctly not pleased.
> PETER. But, again, with respect, sir, my part in the affair was limited to carrying out your orders–
> REGENT. And who was it who said to me, "Why do you not invite this little actress to supper?" Who?
> PETER. Ah. But it was your initial interest in the lady, sir, that inspired me to that remark...
> REGENT. British diplomacy at its most hypocritical....
>
> (Rattigan *The Sleeping Prince* 56-57 下線筆者)

チャールズ大公は劇場で性的関心（"your initial interest"）を示したメアリーとの情事（"the affair"）が不首尾に終わったのは「あの女優をディナーに招いてはいかがですか（Why do you not invite this little actress to supper?)」と勧めた外交官ピーターの役不足のためだと非難する。つまり、英国外務省が用意した大公のロンドンでのアバンチュールを外交問題（"the affair"）を扱うように事務的に対応する英国外交（"British diplomacy"）を偽善的（"hypocritical"）だと皮肉っているわけだ。だが、それにも関わらずあるいはむしろこうした欲望の阻害あるいは遅延をきっかけに、この後、

バルカンの大公はアメリカ人女優との異性愛に目覚めはじめて真正な経験をするようになる。このようなもともと外交／情事の問題をめぐる物語の転回と大公の経験は、ピーターの外交官としての機能が作動し可能になったものだったのだ。またその後、2人が接近しようとするとことごとく図らずもその邪魔をする機能を物語上果たしているのもこの英国人外交官であった。この場面に注目するならば『眠れるプリンス』における冷戦は、アメリカとヨーロッパの関係によってだけでは解釈してしまえるものではないといえる。

物語のレヴェルでは、メアリーのカルパチア行を遅らせたということはバルカンのチャールズ大公殿下とメアリーとのより親密な関係への進展を妨げた。言い換えれば、「おバカでコドモ」にみえたアメリカン・ガール、メアリーが「大人」になって、チャールズをさらに覚醒・成長させる可能性を妨害した、ということだが、はたしてそれは歴史的状況のレヴェルでは、バルカンを含む東ヨーロッパ、より狭義には、旧ユーゴにおけるアメリカの影響力が決定的になることを回避・妨害したと解釈してよいだろうか。第2次大戦後も世界の大国として自国を認識していたかつての覇権国英国のひそかな抵抗の兆候なのだろうか。

ただし、このような解釈の可能性を仮に探ってみるのは、何もこの芝居を書いたのが英国の劇作家であるとか、その制作機会となったのが新たな英国君主エリザベス2世の戴冠式——したがって、2人の恋愛が進行する舞台がロンドンになっている——だから、といった外的な要因・理由を問題にしたいからでは、もちろんない。ことは20世紀半ばにその起源をもつといわれてきた冷戦を、単なる米ソ両国やその政治的イデオロギーの対立を超えた、よりグローバルな地政学的空間ならびにもう少し長期の歴史性において捉え直すということに関わっている。

英国の外交史の観点からするなら、19世紀ヨーロッパの国際政治は、一貫して英露対立を軸とした構図に基づくものとみなされる。なぜなら、当時のオーストリアやドイツはあくまでも中欧に限定された地域大国であって、ヨーロッパ域外での権益はきわめて限られたものであるのに対して、英国と

第 4 章　『眠れるプリンス』とヨーロッパ冷戦

ロシアは、東欧や極東にも影響力を及ぼす存在であったからだ。第 2 次大戦後の英国政府にとって、中東欧における「力の真空」をめぐる、ソ連との地政学的利害対立こそが、最大の懸案事項であった。とりわけ、英国の直接の利害が絡むギリシア問題については、チャーチルは特別神経質になっていたことからも伺えるように、問題は、どのようにして英ソの間で、勢力均衡を維持できるかであった（細谷「ヨーロッパ冷戦の起源」377-79）。

　このような英ソの地政学的な対立という図式において再考するなら、バルカン地域がどのような意味をもつか、もはや明らかであろう。地中海を目指しギリシアへ南下しようとするソ連が進行する重要な通過地点となるのが旧ユーゴスラヴィアとその周辺国である、と同時に、それはソ連の拡張主義を阻止しなければならない大英帝国にとってもいわゆるバランス・オブ・パワーによって力の真空地帯をつくりだしてはならない地政学的空間でもあった。にもかかわらず、トリエステがイタリアの領土に組み込まれたことへのユーゴ側の不満、バルカン地域における防衛政策・成長戦略や独立をめぐるティトーとスターリンの対立、経済的な妨害によりティトー政権の崩壊の企てとギリシア戦争におけるユーゴによるゲリラ支援をめぐる英米の対立等々、すべてこの空間を舞台にしたものであった[10]。こうして、1945 年から 49 年にかけてのバルカンにおける緊張関係は、冷戦の起源をめぐるさまざまな議論において、けして見逃してはいけない重要な意味を有している。旧来の米国を中心とした冷戦研究をむしろヨーロッパ冷戦に注目して再考を試みる近年の英国外交史の観点を踏まえながら、冷戦を東ヨーロッパの「眠れるプリンス」のロマンス劇によって表象するラティガンの文化テクストを解釈する本章が示唆したいのは、バルカン地域とりわけユーゴスラヴィアをめぐる英国の地政学とその政治的無意識の重要性である。

　たしかに、冷戦状況において独特な政治的立場を示したユーゴスラヴィアの存在は、大英帝国に取って代わったアメリカの自由主義イデオロギーによって説明できるのかもしれない。最も狂信的なスターリニストだと思われていたティトー大統領は、スターリンのソ連と対立することにより、東側の

127

経済ブロックから排除されることになる。反ソヴィエトをナショナリズムのシンボルとしてかかげることになるユーゴスラヴィアは、アメリカが「ナショナル・コミュニズム」とよぶ変則的な立場——社会主義であると同時にソヴィエトからは独立した立場——を選択することとなった。このような変則的な立場を取ることができたユーゴスラヴィアの特異性は、ポスト冷戦後の現在からすればどのように説明できるだろうか。米国のシンクタンク、ブルッキングス研究所のスーザン・L・ウッドウォードの『バルカンの悲劇』によれば、ユーゴ政権の存続は、アメリカの軍事支援だけでなく、むしろそれ以上に、IMF、世界銀行、米国輸出入銀行、諸外国の銀行を含むアメリカ主導で編制された経済援助、1949年以降の西側諸国との貿易回復によって可能になった（Woodward 25）[11]。アメリカの経済的援助を通じたポストコロニアルともいうべきコントロールは、英仏の旧帝国主義・植民地主義とは異なり、領土を欲望する拡張主義とは別のタイプの帝国主義であった、といえるだろう。自由主義や民主主義といった公式の政治イデオロギーを支えるソフト・パワーあるいはジェンダー・セクシュアリティに関わる文化的な言説・制度に関していうならば、婚姻関係や血縁・子孫を通じた支配関係に依存する必要はなかった、ということになるだろうか。『三週間』の主人公とレイディとの間に子供が生まれるということから、前近代的な血縁による政治的同盟が結ばれ英国がその支配を東ヨーロッパに行使する可能性を示唆している一方[12]、『眠れるプリンス』ではそのような血縁による絆が結ばれることはなく、イデオロギー的覚醒・教育となっている。

　ただし、イデオロギー的のみならず場合によってはバルカン地域攻撃の芽を軍事力で阻止することにより、ソ連が地中海に進出しそこに足がかりを得ることを妨害してイタリア・ギリシアへの経路を守る、というユーゴスラヴィアの役割は、そもそも、第1次世界大戦後、民族自決権という新たな原理によってハプスブルク、オスマンの両帝国の解体を正統化し、ユーゴスラヴィアという新たな国をつくったときに、すでに、期待されていたものでもあった。当時のヨーロッパの大国、すなわち、英仏米は、バルカン地域で

の安定をもたらし、多くの小国が分立し国境付近での紛争を回避するためだけではなく、オーストリアとセルビアの緩衝材としての国家の建設——実態は、多民族国家——を目論んだ（Lederer）。このようにして誕生した文化も伝統も宗教も異なる寄せ集めの王国（ユーゴスラヴィアと呼ばれるのは1929年以降）は、連邦構想をおしのけ統一憲法を通過させたことが根深い対立の要因となり、政治的に非常に不安定な国家となった[13]。また、経済的には1920年代半ば主要な歳入の源泉であった農産物輸出の需要が激減し、自由主義・民主主義的な持続が困難となり、専制主義に屈したため、英仏両国はその資本を大恐慌前夜に引き上げてしまった。その後、ドイツの再軍備・拡張主義に結びつき、41年には枢軸軍の侵攻により分割・占領され王国は消滅することになる（Hirschman 116）[14]。第2次大戦後、ユーゴスラヴィア統一国家が、共産主義政権の指導者ティトーのもと連邦国家として再建されるが、これは、英ソの地政学的対立をもとに、外交の政策・交渉を通じて戦後バルカン地域の安定と影響力を求める両国が構想した見取り図の範囲内でのことであったのだ。ユーゴスラヴィアにおける勢力範囲を東西それぞれ50％に取り決めたのは、チャーチルとスターリンとの間でなされたパーセンテージ協定であったのであり、1947年のトルーマン・ドクトリンによってアメリカに取って代わられるまで、英国はこの協定によってバルカンにおける勢力範囲を保持する立場にあった。

　このようにヨーロッパ冷戦あるいは冷戦の「原起源」としての英ソの地政学的対立におけるバルカン表象に注目し直してみるならば、第2次大戦後の冷戦をめぐる英米関係はどのように捉え直すことができるだろうか。はたして、戦後復興の遅滞と冷戦の進行とともに、英国は自由主義世界における「第2級の国家」すなわち「アメリカのジュニア・パートナー」の地位に納まっていくだけなのだろうか（佐々木14）[15]。言い換えれば、「ソ連の膨張」に対して積極的に対抗しながらヨーロッパを救済し、同時に中東・東地中海をはじめとする大英帝国の権益を維持することによって世界的役割を示そうという戦後英国政府の政策は、ますますアメリカの支援への依存を不可欠と

しただけなのだろうか。

　冷戦が本格的にはじまる以前、1950 年の朝鮮戦争勃発を境に東アジアにおける共産主義の好戦的意図が英国政府内で強く感じられるようになるまで、「非効率性、社会的不平等、そして道徳的弱点」によって特徴づけられる米国の資本主義ではなく、英国の社会民主主義こそが、戦後世界の指導原理として目指されるべきだと考える立場が存在した。国内で経済国有化の華々しい成果を挙げるアトリー労働党政権は自らの社会民主主義の理念に強い確信と誇りを感じていたし、1945 年から 1949 年までのアーネスト・ベヴィンの指導する英国外交は、英仏協調を軸とした西欧諸国政府の協力によって、米ソという超大国に対抗できる世界「第三勢力」を形成することをその長期的方針としていた（細谷「冷戦時代のイギリス帝国」104-5）[16]。英国政府は、ヨーロッパ大陸の西欧諸国の安全保障を確保することを最優先させるべきか、あるいは遠く離れた植民地やコモンウェルス諸国の安全保障を最優先させるべきか、この 2 つの選択肢の間で揺れていたことになる。

　ベヴィン外相やグラッドウィン・ジェブら一部の外務省高官がヨーロッパ関与を優先して考えている一方で、参謀本部は 1947 年 1 月に、帝国防衛を優先するという結論を出していた。これは英国本土防衛、海路の維持、中東での影響力確保からなる「三柱戦略（Three Pillar Strategy）」と呼ばれるもので、1952 年の「世界戦略」文書の作成に至るまで英国防衛政策の基軸となっていた。より正確にいうなら、この帝国防衛を何より重視する戦略は、ヨーロッパ大陸は英国の安全保障に直接的には関連がないとみなすものであったが、この戦略にヨーロッパ戦略重視のモントゴメリー陸軍元帥が強く反対する。ベヴィンの立場は、帝国防衛とヨーロッパ防衛の両立を、西欧植民地協力としての「西欧同盟」構想の文脈から構想する第 3 の選択肢だった、といえるかもしれない（細谷「冷戦時代のイギリス帝国」106）[17]。注目すべきことは、ソ連との地政学的対立関係を想定する英国の外交戦略として、西欧諸国間の協調と統合を求める「西欧ブロック（Western Bloc）」という構想もあったのであり、英米関係を基軸とした大西洋同盟だけが選択し

うる歴史的現実ではなかったということだ。

　さらにまた、1950年代に入ってもインドシナ戦争をめぐり「英米危機」と呼ばれる出来事があった（Ruane *The Vietnam Wars* 42）。1954年に開かれたジュネーヴ会議でフランスのインドシナからの撤退をめぐり、共産主義勢力の拡張を極度に恐れ軍事力行使により問題解決を急ぐダレス米国務長官とそのような米国の強硬姿勢を強く懸念しむしろ外交的解決を優先させるべきだと考えるイーデン英国外相との対立が深刻化した。英国外交の基本的戦略は、ドイツやオーストリアの場合と同様に、「影響力圏」を分割することで現状維持による安定を求めることであった。イーデンによれば、インドシナ戦争の際に英国が提示した「統一行動」へのアメリカの不賛成こそが、1956年のスエズ危機での英国に対する米国の敵対的姿勢へとつながった、ということらしい（Ruane "Agonizing Reappraisals" 168）。ヨーロッパ冷戦の地政学に規定された英国外交は、たえず、米国との対立や矛盾を孕んでおり、共産主義国ソ連に対する不安と欲望に重層的に規定された『眠れるプリンス』の政治的無意識も、また、単純に親米／反米といった立場を表象しているわけでは、まったく、ない。冷戦期を含む「短い20世紀」の英米関係は、英ソの地政学的対立によっても規定されている。このようなヨーロッパ冷戦の歴史的プロセスを表象しているのが『眠れるプリンス』という文化テクストではなかったのではなかろうか。

5　文化テクストとしてのラティガン『眠れるプリンス』
——戦後英国演劇のグローバル化とウェスト・エンドという空間

　さて、このように英ソの地政学的対立とバルカン表象による冷戦ならびにさまざまな英米関係の捉え直しを踏まえたうえで、『眠れるプリンス』における英国外交とりわけ英国外交官の表象を、いま一度、読み直してみたい。

　　　PETER... (*To MARY.*) I won't say good-bye, Miss Dagenham, as I

	understand I shall be seeing a lot of you in the next few days, what with <u>special passports and other things</u>.
MARY.	(*Surprised.*) Special passports?
REGENT.	(*Angrily* to PETER.) Herr Gott! Northbrook. That was intended to be <u>a surprise</u>, and now <u>you have utterly ruined it</u>.
PETER.	Oh. I'm sorry sir, but how was I to know that last night – you didn't–
REGENT.	(*Thundering.*) Go, before you make things worse.

　　　　　　　　(Rattigan *The Sleeping Prince* 122-23 下線筆者）

英国外交官ピーターの一見不注意な言動「特別旅券やら何やら（special passports and other things)」により、チャールズ大公の用意した「サプライズ」は台無しになってしまったわけだが、この「サプライズ」とは何かをより厳密に吟味し直そう。はじめての異性愛に目覚めたチャールズ大公は、ピーターに、メアリーを特別待遇でカルパチアに呼び寄せるための手配を委任する。「通行許可証（laissez-passer)」（Rattigan *The Sleeping Prince* 116）をはじめメアリーとそのお付きのためにオリエント急行の特別車両、さらには身支度を整えるための白紙小切手を手配し、経費は全て英国政府持ちで、というのがその内容だ。

PETER	Yes, Sir. The expense of course to be charged to Your Royal Highness?
REGENT.	(*Crossly.*) I should have supposed that the British Government might afford so trifling an outlay, in view of <u>the importance of Miss Dagenham's mission</u>.
PETER	(*Politely.*) I shall naturally apply to the Chancellor of Exchequer in person, Sir, but I am just a shade on the

doubtful side whether—.

(Rattigan *The Sleeping Prince* 117 下線筆者)

「ダゲナム嬢［メアリー］の任務の重要性（the importance of Miss Dagenham's mission）」（Rattigan *The Sleeping Prince* 117）とはなにか。英国外務省が大公のために用意した少女の自由な振る舞いが遂行した任務は、カルパチアがドイツのファシズムと手を結ぶ芽を摘み取り、リベラリズムを掲げる英仏協商を確固たるものと強化・推進することだった。その任務を遂行したことを思えば、そのような「出費など些細なこと（so trifling an outlay）」（Rattigan *The Sleeping Prince* 117）だ、ということらしい。

「台無し」にならなかったら、どうなっていたのか。英国外務省の思惑通りにチャールズ大公のカルパチアを英仏協商側に引きつける外交政策が、字義通りに、実現したということになる。英仏に批判的だったニコラスによれば、「英国外務省のインチキ（Foreign Office hocus-pocus）」（Rattigan *The Sleeping Prince* 115）――大公の慰めのための女性を用意して機嫌をとる策――は、英国外交官によっては、「フランス的な外交政策」（Rattigan *The Sleeping Prince* 115）、と名指されるが、英仏という西欧の大国のレアルポリティークあるいは帝国主義によってカルパチアが取り込まれることになった。ということであれば「台無しになった」ということは、英仏の外務省主導の現実政治とは異なるかたちで、バルカンと西側の関係を比喩的に表象しているということになるだろう。

前述した「ダゲナム嬢の任務」のもうひとつの意味を考えてみよう。劇のはじめにおいては自由主義を信奉するアメリカ人を小児的にして愚かであると非難していたチャールズ大公が、2幕3場おいて「長い灰色の分別の眠り」から「素晴らしい深紅の愚かさの曙光」（Rattigan *The Sleeping Prince* 118）に目覚め、子供っぽい振る舞いをして（"Behaving like a schoolboy"）「サプライズ」を用意したり、子供っぽいこと（"childishness"）の喜びを実感して楽しんでいる（Rattigan *The Sleeping Prince* 123）。チャー

ルズ大公は、現実的政策によってではなく、メアリーが提示した愛や夢によって、覚醒したのだ。少女のように無邪気だった女優のメアリーは、アメリカの「市民」であり、政府や国家のエージェントではない。メアリーが担うのは、夢やアートの想像力、あるいは、ポピュラー・カルチャーのパワーだ。それに対して無邪気な子供のように見えたメアリーが「大人（the grown-up one）」（Rattigan *The Sleeping Prince* 125）の振る舞いをすることにより、男と女、ヨーロッパとアメリカのいずれが、大人か子供かという対立が無効にされている。メアリーはチャールズ大公が用意した「サプライズ」——カルパチアにおいて代々継承されてきた王家の側室のために用意された住居である城での暮らし——をやんわりと断る、出演中のショウが終わる6ヶ月先まではロンドンを離れられないことを理由に。仕事を持った自立した女性として、愛ある別れのパフォーマンスを実践してみせる。「素晴らしい夢から目覚めることはちょっぴり悲しいかもしれないけれど、目覚めることはその夢を台無しにすることはないでしょう（Coming out of a heavenly dream can be a little sad, I grant, but that doesn't make the dream any the less heavenly, does it?）」（Rattigan *The Sleeping Prince* 125）。夢から覚めてもその現実を超えた夢やユートピア的願望の力はリアルに機能し継続する、ということだ。それは、単なる夢やファンタジーのようであり現実の政治よりも劣っているように見えるが、実は、現実の政策以上に意味がある。現実の外交政策ではなく、文化に媒介されたパワーが大事だ、ということが示されているのではないか。

ただし、ここでのポイントは、そこで描かれている時代こそが、冷戦期当時のアメリカの覇権ではないことだ。このことの意味を、さまざまな矛盾をはらんだ英米関係からみてみよう。つまり、アメリカや英国のプロパガンダではないのはもちろん、近年議論されている文化冷戦やソフト・パワーとしてのパブリック・ディプロマシーでもない。女優メアリーの表象を国家のナショナルな戦略の問題として解釈してはならないということだ。

アメリカのポピュラー・カルチャーが、戦後英国ロンドンのウェスト・エ

第 4 章　『眠れるプリンス』とヨーロッパ冷戦

ンドの演劇空間を媒介にしてグローバルに転回し、地政学的対立関係にあるソ連に対抗しつつヨーロッパの現実政治や人々のライフスタイルを大きく規定する意味を担っている。チャールズ大公と政略結婚をした妻がミュージカル女優の意味を理解できず、サラ・ベルナールしか認めないように、ヨーロッパでは高等芸術の演劇しか認められないということが示されている。そのような文化のグローバルな地政学的空間において、英国演劇のなかのトランス・メディア空間は、高等芸術である演劇とアメリカのポピュラー・カルチャーの両方を共存させるだけでなく、さらにその対立関係を調停したうえで新たなトランスナショナルな文化としてヨーロッパに流通・配給させる機能を担っていた。ロンドンにきたからこそ、サラ・ベルナールとは異なる女優も存在する文化があることに気づくことができたりする。そして、こうしたメディア空間に、冷戦期の英ソを中心とする政治とその文化において戦後英国演劇のグローバルな未来の可能性を企図したラティガンの欲望を、読み取ってもよいのではないか。言い換えれば、ベヴィンが構想し実現を夢見たものとは別のかたちではあるが、それはヨーロッパの統合と英米関係を基軸とした大西洋同盟との対立・矛盾を想像的に解決するヴィジョンではなかったろうか。

Notes

1 『マリリン 7 日間の恋』は、西洋美術史家ケネス・クラーク卿の息子であり『王子と踊子』撮影の際第 3 アシスタントとしてスタッフに参加したコリン・クラークの日記テクスト（Clark *The Prince, the Showgirl and Me*）と 2000 年に出版されたその改訂版（Clark *My Week with Marilyn*）を基にしている。21 世紀の現在、イングリッシュネスのイメージをノスタルジックに消費・受容される映像テクストとみなすこともできよう。また、マリリン役のミシェル・ウィリアムズは米国アカデミー賞主演女優賞に、そしてオリヴィエ役のケネス・ブラナーも、助演男優賞にノミネートされるなどして──惜しくも逃しはしたが──注目された。

2 『王子と踊子』では明示されてはいないが、オリヴィエとモンローによってあら

わされる英米の緊張関係についていえば、本章が明らかにするように、イングリッシュネスのイメージによってその対立・矛盾関係を解消するという『マリリン7日間の恋』の構造は、ポスト・ヘリテージ映画の1例とも解釈できるかもしれない。ポスト・ヘリテージ映画については大谷を参照。

3 ただ例外的に1990年代ロマンティック・コメディ映画『フォー・ウェディング (*Four Weddings and A Funeral*)』(1994)が成功を収めたことに注目し、ヘリテージ映画の1980年代からさらに変容した1990年代の英国ロマンティック・コメディの映画の系譜において確認したナイジェル・メイザーがいる。50年代保守化した例というのがその価値評価だが (Mather 135)、注目すべきは、メイザーの研究はロマンティック・コメディやラブ・ロマンス映画を、英国社会における英米の政治的・文化的関係において解釈していることであり、そういった文脈で『王子と踊子』も取り上げていることだ。

4 冒険、騎士道、そして不義密通や陰謀が渦巻く世界と結び付けられることが一般的な、架空の国、ルリタニア王国 (Ruritania) ——バルカンあるいは中央・東ヨーロッパ——を舞台とした文学テクスト、ルリタニア・ロマンスとして知られるアンソニー・ホウプ (Anthony Hope) の冒険小説『ゼンダ城の虜 (*The Prisoner of Zenda*)』(1894)、その続編『ヘンツォ伯爵 (*Rupert of Hentzau*)』(1898) なども、東ヨーロッパのプリンスが主人公であり、ヨーロッパの神話やロマンスにつながるということは一言触れておいてもよいかもしれない。

5 メアリーの出身地となっているミルウォーキーはアメリカ最大のドイツ系住民の都市として知られている。

6 モンローは、セックス・シンボルのイメージ脱却を試みて、アクターズ・スタジオでの指導経験を受けたあと、マリリン・モンロー・プロダクションを設立し、『バス停留所 (*Bus Stop*)』(1956) を撮影し、その翌年に制作したのが『王子と踊子』である。

7 ラティガンは、『炎の滑走路』映画化の際に監督候補となり、『眠れるプリンス』の監督候補にもあがっていたウィリアム・ワイラーとの交渉のため渡米したが、その途上ロサンジェルスで、モンローから映画化の権利について打診があった。ワイラーとの交渉において明確な答えが得られなかったので、モンローに映画化権を売ることにした、という経緯がある (Darlow 333)。

8 『ローマの休日』で発掘され一躍世界のスターとなったオードリー・ヘップバー

ンは、第 2 次大戦後の 1950 年代のロマンティック・コメディがベテランによる脚本・監督やかつて名を馳せたスターが中心だったなか、『王子と踊子』のマリリン・モンローとともにハリウッド映画産業に新たに登場した女優だ。ハリウッド・ロマンティック・コメディの歴史を論ずる Grindon によれば、1930 年・40 年代のスクリューボール・コメディが階級や権力の差異を描いてジェンダー間の葛藤を前景化する一方で、戦後のロマンティック・コメディは舞台を外国に設定したり、ヨーロッパとアメリカの間の衝突・対立においてジェンダーの分裂を強調したりしている。『ローマの休日』は、ローマ在住のアメリカ人ジャーナリストとヨーロッパ小国の王女との関係においてそうした衝突・対立が表象されている（Grindon 45）。

9 『眠れるプリンス』、『ローマの休日』いずれのテクストも、ロマンティック・コメディとなるハッピー・エンディングに至らないのは、バルカンとアメリカとの決定的な結びつきを表象することの不必要（米国の反植民地主義・「例外主義」）、あるいは、困難を物語っている、といえるかもしれない。

10 ギリシアとユーゴスラヴィアによって、東側ブロックから分断された共産主義政権下のアルバニアをめぐる、英米両国の外交関係ならびに諜報活動の間の緊張感系については Aldrich も参照のこと。

11 その見返りとして、冷戦期の社会主義国家ユーゴは、アメリカのグローバル・リーダーシップのために反共産主義ならびに反ソ連のキャンペーンを推進するプロパガンダの役割を果たすとともに、東地中海における NATO の軍事政策の一翼を担った。つまり他国がうらやむような独特な中立性を保つことにより、旧ユーゴはソ連の「封じ込め（containment）」という西洋資本主義の重要なイデオロギーとして機能した、ということだ（Woodward 25）。

　アメリカのユーゴスラヴィアに対する経済援助の詳細と 1949 年以降の両国の関係については Lampe を参照のこと

12 『三週間』をめぐる 20 世紀初頭のフェミニズム言説と帝国主義的言説との共犯関係については山口を参照。

13 第 1 次世界大戦後に誕生した第 1 のユーゴスラヴィアの根本的な欠陥について、Banac はクロアチアとセルヴィアの間の解決不能な対立関係にあると論じている。

14 戦間期の東欧というコンテクストにおけるユーゴスラヴィアの歴史については

Rothschild を、また、ユーゴスラヴィアのさまざまな起源については、Djilas を参照。さらにまた、ユーゴの起源とその緊張関係とハプスブルク帝国の溶解については Jászi もみよ。

15 1945 年 7 月にヨーロッパにおける戦勝後の情勢を分析した英国外務次官補オーム・サージェントは、米ソ両大国、特にアメリカの心底に「イギリスは今や第 2 級の国家であり、またそのように扱ってもいいのだという感覚や、長期的には、アメリカとソ連が将来の卓越した 2 つの世界大国として相互に了解できるならば、全てはうまくいくのだという感覚が存在する」ことを重大視し、「われわれの政策が戦わなければならない相手は、この誤った感覚である」と論じた（佐々木 14）。

16 「イギリスは 1946 年の英米借款協定、1947 年のマーシャル・プランと、アメリカに対する経済的依存をより一層強め、さらには 1949 年の北大西洋条約の締結により安全保障面でもアメリカに依存せざるを得なくなる。イギリスは戦後世界で世界大国としての地位を維持するために、植民地とコモンウェルスの協力を前提として積極的に対外関与を広げていった。ところが皮肉にも、そのことがかえってアメリカへの依存の必要を認識させることになる。この背景には、1947 年から 1948 年を境に強まるヨーロッパ大陸での対ソ脅威認識があった」（細谷「冷戦時代のイギリス帝国」105）。

17 だがその後、ベヴィンの外交構想は次第に政府内での支持を失い、1949 年 10 月の閣議で正式に「第三勢力」構想は放棄される。この頃に外務省は、より強硬な冷戦戦略を志向するようになっており、ストラング次官とアイヴォン・カークパトリック次官補の 2 人を中心に 1949 年に外務省内に成立した事務次官委員会は、参謀本部との緊密な連絡の下で、重要な諜報活動を管轄することになり、のちに「事務次官局（PUSD）」として政府内で巨大な権力を有するようになるのだが、この委員会は、英米協力を強化して、ソ連に対する封じ込め戦略を世界大で積極的に展開する必要を政府内で論じるようになる。ベヴィンも、またこの意向に従うようになるのである（細谷「冷戦時代のイギリス帝国」111）。

インターメッツォ C
ビートンのデザインとトランス・メディア空間

　第 2 次大戦中の戦争カメラマンとしての成功により英米の『ヴォーグ』誌で復活したセレブな写真家ビートンであったが、戦後には、またさらに別のメディア文化においてそのキャリアを転回していくことになる。終戦直後の 1945 年、ビートンは、H・M・テナント社のビンキー・ボーモントが興行しジョン・ギールグッド演出によるオスカー・ワイルドの喜劇『ウィンダミア卿夫人の扇子（*Lady Windermere's Fan*）』（1892）のヘイマーケット劇場での再演において舞台・衣装・照明デザインを担当した。戦争中の暗くくすんだ世界を払拭し、エドワード朝の豪華な宴のイメージと鮮やかな色彩や華美な絹の衣装、美しい造花を用いることで贅を尽くした過去の美化されたイングリッシュネスのイメージを提示した舞台は、戦時下で耐乏生活を強いられて贅沢な世界に飢えていた観客たちを魅了し、大成功をおさめた（Beaton *The Face of the World*）[1]。この成功は、大西洋を横断してニューヨークでもワイルド再演の機会を産み出し、「難攻不落」と思われた壁を越えたビートンは、ブロードウェイのコート劇場での再演のデザインも担当することになる。さらにこの大西洋を跨いだ移動は、すでにスクリーンから退いていたグレタ・ガルボとの交遊の再開にもつながり（Beaton *Self Portrait with Friends*）、セレブ写真家としてのキャリアも拡大再生産されていくことになる[2]。戦争プロパガンダのカメラマンから、舞台デザイナーへとさらなるあざやかな転身を遂げたビートンの文化的実践・行為は、さらにメディア空間のさまざまな境界線を横断・越境することになる。

　ジョージ・バーナード・ショウ『ピグマリオン（*Pygmalion*）』（1914）を原作としたブロードウェイ・ミュージカル『マイ・フェア・レディ（*My Fair Lady*）』（1956）のデザインを担当しトニー賞を受賞するなどして称賛されたビートンは、この成功により、よりグローバルなトランス・メディア空間であるハリウッド映画産業にその労働の空間をみいだすことになる。『マ

イ・フェア・レディ』の舞台の歌詞・脚本担当のアラン・ジェイ・ラーナーと音楽担当のフレディック・ロウのコンビが『恋の手ほどき（*Gigi*）』（1958）で映画進出をはたし、そのデザイン担当に抜擢されたビートンは、本格的にハリウッドへ進出する。衣装と美術ともに絶賛されたこの映画でビートンは、米国アカデミー賞で衣装デザイン賞を受賞したのだが、ここに非常に興味深い逸話が存在する。当初、ビートンは美術監督・装置賞も受賞することを期待していたらしいのだが、この賞に関しては、ハリウッドの複雑な労働組合の規約に基づいて美術・装置デザイン担当の代表として明記されたプレストン・エイムズらが受賞することになったらしい（Vickers）。ここで指摘しておきたいのは、舞台や映画のデザインという華やかなデザイナーとしてのビートンのイメージも、実は、ハリウッド映画産業の分業体制に組み込まれた労働とともに生産されたものであるということだ。

『ウィンダミア卿夫人の扇子』主演女優イザベル・ジーンズの衣裳と舞台セット

このようにブロードウェイ・ミュージカルやハリウッド映画で成功をおさめた後、さらにそのトランス・メディア空間における文化的労働を拡張していくことになるビートンが衣装・美術のデザインを担当したのが『マイ・フェア・レディ』（1964）の映画版であった。ビートンがこの職を得たのは、米国3大ネットワークのひとつCBSの会長ビル・ペイリーがワーナー・ブラザーズに映画権を売却した際、デザイン担当にビートンをと希望したためらしい（Vickers）。ただし、この仕事は、MGM制作『恋の手ほどき』の場合とは若干事情が異なっていた。前作の場合、ビートンは英米間を自由に往来することが可能であったのだが、今回の契約は10か月におよぶハリウッドでの拘束を意味するものとなっていたからだ。『マイ・フェア・レディ』の監督ジョージ・

キューカーは、1930年代のハリウッド黄金時代を批判的なまなざしで捉えていながらもそこでの仕事を嘱望していたビートンに、映画デザインの仕事をすすめた人物であった。キューカーとの協働作業の機会を得たビートンではあるが、実際の映画制作の現場では国境やメディアを超えた空間においてその関係はさまざまな葛藤・対立を含む矛盾を孕んだものとなっていった。ラーナーとヒギンズ教授役の俳優レックス・ハリスンとのロンドン行に同行することを却下されたり、セットでの写真撮影を拒否されたりして、ビートンが「IBMの機械のごとく」にこき使われていると苦情を漏らすほどに、彼を取り巻く労働環境は悪化していく。さらに、10か月と定められたハリウッドでの「亡命生活」をさらに引き延ばされるのではという不安・疑念をいだきはじめもしたビートンは、契約が満了するや映画の完成をまたずに帰国する。だが、完成された映画では、ビートンのデザインは、映画制作に関しては素人にすぎないとビートンを批判した監督キューカーとそのスタッフらによって、かなりのダメージを与えられた（Vickers）[3]。だが、さまざまな葛藤・対立はありながらも、ビートンは米国アカデミー賞において、今度は、美術監督・装置賞と衣装デザイン賞を獲得する。もっとも、一緒に受賞した美術監督のジーン・アレンが実質的な仕事はしていないにもかかわらず装置担当に名を連ねていることについて、ビートンは不満を漏らしている。ここにも、『恋の手ほどき』のときのような労働組合の規約が関わっているようだ。

　この種の規約はハリウッドだけに限られたことではないことは、『マリリン7日間の恋』においても垣間見られたことだ。ビートンの母国であり、マリリン・モンローが撮影のために訪れた英国にも存在していた。『マリリン7日間の恋』は、『王子と踊子』の舞台裏を扱っているのだが、この物語における映画の撮影初日、英米の映画制作における差異などのプレッシャーから現場にあらわれないマリリン・モンローは、共演俳優たちを2時間以上も待たせることになった。いら立ちを隠さない監督ローレンス・オリヴィエとは対照的に、冷静かつ穏やかに立ったままで待機する英国のベテラン名女優シビル・ソーンダイクに対して、第3助監督コリン・クラークは、ナイー

ヴな親切心から不用意に小道具の椅子を差し出してしまう。ただでさえ緊張感に満ちた撮影現場のスタッフは、このコリンの行為に激しく抵抗する。小道具は小道具係が管理するものであり、それに触れることは労働組合の規約で定められたそれぞれの領域を冒すことになるからだ。英国美術史の大家ケネス・クラーク卿の次男で映画好きのお坊ちゃまのコリンは、こうした抵抗を目の当たりにして唖然とするしかないのだが、ここで問題にされているのは、英国の映画産業に関わる労働組合の複雑な組織構造である。デイムの称号をもちながらも労働組合活動の経験をもつソーンダイクは、そうした労働組合間の対立は経営者側に有利に働くだけで、労働者（裏方側であれ俳優側であれ）には不利益となるだけだ、と喝を入れるのだが、そこで断片的に言及されるのが 1926 年のゼネストとボリシェビキである。「昔は、みんなボルシェビキだった」「今の私たちはみな立派な組合員のはずよ」、というソーンダイクの台詞は、英国の労働組合のひそかに存在する連続性を、1950 年代、60 年代に変容したハリウッド生産体制との関係において示しているのかもしれない。このようなグローバル化と国際分業に歩みを進める戦後資本主義の生産体制およびそこに挿入・代補された社会主義という歴史的コンテクストに、ビートンの文化的労働は関わっていたのかもしれない。ラティガンとはまた別のかたちで、1960 年代のハリウッドの生産体制に組み込まれる英国出身の文化労働者の姿が、ここにもみられるということか。戦後のビートンが実践する文化的生産の軌跡は、第 2 次大戦後、ヨーロッパの高等芸術が大西洋を横断して米国に移動することによりポピュラー・カルチャーとして受容・変容する歴史的過程と重なり合うと同時に、戦後英国演劇のなかにひそかに存在したトランス・メディア空間を、ラティガンの軌跡とは微妙な差異を孕みながら、刻印しているといえるかもしれない。

Notes

(1) 戦後直後にビートンが用いた、エドワード朝に結び付けられるイングリッシュネスのイメージは、1980 年代のヘリテージ映画や 90 年代以降のポスト・ヘリテー

ジ映画においてもグローバルに流通・受容・消費されてきていることは興味深いことだ。ポスト・ヘリテージ映画については、大谷を参照のこと。
(2) ラティガンとの関係でいえば、ビートンは同じハーロー校出身で、日記では「テリー」と呼ぶ間柄であった。こうして、ガルボと一緒に、『ウィンズロウ・ボーイ』のニューヨークでの初演の舞台を観劇した彼は、「いい選択だった、英国らしい芝居だった」と評価している（Beaton *Self Portrait with Friends*）。
(3) BBCのラジオ放送『アメリカからの手紙』を担当し、『ガーディアン』紙の米国特派員でもあった英国人ジャーナリスト、アリステア・クックによれば、『マイ・フェア・レディ』のような映画を批評するのは、バッキンガム宮殿の衛兵交替やビートルズを批判するようなもので、不可能に近い。しかしながら、クックは、ビートンのデザインを天才的と称賛しながら、彼が産み出したエドワード朝を美化したイメージは、ブロードウェイのクライテリオン劇場でしかみることができないと、映画のデザインを暗に批判したコメントが『ガーディアン』紙で述べられている（Vickers）。

終章

『ブラウニング版』再読
——グローバルなトランス・メディア空間のなかのラティガン

1 ラティガンのナショナルな「英国」演劇を再考する

　第2次大戦後の英国演劇界は、劇場を中心とする芝居興行を仕切る大きなシンジケート、興行主組合（TMA）あるいはウェスト・エンド興行主組合（WEMA）——たとえばH・M・テナント社のような興行会社の連合組織——の独占支配のもとにあったため、各劇場が独自の方針で演劇を上演することは困難であった。T・S・エリオットらを中心とした詩劇の試みもいくつかなされたものの新人や実験的なスタイルを目指す劇作家の作品が舞台にかかることはなかなかなかった[1]。何よりも興行成績が重視されていたのであり、このような商業主義においては観客を確実に劇場に足を運ばせることができるすでに成功し名をなした作家の作品が優先される。こうした伝統の継承というかたちで再開した戦後英国演劇の代表が、ラティガンということになる。この場合のラティガンの演劇とは、いうまでもなく、カワードやモームの風習喜劇の形式を踏まえたものであり、『銘々のテーブル（*Separate Tables*）』（1954）のような作品が、『ウィンズロウ・ボーイ（*The Winslow Boy*）』（1946）や『深く青い海（*The Deep Blue Sea*）』（1952）などとともに、英国のナショナルな演劇の歴史において、高く評価された。高い倫理観や深

145

い人間理解といった殺し文句を使っていかにも英国的な味わいを漂わせながら生産されるのはいわゆる大人の芝居であり、英国演劇史においては、いささか時代遅れではあっても正統派の劇作家としての地位をとりあえず保っているのが秘密のラティガンである。戦後の英国演劇とラティガンをナショナルな芸術・文学において捉えるなら、ひとまず、このようになるかもしれない。

だが、階級の再編に直面した戦後英国社会の動きは、実のところ、第2次大戦を契機にグローバルに変容・拡張した米国主導の資本主義世界の歴史プロセスにおいて生起したものであり、このようなナショナルな空間を越境するコンテクストにおいて、「煌びやかな若者たち」のような金利生活者でもなければ「怒れる若者たち」の世代が具現する労働者階級の若者でもないという、いわば秘密のラティガンの秘密を（再）解釈するために、代表作のひとつ、『ブラウニング版（*The Browning Version*）』（1948）を取り上げてそのサヴァイヴァルの軌跡をたどってみたい。『お日様の輝く間に』のカントリーハウスと同様あるいはそれ以上にいかにもともいえる「イングリッシュネス」をあらわす記号として外国人にも理解するのが容易なフィギュア、すなわち、パブリック・スクールの古典の教師を主人公にすえたこの芝居は、劇評家あるいは研究者によって高く評価されてきた。この劇に先立つラティガンの芝居に示唆されてきた「まじめさ」や「潜在的なエネルギー」がもっとも満足いくかたちで構築されたのが『ブラウニング版』であり、ラティガンの「劇作家としての技」と「職人技（craftsmanship）」といった形式面での達成こそが、異口同音に讃えられた（Young 79）。観客がようやく認識できるような出来事の巧緻な組み立て、あるいは、観客の感情的反応を巧みに操る技がその真骨頂だ、とされた（Rebellato Introduction *Playbill* xx）。

あるいはまた、19世紀の詩人ロバート・ブラウニングの翻訳とは別に彼自らが翻訳したギリシア悲劇『アガメムノン』とその壮大な英雄性を卑小な家庭悲劇に格下げされたかわいそうな教師の家庭との間に浮かび上がる大人の哀愁も、同じようにギリシア悲劇を翻案あるいは現代風にヴァージョン・

アップした20世紀米国演劇が上演する小児的な欲望と情念の悲劇的な葛藤・崩壊イメージとは違って、これまたいかにも英国らしさの商品価値を高めている、といえるかもしれない[2]。このような解釈の視点は、ラティガンのナショナルな「英国」演劇を再考するうえで、踏まえておくべきだといえよう。

ただし、そのような再考を戦後の資本主義世界において変容・再編される英国社会の諸社会的差異に注目することにより試みる本章にとって重要なのは、次の問いだ。古典の教師アンドリュー・クロッカー＝ハリスが学生たちに人気の若い科学の先生やこの年下の同僚との不倫に走る妻によって味あわされる悲哀とそれでも諦めることなく堅持する自負を、密かに暗示される男同士の友愛や共感とともに、冷徹に描いたこの芝居に、世代的にはどっちつかず、階級的には根無し草であるラティガンの帰属をめぐる問題が、どのように読み取ることができるか。もともとは『プレイビル（*Playbill*）』というタイトルのもと『ハーレクィネイド（*Harlequinade*）』とのダブル・ビルという2本立ての形式でロンドンのフェニックス座で初演されたにもかかわらず、『ブラウニング版』は独立した演劇作品として扱われてきているが、本章では、この劇テクストをその映画版やTV版などのサブテクストへのさまざまな再生産・ネットワーク的拡張への結びつきをも対象にしながら、主として『プレイビル』の全体性において解釈したい。

1948年、ラティガンの第2次大戦3部作を興行したH・M・テナント社の代表にしてウェスト・エンドの「黒幕(eminence grise)」であったビンキー・ボーモントは、最悪ともいえる失敗を犯した(Huggett 400)。ラティガンは、『ウィンズロウ・ボーイ』(1946)の成功によりナショナルな英国演劇において「まじめな劇」の劇作家としての評価・地位を手に入れ、それを確立しようと、1幕もの4作の連続上演の試みを企図して、ボーモントに接触したものの(Huggett)、1幕ものの上演は、当時商業的な成功が期待できないと判断したボーモントの反応は、おおむね否定的だった[3]。ラティガンの企画は、ノエル・カワードの『今夜8:30に（*Tonight at 8:30*）』(1935-36)の1930年代における成功やローレンス・オリヴィエ主演の1幕ものの成功とは事

情が違う——前者はカワード自身が大スターであったこととガートルード・ローレンスというスター女優との共演だったこと、後者は演目が古典だった——ということがその理由であった（Huggett 401）。ここには、英国演劇とりわけウェスト・エンドが採用していたスター・システム（Peacock 47）がかかわってもいるようだ。興行の失敗のリスクを嫌うボーモントがだした条件は、ジョン・ギールグッドやローレンス・オリヴィエのようなスター俳優の起用ということだった。必要に迫られ、ブロードウェイの舞台に出演中のギールグッドにさっそく交渉するためニューヨークを訪れたのだが、ラティガンには残念なことに、『ブラウニング版』のクロッカー＝ハリス役は「2流（second-rate）」としてギールグッドから却下されることになる[4]。

しかしながら、グローバルなトランス・メディア空間に『プレイビル』というテクストを置き直してみるならば、この演劇テクストとその再生産の意味は必ずしも否定的な評価に終わるわけではないことがわかる。最終的にボーモントに断られた『プレイビル』は、ウェスト・エンドの若き興行師スティーヴン・ミッチェルにゆだねられ、別の成功の道を歩むことになる。クロッカー＝ハリス役も、ギールグッドではなくエリック・ポートマンが引き受けることとなり、上演の運びとなった。そして実際に上演されてみると、『プレイビル』は、意外にも、批評家からも観客（大衆）からも傑作と喝采を浴びて、モダン・クラシックとなった。『ウィンズロウ・ボーイ』に続き英国の演劇賞であったエレン・テート賞において最優秀新作品賞と最優秀主演男優賞を受賞したのはその証拠か。ウェスト・エンドでの上演期間が6ヶ月でそれほど長期にはいたらなかったという点に注目すると、ナショナルな演劇からすると、大成功とはいえないかもしれない。だが、その後の映画化・TV放映ならびに英国全土にとどまらずさらに国境を越えてグローバルに上演されることになったこの劇テクストの版権を、興行主ミッチェルは、ラティガンと共有することになった。ボーモントがおかした失敗というのは、演劇テクストのグローバルなトランス・メディア空間における流通から産出さ

れる価値と利益を得るチャンスを失ったということだ（Hugget 400-1）。興味深いことに、ボーモントとともに『プレイビル』には否定的だったギールグッドも、その後「2流」と却下したクロッカー＝ハリスの役を、1957年のBBCラジオ、1959年のアメリカCBSテレビ版、いずれでも演じることになる[5]。つまり、ラティガンの秘密は以下の点にあるようだ、すなわち、『ブラウニング版』が、戦後英国演劇『プレイビル』の構成要素として、グローバルなトランス・メディア空間のなかでさまざまな流通ネットワークを移動しながら、くり返し再演されまた解釈されてきたことに。

　ラティガンの『ブラウニング版』というテクストは、1930年代から60年代のタイムスパンにおいて、グローバルなメディア空間にさまざまに生産・翻訳され移動した『チップス先生さようなら』をサブテクストとして、読み直され解釈されなくてはならないのではないか。そのうえで、本章では、そうしたトランス・メディア空間において価値評価されるべき1951年の映画版『ブラウニング版』の歴史的契機が、問題にされることになろう。言い換えれば、文化冷戦における英国劇作家ラティガンの意味を探るために[6]、ラティガンの演劇と戦争プロパガンダでもあった『チップス先生さようなら』との矛盾を孕んだ関係性から産み出された51年の映画版テクストとそれを

ラティガンが住んでいたロンドン、ピカデリーにある独身男性用高級アパート、ザ・オルバニー

149

契機に転回したラティガンのキャリアの転回がたどられることになる。

2 『ブラウニング版』に言及される『チップス先生さようなら』に対する揶揄の意味——戦後福祉社会と金利生活者になれなかった男

　ラティガンの戦後の代表作である『ブラウニング版』は、『ウィンズロウ・ボーイ』同様、英国の伝統的な教育機関・制度であるパブリック・スクールを表象している。ただし、その表象は、必ずしも肯定的なものではない。それは「イングリッシュネス」を大々的に前景化してメインストリーム化することを狙うようなものとはなっていない。むしろ、『深く青い海』におけるヘスターをめぐる判事の夫ウィリアム・コリヤーと元英国空軍パイロットのフレディ・ペイジによって表象されたような、若さと老いの対立、科学・テクノロジーと伝統的な（古典）教養との対立が、『ブラウニング版』においても、ミリーをめぐるアンドリューとフランクによって上演・表象されている。

　科学コースへの変更を望む教え子タプロゥが贈与としてアンドリューに差し出すロバート・ブラウニング訳の『アガメムノン』、すなわち、タイトル『ブラウニング版』に注目するなら、アンドリューが、この古典文学のテクストを媒介にして、タプロゥだけではなくミリーと不倫の関係にあったフランクとも、世代を超えた男同士の絆を結ぶようにもみえるかもしれない。『アガメムノン』に添えられたギリシア語の献辞には、「神は遠くから慈悲深く優しい師をご覧になられている」（Rattigan *Playbill* 34）とあるが、敵対するはずのフランクは、ミリーではなく、アンドリューとの関係性を構築しようとする。せっかくの生徒からの贈与を賄賂と名指すことで師弟間にほのかにみえはじめた男同士の絆を矮小化するミリーの残酷な仕打ちをきっかけに彼女と別れる若き科学教師の男は、むしろ、年配の古典教師アンドリューの転任先のドーセットでの住所を聞き出そうとするからだ。この不確かではあるが密やかなホモソーシャルな絆を、古典教育が表象する英国の伝統的な価値観と科学が示す戦後台頭しつつある価値観との想像的な和解の可能性を示唆

している、という解釈を試みることも可能かもしれない。だが、ここでは、むしろ伝統的な英国の教育制度のイメージのほうに注目し、第2次大戦中にハリウッド・メディア文化で果たした役割との関係性という観点から考察していきたい。

　教師としての職業においても結婚においても失敗し、クリュタイネストラのような妻に精神的に殺された古典の教師と英国のパブリック・スクールという舞台を表象するラティガンの劇『ブラウニング版』は、同じくパブリック・スクールの教師を主人公としたジェイムズ・ヒルトン『チップス先生さようなら』に対して、以下のような奇妙な言及をしている。

> MILLIE. Still I bet when he leaves this place <u>it won't be without a pension</u>. It'll be roses, roses all the way, and tears and cheers and <u>goodbye, Mr Chips</u>.
>
> 　　　　　　　　　　　　　　　（Rattigan *Playbill* 31　下線筆者）

夫の後任である教師ギルバートとその妻を見送るミリーが、若く優秀なギルバートは年金なしで退職することなどないだろうし、『チップス先生さようなら』の主人公が退職したときのように別れを惜しむ涙やその功績に対する喝采で見送られるに違いないと、年金なしに早期退職する夫アンドリューに対して嫌味をこめて語る場面だ。ミリーはたしかに初演時の批評でも指摘されたように「最も不愉快な女性」（Audrey Wiilliams qtd. in Rebellato Introduction *Playbill* xxii)」かもしれないが、そうした否定的なイメージをもつミリーの台詞に断片的に言及される、年金をもらって退職するチップス先生のイメージの意味はどのように考えられるだろうか。

　英国の劇作家ラティガンが提示するパブリック・スクールの否定的な表象の意味は、このように戦後英国社会の特定の歴史的状況と関係があるのだが、このことを、テクストの基本的構造すなわちプロットをあらためて確認することで、確認しておこう。『ブラウニング版』の物語は、英国のパブリック・

スクールで古典語の教師を務める年配のアンドリュー・クロッカー＝ハリスが、心臓病のため定年前に退職を余儀なくされ、期待していた退職時の年金の支給を理事会に却下され、その事実を同僚の科学教師フランク・ハンターと不倫をしている妻ミリーに非難・嘲笑されることから始まる。また、生徒たちからナチス親衛隊の隊長の名「ヒムラー」と呼ばれていたことを後任の若い教師ギルバートから知らされたアンドリューが、自分は恐れられているだけでなく嫌われてすらいたことを知りショックを受ける。その後、ロバート・ブラウニング訳の『アガメムノン』の古本を特別授業を受けた生徒タプロウから贈られ、そのショックからせっかく立ち直りかけるが、ミリーの心無い言葉によってその救いは奪われる。こうして最後は、アンドリューが、妻ミリーに夏休みを別々に過ごすことを告げ、終業式の式典におけるスピーチの順番変更の依頼を電話で校長に断る。妻の不倫や生徒からの不人気の物語の口実＝プレテクストとなっているのが学校教師の雇用が切れたのちの年金支給が却下されたことにあり、そもそも年金に生活の物質的基盤を依存するような教師を職業とした主人公の戦後英国の福祉国家への帰属関係が、このテクストの基本構造を規定している。こうした物質的な条件に規定された『ブラウニング版』が舞台にかけるのが、金融資本とそのグローバルな運用によって維持・持続や拡大再生産が可能な私的財産を所有していて生きるための労働が必ずしも必要ではないかもしれない社会的存在ということになる。すなわち、それは近代国民国家のナショナルな社会関係に対して比較的フレキシブルで独立した自由を享受できるような金利生活者にはけしてなれなかった男の切なくも哀しい物語である、とりわけ、煌びやかで華やかな上流階級の文化や社交を享受したカワードの世代に遅れてきたラティガンのような劇作家にとっては。

終章　『ブラウニング版』再読

椅子でくつろぐチップスとこの引退した先生を慕う新入生

　それでは、『ブラウニング版』によって揶揄される『チップス先生さようなら』というのは、そもそも、どのようなテクストであったのか。1934年に米国リトル・ブラウン社から出版されたジェイムズ・ヒルトン原作の小説は、前年の33年に英国の『ブリティッシュ・ウィークリ』に、翌34年に『アトランティック・マンスリー』誌に掲載されたのち、米国で単行本として刊行されることになった。大恐慌の影響は当然出版業界にも影を落としリスクを考慮し初版の部数は少なめに押さえたのであるが、この初版は刊行1ヶ月以内に再版をするほどの反響を呼んだ。その後英国でも、ホッダー＆スタウトン社により出版され、英国産『チップス先生さようなら』は大西洋を跨いだベストセラー小説となり、ジェイムズ・ヒルトンは有名作家としての地位を確立することになった。
　第2次大戦中、同じ英語で書かれた小説や詩など「英文学」は米国への「思いがけない英国からの使節団」として貢献した、つまり、その戦争プロパガンダとしての貢献は、ノンフィクション同様に、効果的なものであった、ということだ。文字通りのプロパガンダ文書以上に、むしろ人びとの想像力や感情に訴えかける形式で、戦時下の英国とドイツとのイメージを提示した巧妙なプロパガンダは、政治的混乱状態にあるヨーロッパを舞台に展開される

スリラー、心理描写、成長物語として提示されたため、より説得力をもつことになった。たとえば、英国情報省がストーム・ジェイムソンに依頼して産出された『ロンドン・コーリング（London Calling）』（1942）には、論文や回想録だけではなく短編小説も掲載されていたし、1943年には2つの詩集が出版されている。英米両国からの詩を掲載した『新選戦争詩集（The New Treasury of War Poetry: Poems of the Second World War）』と米国作家連合のためにジョイ・デイヴィドマンが編んだ『連合国戦争詩集（War Poems of the United Nations）』は、コモンウェルス20カ国からの寄稿があり、そこには、『大空への道』で重要な機能を果たした詩「雲のなかのジョニー」の著者ジョン・パドニーとともに、ヒルトンもその名を連ねている（Calder 203-4）。

このような英国が推進するプロパガンダ政策全体の重要な一部として、ヒルトンの小説『チップス先生さようなら』は、1939年には、MGM（Metro-Goldwyn-Mayer）によって映画化され、マーガレット・ミッチェル原作『風と共に去りぬ』（主演は英国女優ヴィヴィアン・リー）を押さえてアカデミー賞作品賞を獲得してしまう。ヒルトンは、映画版『チップス先生さようなら』では、脚本にも関わった。その後も、『海外特派員（Foreign Correspondent）』（1940）、『心の旅路（Random Harvest）』（1943）等の制作にもかかわったヒルトンは、「MGMの英国（MGM's Britain）の立案者」（Shindler 15）とされる[7]。

ここで、ヒルトンが「MGMの英国の立案者」となる以前の英米関係を、勃興する映画産業のトランスアトランティックな編制において、確認しておきたい。その際、英国の劇場文化と米国ハリウッドの映画メディアとの関係性に特徴付けられたトランス・メディア空間に注目することが重要だ。戦後、ヨーロッパ諸国のプロデューサーたちは、米国ハリウッド映画会社との協力や共同制作を行う術を模索し始めていた。たとえば、アレクサンダー・コルダは、その方法をすでに1930年代に試みていた。コルダは、ハプスブルク帝国内のハンガリー出身で帝国領内の大領主の土地管理人であったが第1次

大戦後英国に亡命し、1932 年にロンドン・フィルムを設立し、その翌年制作した『ヘンリー 8 世の私生活（*The Private Life of Henry the Eighth*）』は[8]、チャールズ・ロートンが米国アカデミー賞主演男優賞を受賞するなど、大成功をおさめていた。

また、コルダは、ユナイテッド・アーティスツ（ユナイト映画）の株主となり、20 世紀フォックスと MGM の配給をてがけるなどして、米国映画協会の会員となった[9]。コルダのハリウッドでの成功の契機となった『ヘンリー 8 世の私生活』は、米国で興行的に成功した史上初の英国映画として認識されているが、その成功は、コルダによれば、「インターナショナル・フィルム」という「ある国にとって特定であるがすぐに他国の観客にそれと理解できるようなステレオタイプ化された状況やキャラクター」のイメージを提示した映画という形式に負っている。そして、コルダが採用したこの形式は、MGM の「英国」映画制作に重要な影響をおよぼしたという（Glancy 73）。さらに、この『ヘンリー 8 世の私生活』でロートンと共演しのちにコルダ制作『幽霊西へ行く』で主演し国際的に人気を獲得したのが、ポーランド移民 2 世ロバート・ドーナットだった。ドーナットは、米国アカデミー賞主演男優賞を受賞し有名俳優の仲間入りをすることになるが、その映画こそが『チップス先生さようなら』であった。

ここで注意すべきは、ロートンもドーナットも、舞台出身の俳優であったことだ。言い換えれば、英国の映画産業ならびに米国を含むグローバルな進出や交流を通じた協調関係を規定していたのは英国の劇場文化にほかならないということだった。とりわけ、テムズ川を挟んでロンドンの南北の境界を接するウォータール橋の近くに位置する空間の価値[10]、つまり、シェイクスピア演劇の伝統を 20 世紀の現代に継承し転回したオールド・ヴィックとその支配人リリアン・ベイリスの意味はけして小さく見積もってはならない。オールド・ヴィック劇場は、19 世紀、ヴィクトリア女王にちなんでロイヤル・ヴィクトリア劇場と名づけられ、愛情をこめてオールド・ヴィックと呼ばれるようになったことに由来する呼び名だが、その名にふさわしからぬ退廃的

な劇場となり閉鎖されることになった。19世紀末、ソーシャルワーカーでロンドン・カウンティ・カウンシルの最初の女性会員であったエマ・コンスがアルコール自粛のミュージック・ホールに改装するために買い取りロイヤル・ヴィクトリア・ホールならびにコーヒー・タヴァンと改名した。安価な家族のための娯楽を供するための場所を志向していたが、思いがけず南イングランドにおける芸術奨励をもくろんでいた国会議員（ブリストルのサミュエル・モーリー）の支援を得て、劇場は成功し、その後1912年エマの姪リリアン・ベイリスが継承、1914年に最初にシーズンを通してのシェイクスピア上演の試みを成功させる——次のセクションで論じる『ハーレクィネイド』でモードが夫とともに演じた『ロミオとジュリエット』はこの上演への言及であろう——その後9年間はファースト・フォリオのシェイクスピア作品をすべて上演しこのプロジェクトは完結した。そのプロジェクトにおいて数々のヒロインの役を演じたのがシビル・ソーンダイクであり、『眠れるプリンス』の大公妃の役を演じたのも彼女であった。

オールド・ヴィック劇場

　オールド・ヴィックが古典演劇の本拠地としての評判を取っているのもこの1914年に始まるシェイクスピア・プロジェクトに起源をもつものだ。その後も20年・30年代とシェイクスピア劇の上演を主催した。戦後、リリアン・

ベイリスは、改装が完成したオールド・ヴィック劇場と、改築されたサドラーズ・ウェルズ劇場とを経営し、当初は2つの劇場で交替に演劇・オペラ・バレエを上演していたが、効率が悪いので前者は演劇を、後者はオペラとバレエを上演する空間とした[11]。そして、そこでの上演を通じてさまざまな傑出した俳優が排出した。ジョン・ギールグッド、ローレンス・オリヴィエ、レイフ・リチャードソンらがその代表例である。

　このような英米関係を踏まえた上で確認しておきたいのは、ヒルトンが「MGMの英国の立案者」とよばれるのが、そうした映画制作に携わったからだけ、というわけではないということだ。たしかに、大戦中に強力なプロパガンダ効果をもたらした映画『ミニヴァー夫人（*Mrs Miniver*）』（1942）の脚本を担当した。だが、米国西海岸をまわり英国の国益のため、作家として講演したことも、忘れてはならない（Calder 88）。連合軍のために活動する映画・ラジオ・新聞に寄稿するハリウッドの作家たちの組織（Hollywood Writers' Mobilization）のメンバーにもなった彼は、1943年のハリウッド作家会議の場において、「作家の責務──今日と将来」という講演をしている。そこにみられたのは戦争プロパガンダのために活動する英国人作家の言葉を代弁するものにほかならなかった（Calder 250）。そして、それに賛同した英国人作家たち、サマセット・モーム、ノエル・カワード、J・B・プリーストリー、オルダス・ハクスリー、グレアム・グリーンなど錚々たるメンバーが、雑誌、文学テクスト、講演、ラジオなどを通じて、アメリカと英国は文化的につながっているという立場から、アメリカに参戦を促す非公式のプロパガンダ活動の担い手となっていた。

　それぞれ相互に連動・関係することで意味や価値の生産の量と強度を増幅・拡大させていくトランス・メディア空間における英国の劇場文化、「英文学」、米国ハリウッド映画メディアの役割こそが決定的だったのであり、そうした文化外交あるいはプロパガンダのなかで、映画制作を担った民間企業の果たすべき機能があったわけだしMGMはその代表的な企業だったことになる。

　『チップス先生さようなら』も、こうした歴史的状況で産み出された映

画テクストであった。戦前に『チップス先生さようなら』の映画化の権利をMGMが入手したときのもともとの構想は、主人公チッピング氏が1人の女性に会うことで平凡な人生を成功に変容させるという成長・成功物語であったが、アーヴィン・タルバーグの死後、1938年、熱烈な英国びいきで英国を舞台としたロマンティックなメロドラマを得意としていたシドニー・フランクリン監督により『チップス先生さようなら』は、英国好きアメリカ人好みの英国イメージ、すなわち、英国の伝統的な美徳を称賛する映画へと変容された。とりわけ、パブリック・スクールという英国の教育制度やそれが含意する階級制度、そして愛国精神の称揚により、この映画テクストも、また、第2次大戦中におけるMGM制作によるほかの「英国」映画同様、英国社会やその伝統・文化の理想化されたイメージを提示している（Glancy 84）。さらにこのような「イングリッシュネス」を言祝いだ映画テクスト『チップス先生さようなら』は、戦時中の英国の生活、英国人気質を映画化した最もすぐれた映画として、英国情報省に太鼓判を押されただけでなく『ザ・リスナー』の編集者もそのプロパガンダ的機能を絶賛したし、この映画をみた英国人のほとんどは理想の英国イメージが強化されるということを信じたにちがいないと述べた（Glancy 84-86）。つまり、『チップス先生さようなら』は、第2次大戦中、英国国内の戦意高揚を鼓舞し米国に参戦を促した、非公式なプロパガンダ機能を担った重要な文化テクストであるということだ[12]。

このような『チップス先生さようなら』がもつ戦争プロパガンダの意味をふまえるなら、『ブラウニング版』に断片的に挿入されたチップス先生への恨みがましい揶揄の意味は明らかだろう。大戦中は戦争プロパガンダや英国の帝国主義と共犯関係にあったハリウッド映画メディア文化に結びついたフィギュア「チップス先生」とは、さまざまな貧困や格差を再配分を通じて是正し平等な社会を目指す福祉国家のもうひとつの顔である軍事国家・戦争マシーンとそのイデオロギーであるプロパガンダ・文化外交の流れにうまく乗りメインストリーム化した英国文化人・知識人ヒルトンを可能にした商品だったのではないか。そして、『ブラウニング版』で言及されたチップス先

生には、戦後は、年金をもらって退職する教師として、つまり、金利生活者から徴収された税金の恩恵を享受することにより老後を保障された年金受給者というイメージが前景化されていたのではないか。ラティガンがここに表象しているのは、第2次大戦後英国が採った福祉国家、その年金政策に対する批判あるいは、戦争プロパガンダへの抵抗と否定ということになるだろうか。

3 『プレイビル』とはなんだったのか？――『ハーレクィネィド』

　『ブラウニング版』で示されたプロパガンダへの揶揄、福祉国家批判が、国際政治のレヴェルで増幅したかたちで再度取り上げられているのが、『プレイビル』を構成するもうひとつのテクスト『ハーレクィネィド』である。鉄のカーテンやローカルなウェールズと対照される東ヨーロッパ地域への言及によって含意される冷戦開始直後の歴史状況が、『ブラウニング版』とともに2本立てで上演されたこの消去・忘却された芝居において表象されている。『ハーレクィネィド』は、もともと『パーディタ（*Perdita*）』というタイトルの笑劇であり、その意味するところはこれまで存在を知らなかった娘ミュリエルと主人公アーサーの再会がシェイクスピアのロマンス劇『冬物語』の娘パーディタと主人公シチリア王リオンティーズの再会のパロディになっていることに由来しているようでもある。また、ヨーロッパ巡業の別の出し物としても『冬物語』上演がプログラムに入っており、これに出演するパーディタ役のイメージが、『ハーレクィネィド』結末において、劇団支配人ジャックの婚約者の女性ジョイスに重ね合わされることにも関連があるようでもある。

　しかしながら、『パーディタ』というタイトルには、シチリア王女パーディタが『冬物語』の結末で果たした機能・意味、すなわち、それぞれの社会共同体を代表する男同士の間で交換される彼女の存在が可能にしたシチリア王リオンティーズとボヘミア王ポリクシニーズの和解が、示唆されていた可能

性もある。別の言い方をすれば、初期近代の劇テクスト『冬物語』が30年戦争へといたる16世紀から17世紀にかけてヨーロッパにおける長い対立・闘争への想像的和解を舞台にかけていたように、この笑劇も、また、冷戦のイデオロギー対立という国際政治の歴史を背景に、当時英国演劇界が直面していた対立とその想像的和解の可能性を舞台にかけようとしていたのではないだろうか。だが、最終的に劇のタイトルは『ハーレクィネィド』になった。『ハーレクィネィド』の意味は、辞書的には「道化狂言」ということであるが、『パーディタ』ではなくこのタイトルに決定された要因は、笑劇という娯楽的な上演を前景化することによりこの劇テクストにひそかに表象された政治的・イデオロギー的な矛盾・対立へのまなざしをあらかじめ封じ込める作用だったのかもしれない[13]。

　『ハーレクィネィド』の基本構造を確認しておこう。主人公は音楽芸術奨励協議会（CEMA）の支援を受けて、ミッドランドに地方巡業中の劇団を率いる看板俳優アーサー・ゴスポートである。『ロミオとジュリエット』の本稽古を妻エドナ・セルビーと行っている最中、主役を演じるには少々年を取りすぎていると自認しているアーサーが、実は若気の至りで結んだ——まさにロミオさながら——過去の婚姻関係において知らぬ間に生まれていた娘ミュリエルと再会するのだが、その婚姻関係は未だ継続中であることをきかされ重婚の危機にさらされるが、その後、劇団秘書を通じて示された弁護士の法律上の専門知識による解決法によってこの危機を切り抜けることができ、最後は、ローカルな英国ミッドランドで16週間の興行の初日の舞台を無事にあけるところまでこぎつける、と同時に、その後、ロンドンのウェスト・エンドで4週間、さらに、ベルグレード、ブカレスト、ワルシャワ、リガ、モスクワをめぐる46週間にわたるヨーロッパ巡業へ向かうグローバルな未来が提示されて、この芝居は幕を閉じる。

　このようなプロットが展開する劇テクストが表象する歴史的コンテクストは、いったいいかなるものだったのか、探ってみたい。言い換えれば、旅回りを続けナショナルだけでなくローカル、グローバルに移動をやめることが

ない劇団という記号イメージに集約された戦後英国演劇における対立とはなんだったのか。英国演劇界で最も有名な夫婦が[14]、ミッドランドの劇場で公演をするのは、「社会的目的（social purpose）」（Rattigan *Playbill* 62）のためであると説明しながら、劇団支配人ジャックは、実情は「ドサまわり」にほかならないその地方巡業を強いる英国劇場文化の歴史状況を「新たな英国（the new Britain）」と名指している。

> As far as I can see [social purpose] means playing Shakespeare to audiences who'd rather go to the films; while audiences who'd rather go to Shakespeare are driven to the films because they haven't got Shakespeare to go to. It's all got something to do with <u>the new Britain</u> and apparently it's an absolutely splendid idea.
> （Rattigan *Playbill* 62　下線筆者）

「社会的目的」とは、ジャックの理解によれば、なによりも教育という目的であった。それは具体的には、映画を好む古典教養に欠けた現代の都市生活者に向けて、英国演劇の代名詞シェイクスピアを上演することであり、またさらに、シェイクスピア作品をしかるべき上演で観劇しようにもその機会に恵まれない地方の多少なりとも劇芸術鑑賞の素養を持った観客にむけて、シェイクスピア体験の機会を提供するということでもあった。ようするに、英国のローカルな地域におけるシェイクスピア上演は、戦後の「新たな英国」への何らかのコミットメントに関わりがある、ジャックにとっては素晴らしい概念である、ということだ。

　この劇団支配人によって批判される対象となるのが、1926 年のゼネストを覚えていないような演劇以外には関心もなければ妥協もしようとしない役者アーサーである。ジャックによれば、英国演劇界を具現する「自己中心的で、自己顕示欲が強く、完全にいかれて」いるアーサーとエドナのゴスポート夫妻は、「演劇」と「社会的目的」の結びつきなど「矛盾」そのもの、「善良な

市民であることと優れた演劇とは両立しない（good citizenship and good theatre don't go together）」、と考えている。シェイクスピアと同劇団に所属した看板俳優でありグローブ座の経営者でもあった「バーベッジ以降」の演劇は、「反社会的で、自己満足な、頭のおかしいゴスポートのような連中から成り立って」いると愛想を尽かしたジャックは、結婚するために劇団をやめ自分の父親の会社に就職するようすすめる婚約者ジョイスの前で、きっぱりと、そのような劇場世界から足を洗うと啖呵を切ってみせる（Rattigan *Playbill* 63, 69-70）。

　また、エドナは、アーサーの母親でデイムの称号を得ているモードを相手に、地方巡業をする事情を説明する。彼女は、マンチェスターのオペラハウスのような空間ではなく、道を挟んで建つコンクリート製の四角い殺風景な公会堂や公立図書館と対面する、むさ苦しく不潔な劇場で公演をしなければならないことに、内心では、承服しがたいのだが、自らを説得するかのように以下のような説明を提示する。

> EDNA.　　　　The theatre's gone through a revolution since 1900.
> DAME MAUD. It was 1914 I played Juliet, dear. I remember the date well, because the declaration of war damaged our business so terribly.
> EDNA.　　　　There's been another war since then, Auntie Maud, and I don't think you quite understand the immense change that has come over the theatre in the last few years. You see, dear –I know it's difficult for you to grasp, but the theatre of today has at last acquired a social conscience, and a social purpose. Why else do you think we're opening at this rathole of a theatre instead of the Opera House, Manchester?

終章 『ブラウニング版』再読

DAME MAUD. Oh, I didn't know it was <u>social purpose</u> that brought us here. I thought <u>it was C.E.M.A.</u>
EDNA. <u>C.E.M.A. is social purpose</u>.
DAME MAUD. Is it, dear? Fancy! (Rattigan *Playbill* 56 下線筆者)

英国演劇は、1900 年以来たえず変化を経験し続けてきてはいるが、2 つの大戦後の数年間に経験した変化は、尋常ではなく、その大きな変化の結果、演劇はついに「社会的道義心」を獲得し、地方巡業をしているというのだ。そして、この「社会的目的」を支援しているのが、C.E.M.A. ということになる。そうした「社会的目的」をエドナが受け入れることに不満と敵愾心が孕まれていることは、「この不潔な劇場（this rathole of a theatre)」のイメージから明らかであり、アーサーの妻と「社会的目的」を新たな劇芸術の価値とみなすジャックとの間に覆いようもない対立が存在することがうかがえる。

　戦後英国の劇場文化の歴史的研究によれば、1945 年 5 月 8 日、ヨーロッパが公式に終戦を迎えた日、ウェスト・エンドでは、36 の劇場が幕を開けたが、そのうち 8 つの劇場で H・M・テナント社興行によって 12 の芝居が上演されていた。ちなみに、ここにはカワードの『私生活』、『陽気な幽霊』、ラティガンの『お日様の輝く間に』、『三色スミレ』が含まれていた（Peacock 41)。またそれに先立つ 1939 年、アーツ・カウンシルの前身である音楽芸術奨励協議会（CEMA）が、米国人博愛主義者エドワード・スティーヴン・ハークネスが資金を出し創立された英国の民間慈善団体ピルグリム・トラスト[15]からの寄付と教育省の予算で、創立された。第 1 次大戦中に経験したような文化的・芸術的活動の破壊を再び繰り返さないというのが設立の趣旨だった。いずれアーツ・カウンシルとして再編制されることになる CEMA は、戦時中、ロンドンでの興行が難しくなった演劇興行主に対して公的援助を行っていた。戦時中のロンドンは、周期的な灯火管制や停電や夜間外出制限に悩まされ、H・M・テナントのような如才ないプロの興行主を除けば、

多くの商業劇団は地方巡業に収益をたよるしかなく、こうした地方への巡業は、CEMAの援助によって行われていた。『ブラウニング版』との2本立て上演として産み出された『ハーレクィネイド』が舞台にかけたのは、そのような英国の劇団の事情とそうした上演条件を規定する歴史性である。英国のローカルな空間に設定されたアーサーとジャックの劇団の表象に提示されているのは、CEMA内部にみられた激烈な議論に呼応する英国劇場文化の価値や意味をめぐる抗争にほかならない、すなわち、ウェスト・エンドの商業演劇の価値を保持したいと願う立場と演劇をより実験的な力としてみなしたい立場の対立・闘争（Rebellato Introduction *Playbill* xxv）[16]。

ウェスト・エンドの興行主たちは、CEMAとの妥協を潔しとはしていなかったが、とりわけ、英国演劇改革を推進する創立メンバーのひとり、ルイス・カッソンと対立関係にあったようだ[17]。CEMAのほうでは、予算の少ない少数の役者で足りる芝居をウェールズの炭鉱や軍隊への巡業、または、ロンドンでの非営利あるいは実験的な芝居の支援を計画しており、ウェスト・エンドのスター総出の古典の再演のような、CEMAの支援なしでも十分にやっていけるような上演には支援しないという姿勢を明らかにしていた。これは、ボーモントにとって助けとなるどころか妨害としか映らなかった（Huggett 301）。古典劇がいくらか好評だったシーズンの終りに、ボーモントは、「少なくともルイスは気に入るだろ…おそらくウェールズの炭鉱に巡業させようとでもいうだろう、想像できるか？」（Huggett 305）といった、といわれる。

このような歴史的現実においては、CEMAの支援を得たゴスポートの巡業は、ウェールズの炭鉱町に向かう可能性があったわけだが、ラティガンのテクストでは、英国の劇団はロンドンを経由して東ヨーロッパに向かうことになっている。実は戦後英国の劇場文化の空間における商業演劇と実験的演劇の対立を表象していることにこそ、『ハーレクィネイド』の重要な意味を解釈することができるのかもしれない。こうして、この劇のなかでも、主人公のアーサーに負けず劣らず、東ヨーロッパ巡業のため劇団にとどまるという劇団支配人ジャックと彼の新たな決意が重要になる。「ゴスポート夫妻た

ちの面倒をみる正気な自分が行かずに、彼らを鉄のカーテンの向こう側に行かせることなどとてもできない（How can I let them go behind the iron curtain without one sane man to look after them?)」(Rattigan *Playbill* 94)。ジャックとゴスポート夫妻との和解と、その後に示唆されるジョイスの劇団参加の可能性は、商業演劇と実験的演劇の文化的抗争の想像的解決を指し示しているのかもしれない。言い換えれば、「まじめな劇」をプロパガンダの一部として吸収し取り込んだアーツ・カウンシルが政策上推進する演劇と利益追求をもっぱらとする商業的演劇との差異や矛盾を解消し、それをこえた彼岸における新たな形式の芸術性、「社会的目的」の成就でもある絶対的な演劇的美を追求する芸術ヴィジョンが、ラティガンのささやかなほとんど価値を認められてこなかった笑劇に埋め込まれていたのかもしれない。

CEMA の支援を受けてウェールズへと巡業するオールド・ヴィック劇団

　かつて冷戦終結直後の 1990 年代はじめ、サミュエル・ベケットの『ゴドーを待ちながら』の上演が、ボスニア紛争のさなかの 1993 年サラエヴォにおいて、スーザン・ソンタグの演出でなされたことがあった。外国から来た大

勢の有能なジャーナリストたち（その多くはソンタグと同じで、介入を支持している）が、サラエヴォ包囲が開始されて以来、さまざまな嘘や殺戮について報道してきた一方で、介入はしないというヨーロッパ諸国と米国の決定は揺るがず、「セルビアのファシスト政権に勝利を許してきた」というのがソンタグの芸術的かつ政治的パフォーマンスを動機付けていたものだった、と彼女自身が『ニューヨーク・レヴュー・オブ・ブックス』1993年10月21日号の「ゴドー、サラエヴォへ来る」で述べている。ベケットの芝居の冒頭におかれた「何もなすべきことがない（＝無だけがある）」という台詞をエピグラムにしたソンタグの記事は、少なくともその企図においては、たとえば西洋による介入がバルカン地域という非西洋の国際政治の舞台において、実践されなければならない、そして、必ずしもNATOによる空爆や地上戦への派兵ではない審美的な再演・再生産の行為にも社会的なあるいは少なくとも倫理的な価値や意味が認められるはずだ、という主張をしているようにみえる。「サラエヴォにいって芝居を演出したとして、医者でも水道施設のエンジニアでもない自分が何か役に立つなんていう幻想などもってはいない。せいぜいほんの少しの貢献にでもなってくれたらと思うだけだ。とはいえこうした行為こそ私のできること、すなわち、書くこと、映画をつくること、劇場で演出すること、という3つのなかでたったひとつ、サラエヴォでなければ実現しないような意味のあることを産出することになるのであり、ベケットの演劇がまさにそこで生産され消費されるのだ」（Sontag）。

　ここには、ベケットの「何もなすべきことがない」という絶対的存在の審美的な表象をポスト冷戦期の現代資本主義世界とその紛争において、再度、政治化することにより、政治的・社会的な運動でもあるモダニズムという芸術の実践が、再演あるいは代理表象されているのかもしれない[18]。『ゴドーを待ちながら』というテキストの舞台は、ウェールズともアイルランドとも特定できないどこにでもない空間に設定されており、たとえば、プリーストリーの『友達座（*The Good Companions*）』のように、架空のヨークシャーつまり北イングランドからグレート・ノース・ロードをピカレスク風に旅回

りしながらロンドンへ向かう軽妙な商業演芸を披露する一座（a concert party あるいは a Pierrot troupe とも呼ばれる）の物語が展開するわけではない[19]。ラティガンの演劇テクストを、このような南イングランドの周縁でもなければ東ヨーロッパ・バルカン地域でもない英国演劇・文化の外部に位置付け直してみるならば、商業演劇と実験的演劇、劇芸術と政治的プロパガンダといった対立を乗り越える可能性を、『パーディタ』として上演されたかもしれないこの『ハーレクィネイド』というテクストも孕んでいた、と想像してみることができるかもしれない。そして、その劇芸術的な意味は、個別の戦後英国演劇史のみならず現代の歴史全般の過程において、ベケットの『ゴドーを待ちながら』以上に重要かつ興味深い価値を有するものとして解釈されるべきなのかもしれない。

　このように、『ハーレクィネイド』は、アーツ・カウンシルの前身CEMAが求めるような演劇への揶揄を、『ブラウニング版』の戦争プロパガンダへの揶揄を増幅・拡張するかたちで、再生産しているのだが、これら2つの1幕ものテクストから構成される『プレイビル』の全体的構造は、パブリック・スクールの商品化されたイメージを使いまわしただけの「イングリッシュネス」によってその意味が汲み尽くされることがないことは明らかだ。これまで評価されてきた『ブラウニング版』の下に埋もれて英国演劇の歴史においては消去されてきた笑劇によってむしろその全体性が規定されるラティガンのこの劇テクスト『プレイビル』には、ナショナルなアーツ・カウンシルか商業的なウェスト・エンドかという対立だけでなくローカルなウェールズか東欧かという地理上の対立を媒介に、米ソの冷戦やそうした国際政治の重要な舞台でもあった東ヨーロッパの地政学的関係が密かに表象されている。もともと『ブラウニング版』と対になっていたはずの『ハーレクィネイド』という劇テクストだが、2つのテクストがつき合わせて論じられることは、ほぼなかった。ひょっとしたら、ラティガンという英国の劇作家が産出した『ブラウニング版』という劇テクストだけが戦後英国演劇研究のなかで肯定的に解釈されるのは、ロンドンの劇場文化がナショナルな文化政策に取り込まれ

ていく過程にあるからであり、そうしたパブリックな政策に対して批判的な劇テクストは、抑圧されたり、排除されたりするということかもしれない。

　もっとも、このような英国劇場文化の歴史とラティガンの関係を解釈するときに、以下のような彼のキャリアについても注意しておく必要がある。第2次大戦中のラティガンの転換点となった『炎の滑走路』は、英国情報省や英国空軍によって、さらには、チャーチル首相にも、高く評価されたプロパガンダ色の強い劇テクストではなかったか。さらにその後、ラティガン自らが、戦争プロパガンダ映画『大空への道』の脚本を担当したということは、すでに第3章で論じた。戦後になって反文化冷戦の自由の戦士ラティガンという解釈ですましてしまうよりも、金利生活者のリベラリズムあるいはネオリベラリズムの先駆者という解釈の可能性を探らなくてはならないのではないか。ただし、『ブラウニング版』の映画化の結末に注目し、原作となった劇テクストとの差異に注目するならば、そうしたプロパガンダを要請する戦時国家・福祉国家とリベラル・イングランドの帝国・グローバル市場といった単純な二項対立によっては簡単にその意味や価値を評価できないのが、ラティガンとそのさまざまなテクストであることがわかるだろう。とりわけ、『プレイビル』はそのような解釈を要請する演劇テクストだったのではないか。

4　文化冷戦とラティガンの関係を探るために
——ナショナルな演劇とグローバルな映画

　冷戦期の地政学的状況は、ウェスト・エンドの商業的演劇の価値を維持しようとする立場と、革新的な演劇を擁護する立場との対立とその想像的和解の可能性を探った『ハーレクィネイド』において、ヨーロッパ巡業と鉄のカーテンとして言及されている。アーサーとジャックの劇団は、「鉄のカーテンの裏側（behind the iron curtain）」（Rattigan *Playbill* 94）へ旅立つことが示唆されていた。また、「鉄のカーテンはどうするんだ（What about the Iron Curtain?）」というミッドランドの劇場支配人バートンの台詞にあるよ

うに、冷戦期のイデオロギー対立を演劇芸術によって解消する可能性も示されている、つまり英国演劇界でもっとも有名な「ゴスポート夫妻ならどんなカーテンでもあげることができる（The Gosports could make any curtain rise.）」（Rattigan *Playbill* 65）と[20]。冷戦状況に対応した文学・演劇研究の制度が確立する以前に産み出されたからこそ、この劇テクストには、対立や矛盾とその想像的和解の可能性が示されているのかもしれない。それでは、その冷戦期の文学・演劇研究の制度化が確立したあとでは、こうした商業的演劇と革新的な演劇あるいはプロパガンダをめぐる対立や矛盾はどうなるだろうか。言い換えれば、文化冷戦とラティガンの関係は、英国のナショナルな演劇をトランス・メディア空間において1951年映画として再生産された『ブラウニング版』でどのように表象されているのか。

英国のナショナルな演劇テクスト『ブラウニング版』は、主人公アンドリューが終業式でのスピーチの順番変更を断って、従来通り、年長者の自分を最後にしてほしい、と校長に伝えるところで幕となっている。「ときにはアンチ・クライマックスが意外にも効果的になる」（Rattigan *Playbill* 45）と、静かだが断固とした決意だけが表明され、スピーチの場面が実際に上演されることはない。これとは対照的に、ラティガンが脚本を担当しアンソニー・アスキス監督による映画版テクストでは、そのスピーチの場面が感動的なクライマックスとして付け加えられているのが、いかにも印象深く特徴的だ。

英国国外でも大ヒットし国際的にポピュラーな映画テクストとなる『ブラウニング版』は、劇テクストでは電話を通して行われたアンドリューの決意表明を、直接校長の耳元で語るというかたちに変更しており、また、そのタイミングも絶妙で終業式の進行中まさに若い退任教師のスピーチの直前に設定し直している。アンドリューのあとにスピーチをすることを期待されていたフレッチャーという若い教師は、ヨーロッパの古典教育や高等芸術とは無縁なのか、「さようなら、幸運を（Good bye, Good luck）」という常套句のほかに語る言葉をもたないのだが、彼のクリケットにおける学校への貢献によって、そのお粗末なスピーチは全生徒と教師からの絶大な拍手によって讃

えられる。一方、アンドリューがあらかじめ用意した古典的教養に基づくスピーチは、フランクとタプローを除いて、観客である生徒や教師たちのまばらな拍手によって冷たく批判的な反応で迎えられる。しかしながら、準備した内容の代わりにアンドリューがおこなったのは、生徒がもつ教師に要求する当然の権利——同情や激励と人間性——を与えることができず生徒たちを失望させたことに対する謝罪であり、その真摯な謝罪の言葉と声を震わせながら感慨深げに語る静かな別れの言葉は、一瞬静まり返った場内に湧き起こった割れんばかりの拍手によって讃えられることになる。その興奮の嵐のなか、アンチ・クライマックスのはずであったアンドリューの最後のスピーチは、「意外にも効果的」なものとなり、劇テクストではミリーの皮肉的なコメントを通して揶揄された「チップス先生」退職の場面を反転したものとなってしまっている。

　こうして、いかにもメインストリーム化された、あるいは、子供だましともいえる結末を付け加えたこの映画は、アスキス監督の傑作のひとつともみなされ映画としては評価されてはいるのはたしかだ。映画テクスト『ブラウニング版』は、英国映画協会賞の候補にもなり、カンヌ映画祭ではマイケル・レッドグレイヴが主演男優賞を、ラティガン自身が脚本賞を受賞しているのだ。とはいえ、文化冷戦というコンテクストにおけるラティガンの意味を解釈するならば、『チップス先生さようなら』を再上演したこのグローバルな映画の結末は、原作であるナショナルな演劇テクスト『ブラウニング版』において示されたヒルトンの戦争プロパガンダとの対立・矛盾を消去し、ヒルトン寄りの戦争プロパガンダに変容していることが、確認できる。

　このような差異や矛盾の抹消は、冷戦期における文化冷戦と無関係ではない。文化冷戦のイデオロギーによる米国ならびにそれと連動する資本主義諸国における文学・演劇研究の制度化により、ポピュラー・カルチャーとハイ・カルチャーは分断され、芸術・文学は社会的・政治的要素から自律したものとして捉えられるようになった。また一方、文学・演劇テクストと分断されたラティガンの映画は、英国映画研究においても、論じられることはほとん

どない。冷戦イデオロギーと結びついた英国演劇研究において、『ハーレクィネィド』は演劇史から抹消されてナショナルな英国演劇『ブラウニング版』の職人技だけが評価されてきたが、英国に出自をもつ『チップス先生さようなら』が米国映画研究においてはどのように論じられているだろうか。ナショナルな演劇『ブラウニング版』が言及される可能性は、さらに小さいのではないだろうか。このように、1930年代から60年代というタイムスパンを視野に入れながら、さまざまな生産・翻訳のグローバルなメディア空間においてヒルトンの『チップス先生さようなら』の戦争プロパガンダに接近していくラティガンの『ブラウニング版』すなわち51年の映画版の意味を解釈してみることが、まずは、必要ではないだろうか。戦後劇テクスト『ブラウニング版』においては、戦争プロパガンダ映画『チップス先生さようなら』への揶揄によって反プロパガンダの身振りを示しながらも、映画『ブラウニング版』では、「イングリッシュネス」の商品イメージを活用したヒルトン寄りの戦争プロパガンダを文化冷戦のイデオロギーを担うテクストとして再生産する身振りを示したことになる。

　さらなる歴史の皮肉というべきか、第2次大戦中はプロパガンダ映画に関わったラティガンは、1960年代には、『チップス先生さようなら』の再映画化、しかもミュージカル版の脚本を書くことになる。英国演劇シーンに「怒れる若者たち」の世代が登場した以降の時代において、『チップス先生さようなら』は、プロパガンダの文化からさらにどのように変容していくだろうか。また、グローバルに再編されるトランス・メディア空間において、新たなやりかたでサヴァイヴァルし共存した英国劇作家ラティガンのキャリアの変遷は、いかなる資本主義世界の歴史と文化的生産に関わる労働市場の変容を指し示しているのか。

　ラティガンが『チップス先生さようなら』に関わった1960年代とは、文化的にみるならば、どのような歴史状況だったのか。英国国内では、スウィンギング・ロンドン、ローリング・ストーンズなどの若者文化が抬頭し、時代遅れとみなされていたラティガンは、『チップス先生さようなら』の脚本

に先だち、国外の文化的生産すなわちハリウッド映画の脚本に携わっている。そのなかでも主要な映画を2つあげれば、1台の黄色いロールスロイスをめぐって異なる3つの物語が展開する『黄色いロールスロイス (*The Yellow Rolls-Royce*)』(1964)、ヒースロー空港を舞台に霧によるフライトの遅れによってそこに集うセレブたちの数奇な運命を描いた『予期せぬ出来事 (*The V.I.P.s*)』(1963) がその例だ。ツーリズムの手段でもある高級車や空の交通のターミナルである空港を媒介装置とすることで、福祉国家のふつうの人びとと共同体をナショナルなかたちで描いたイーリング・コメディが、これらのテクストでは、華麗な消費主義に彩られまたトランスアトランティックな空間に拡大されて新たな集団性の可能性の表象に翻訳・書き換えが試みられているといえるかもしれない。また、自らの劇テクストの映画化の版権やその脚本担当やTVドラマの脚本執筆など、賃金収入を目当てにした労働をすでに行っていた[21]。一方で、英国南部とハリウッド間の物理的な移動にかかる時間と手間を軽減し、トランスアトランティックな空間でなされる労働をよりスムーズに行うため、また他方、ゴージャスでセレブなライフスタイルを維持するための税金対策のため、1967年バミューダへラティガンは活動拠点を移す (Darlow 405-8)。芸術的野心というよりは、経済的動機（金儲け）のために、「英文学」作家ラティガンがハリウッドで行った賃労働やそうした労働によって生産されたミュージカルという文化形式に、どのような価値や意味を読むべきか。

　1960年代は、文化冷戦やマーシャル・プランにより米国主導で編制された国際的フォーディズム体制とコーポレート・リベラリズムがさらに推進され変容をともないながら拡張・転回した時代でもあった[22]。この時期のハリウッド映画界においては、その産業体制の土台であった「垂直統合」がすでに機能しなくなっていた。1946年、司法省がハリウッドを支配していた映画制作会社ビッグ5とリトル3に対して独占禁止法違反の最終判決を下したパラマウント訴訟によって、大手映画制作会社がすべてを担うシステムが崩壊し、ハリウッドはその産業体制の変容を余儀なくされた。その変容過程

において、独立系映画制作会社が登場することで、自由な主体である作家や監督の芸術性に基づいて映画制作を試みはじめた。ただし、作家主義や監督主義が生まれ、観客を映画館に動員できるスター監督に部分的に依存する一方で、そうした映画生産の労働者たちは、配給や流通面では大手に頼らざるを得ないという労働市場の状況があった。生産は独立系のマイナーな会社や監督・脚本家の一時的な雇用に任せて、配給は従来のハリウッド流通経路を通す、というパッケージ型制作（独立系・B級・外注の活用）という文化的労働分業の生産システムが採用された時代が出現したということだ（Bordwell, Staiger, and Thompson; Gormery）[23]。

　別の面からいえば、パッケージ型制作に移行しつつあったハリウッドには、英国演劇界とはまた別のかたちで、利益追求か文化創造かという二極化が起こったのであり、前者の商業主義のベクトルを代表するものとして、歴史上の人物を取り上げた『アラビアのロレンス』や聖書の主題を扱った『十戒』など、スペクタクルな見世物を売りにする映画が量産されたが、それとともにこの時期に数多く生産されたのが、ミュージカル映画にほかならなかった。シェイクスピアの『ロミオとジュリエット』を現代のニューヨークに舞台を移して翻案した『ウェスト・サイド・ストーリー』は、ダンスをしながら闊歩する若者たちの活気に彩られたニューヨークのダウンタウンを華やかに映像化したものだった。『サウンド・オブ・ミュージック』もアルプスの広大な山々の風景が圧倒的な視覚効果を産み出している（北野）。ただし、そのヨーロッパのスペクタクル映像には英国の舞台出身の女優ジュリー・アンドリュースの美しい歌声がともなっていたことは、注目していい。そしてまた、その豪奢なセットや話しかたや仕草とともに目まぐるしく変化する華やかな衣装の数々を身に纏った銀幕の妖精ヘップバーンの姿を前面に押し出しながらクライマックスの舞踏会の華麗な場面を迎える『マイ・フェア・レディ』は、まさにスペクタクルといえるものだが、その舞台と衣装をデザインしたのは、これまた英国出身のセシル・ビートンであった。セレブな写真家から戦争カメラマンそして舞台・映画のデザインを手掛けるというキャリアの変

遷をたどったビートンは、ラティガンと同時代のグローバルなメディア文化の生産者であった。

　いうまでもなく、ラティガンが脚本を書いた『チップス先生さようなら』も、このようなスペクタクルなミュージカル映画の範疇に含まれる文化テクストである。1969年に公開されたリメイク版『チップス先生さようなら』は、原作小説や39年の映画をかなり書き換えたものとなっている。たとえば、原作の19世紀末から1930年代という時代設定は、1920年代に始まり第2次大戦を経た1960年代に変更され、チップス先生が、妻となる女性キャサリンに出会う場所は、原作の湖水地方の山や39年の映画版のオーストリアの山中ではなく、いったんロンドンのサヴォイ・ホテルのダイニング・ルームに設定した後、古代遺跡のあるイタリアのポンペイの風景を映し出している。キャサリンのキャラクターは、自転車に乗るモダンガールや婦人参政権論者から英国ミュージック・ホールのコメディエンヌとして、より華やかなキャラクター設定となっている。さらに、原作でも39年版でもキャサリンは結婚1年後出産時に早逝するが、69年版では結婚生活は20年続き、慰問先の英国軍基地でドイツ空軍の爆撃にあい命を落とすように書き換えられている。これらの変更や書き換えを含む再生産には、スペクタクルな見世物に結びつく要素が顕著にみられる。イタリアのポンペイという空間は、1960年代のハリウッドの大作歴史モノの空間にも結び付き、壮大な風景は39年のモノクロの山中の地味な景色との違いはあきらかだ。また、政治的な要素につながる参政権は排除され、演劇文化のなかでもよりポピュラーなミュージック・ホールのイメージが採用されているが、これはミュージカル映画としての

チップス先生とキャサリンの出会いは、小説ではローカルな湖水地方だった

174

『チップス先生さようなら』においても重要な機能を果たしている。ハリウッドの状況に応じて脚本執筆の労働に従事したラティガンは、英国のナショナルな劇芸術の作者からポピュラーな米国映画文化の脚本家へと変身・転身することにより、米国ハリウッドでサヴァイヴしていたということか。

　ラティガンが移動した先のハリウッドの産業体制の変容は、英国ウェスト・エンドの変化ともトランスアトランティックに連動していた。時代を少し過去に遡って確認しておこう。英国内のナショナルな状況においても、1940年代から50年代初めにTVメディアとそのポピュラーな消費文化が新たに登場して、これまでH・M・テナント社などの興行会社やビンキー・ボーモントのような興行師たちが主導したウェスト・エンドの演劇の生産・流通システムにも変容がみられ、BBCをはじめとする英国のTVメディアとロンドンを中心としてきた劇場文化のパートナーシップが構築されることになった[24]。

　たしかに、TVというメディア空間で生産された斬新なテクストのいくつかは、なるほど、注目すべき功績ではあったのだが[25]、これらはやはり例外的であり、各家庭のお茶の間の空間におかれたTV画面に当時放映されたのは、主として伝統的なウェスト・エンドの芝居であった。戦後の最初の30年間、TVの画面に映ったのは、ニュー・ウェイヴ劇作家の芝居よりも、シェイクスピア、バーナード・ショウ、J・B・プリーストリー、ノエル・カワードそしてテレンス・ラティガンたちの演劇だったのであり、このようなTVメディアにおける演劇の放映は、ウェスト・エンドの大手の興行主たちによって支配されていた。1946年にウェスト・エンドの興行主たちの組合であるWEMAは、ロンドンや地方で上演中の演劇の一部・全編の放映を禁止する旨をBBCに通告した。その後さらにウェスト・エンドとBBCの対立は高まり、この結果、BBCはWEMAの支配の外部にあるマイナーなレパートリー劇団にその放映演目を探す必要に迫られることになった。しかしながら、そうした対立・敵対とその対応の過程において、ラジオ放送の影響で興行成績が上がった経験から、いちはやくTVメディアを演劇の興行効果を上

げるために役立てようと考えた演劇人が登場する。1952年に、ホワイトホール劇場のWEMAから独立した俳優でもあり劇団・劇場の支配人も兼ねたブライアン・リックスは、笑劇『やる気のない英雄（*Reluctant Hero*）』の一部をBBCで放送をした。このTVプログラムは、視聴者反応を示す数値で90/100を獲得するなど、大成功をおさめ、この芝居の全編がBBCの日曜日の演劇番組で放映されるようになった。

　このような独立系興行主リックスの劇場とBBCとのパートナーシップは、ウェスト・エンドの大手興行主たちの新たなTVメディアとの関係性を変容させる契機となった。彼らは、これまでのプライドを捨て、興行する芝居のTV放送を求めて、BBCのドアをたたくことになったという（Harris 160）。新たなメディアとしての地位を確立したTVは、演劇から独立したようにもみえたが、依然として旧いメディアである劇場へ傾倒しながらの連携・協働関係を続けていた。BBCのTVドラマ部門は、多くの演劇界出身の人物たちがその制作・政策に関わっていたのであり、たとえば、BBCドラマ部の部長ヴァル・ギールグッドは役者であり劇作家でもあったし、BBC TVドラマ部の初代部長マイケル・バリーは演劇の演出家であった（Harris163）。

　こうした異なる文化メディア間のパートナーシップは、1950年代半ばからさらに変容していくことになるのだが、その時に重要な機能を果たしたのが、1950年代初頭に生産された新しいスタイルのTVドラマだ。BBCのドラマ・ドキュメンタリー・ユニットによって制作され「ストーリー・ドキュメンタリー（Story Documentaries）」と名指されたこのTVテクストは、ドキュメンタリーとドラマのジャンルの境界線を越えたものであり、その後の社会派リアリズム演劇誕生とその黄金時代誕生の布石を打ったとされる（Harris 174-78）。このドラマ・ドキュメンタリー・ユニットの制作した番組は、小説や演劇の翻案ではない、オリジナルなTVドラマの脚本の生産に多大な影響を与えたというが、1950年代このユニットの関心は、ふつうの人びとの生活のリアルな描写にあり、そこで制作され演劇化されたドキュメンタリーは、戦前のアッパー・ミドルの生活描写とは決別し新境地を開くも

のだった。彼らが制作した番組は、英国のさまざまな場所のさまざまな階級の人びとを描くことになったが、このような新たなスタイルの TV メディアの表象によって、舞台俳優の演技のスタイル——上流あるいは中産階級の登場人物が、芝居の舞台設定がどこであれ、王立演劇学校（RADA）で訓練を受けた RP（英国の標準発音）で行う演技——にも変化が生じた。ドキュメンタリーにおいては、役を「演じる」のではなく、その人物になりきる必要があるからだ。さらに、強力で物議を醸しだすような演劇化されたドキュメンタリー、すなわち犯罪やアルコール中毒、売春、貧困のような社会問題を扱ったもの、たとえば若い医者の視点を通じて、ある少女の麻薬中毒を描いた『危険なドラッグ（*Dangerous Drugs*）』（1952）や刺激を求めて田舎からロンドンにやってきて娼婦になってしまった少女の転落を描いた『ウィズアウト・ラヴ（*Without Love*）』（1956）がある。このような番組制作を背景に、BBC TV ドラマの局長であったマイケル・バリーは、「ドラマ・ドキュメンタリーは、1950 年代末に向かって、新たな社会的関心を示すような劇作につながり、それは TV だけではなく劇場においても探られるものなのだ」（Barry qtd. in Harris 178）と、ドラマ・ドキュメンタリーのリアリズムが TV ドラマに限らず英国演劇にも影響を与えることを述べている。

　このような英国の劇場文化と TV メディアのパートナーシップの歴史のなかに「怒れる若者たち」の演劇を位置付け直してみるならば、彼らニュー・ウェイヴの作家たちの登場は、TV やラジオにおいてドラマ・ドキュメンタリーが社会派リアリズムを開拓していたということとのつながりでみるべきであることが、わかるだろう。実際、『怒りをこめてふりかえれ』の衝撃、あるいは、このニュー・ウェイヴの劇がパブリックな注目をあびることになった契機は、ロイヤル・コート劇場での上演そのものや、若き劇評家ケネス・タイナンによる『オブザーヴァー』紙上の劇評のインパクトというよりも、BBC で舞台中継として 1 部が放映され、その後 ITV において全編が放映されたことが契機だったことが、現代の文化史・社会史研究においても知られている（Sandbrook 191-93）。そして、この放映に対する反応も、ドラマ・

ドキュメンタリーが、すでにその布石を敷いていたからにほかならない。

　こうしてTVメディアの抬頭によって、英国ウェスト・エンド演劇ビジネスにおける、生産・流通システムも変容を余儀なくされた。TVでの一部そしてその後の全編放映により『怒りをこめてふりかえれ』が評価されるとともに上演劇団イングリッシュ・ステージ・カンパニーとロイヤル・コート劇場の勃興がTVメディアと結び付き、作家としてヴォイスをもったニュー・ウェイヴの演劇人を誕生させることになった。たとえば、『オブザーヴァー』紙の劇評家タイナンは『オブザーヴァー』紙主催の演劇賞を創設し、その選定過程をBBCで放映するように持ち掛け、新たな劇作家の発掘の試みを、新聞とTVメディアとの協働作業で始めた。ウェスト・エンドを支配してきた興行主や劇団がサヴァイヴァルするためには、新たに抬頭したメディア、TVとの協調が必須であることを認めることになり、WEMA主導の英国演劇界から、ポピュラー・カルチャーのグローバルな空間へと移行することになる。言い換えれば、TVの登場こそが、英国演劇に対する脅威であり対立項であったのだ。戦後の英国演劇を解釈するには、ナショナルな英文学・英国演劇という視点だけで解釈していては不十分である、そして、トランス・メディア空間における異なるジャンルのテクスト間の直線的ではない相互の移動・翻訳という再生産の関係性に目を向ける必要がある、ということだ。

　戦後英国の劇場文化を含むこのようなメディア文化変容のなかで、若い世代のオズボーンたちとは対照的に、ナショナルな演劇芸術のコンテクストにおいては時代遅れになったようにみえるラティガンは、むしろフォーディズム変容のプロセスにいち早く乗って、パッケージ型生産体制への移行期にあった米国ハリウッド映画の労働市場に、ローカルな「イングリッシュネス」というブランドを武器に組み込まれるようになった、このように1960年代のラティガンを位置付ける、あるいは、解釈し直すことができる。どっちつかずのラティガンの創作・労働活動とそのさまざまなテクストが指し示すのは、例外主義というリベラリズムによってイデオロギー的に主張・否認される階級構造なき米国社会が、第1世界と第3世界の分業体制を生産するの

と同時に、グローバル／トランスアトランティックな境界空間に編制したグローバルな階級関係の構造と亀裂にほかならない。ローカルなイングリッシュネスというブランド価値として、英国の伝統文化・「英文学」が組み込まれた、多国籍化・グローバル化しながら再編されるハリウッド映画の生産体制の諸力・諸関係をひそかに表象しているのが、ラティガンの1969年版『チップス先生さようなら』の文化的意味にほかならないのかもしれない。

　以上論じてきたように、1930年代から60年代のタイムスパンにおいて、グローバルなトランス・メディア空間にさまざまに生産・翻訳され移動した『チップス先生さようなら』をサブテクストとすることによって、文化冷戦における英国劇作家ラティガンと『ブラウニング版』の意味を探らなくてはならない。『ブラウニング版』ともともとは米国参戦をうながす英国の戦争プロパガンダでもあった『チップス先生さようなら』との矛盾に注目しながら51年の映画版テクストを解釈したが、その単純に対立とは捉えることができない2つのテクストの差異性は、ナショナルな英文学・英国演劇という視点では死角となり歴史の表舞台には登場しない過程を垣間見せてくれた。さらにまた、トランス・メディア空間において多種多様に編制されるグローバルな文化、あるいは、グローバル・ポピュラー・カルチャーのなかで、どこか一定の固定したやりかたで帰属しきれないラティガンの文化生産労働の軌跡は、20世紀米国の資本主義システムの変容すなわちフォーディズムからポスト・フォーディズムへの移行とその新しい文化労働の分業体制とその具体的な労働の在り方を炙り出していた、といえる。言い換えれば、米国のハリウッドや英国のウェスト・エンド、BBCがどのような分業体制をとり、それぞれどのような労働を割り当てられているのかをマッピングする解釈行為において、さまざまに変容しながら特異な位置を移動し続けるラティガンというフィギュアは、きわめて興味深く尽きせぬ意味を有する存在だ、これが本章の結論である。

5 英国文化産業のエージェントとしてのラティガン
——クリエイティヴ産業の未来の考古学に向けて

　ラティガンのこれまであまり論じられてこなかったいくつかのテクストを、同時代の地政学的状況との複雑な関係を辿りながら、グローバルなメディア文化として、読み直すこと、こうした本書『秘密のラティガン』の作業により浮き上がってくるのは、大西洋だけではなく演劇・映画という境界線を鮮やかに超えてトランス・メディア空間を移動する劇作家ラティガンのフィギュアだった。こうした戦後英国演劇の読み直しは、従来の英国演劇史や英文学史においてはその位置づけや解釈が困難な『お日様の輝く間に』をそのメディア表象に注目することにより、大西洋を超えたアメリカの政治文化との関係性において再解釈する第1章において始められた。と同時に、そのような英国文化産業のエージェントとしてのラティガンは、21世紀の現在のグローバルなメディア文化においても確認できるものだった。第1章の『お日様の輝く間に』の読解で試みた視座から、いわば逆のヴェクトルでラティガンの「まじめな劇」を読み直してみたのが、終章であった。そこでは、『ブラウニング版』（1948）を、その映画版における再生産・アダプテーションの問題だけではなく、パブリック・スクールの表象を使用したプロパガンダや文化外交というコンテクストによる歴史化をおこなうことにより、戦間期1930年代から冷戦開始を経て60年代にいたるラティガンの劇テクストと『チップス先生さようなら』との関係性を、米国ならびにヨーロッパを含むグローバルなトランス・メディア空間において探った。この終章で論じたかったのは、ロンドンのウェスト・エンドから米国ハリウッドまで、あるいは、英国国家の戦争プロパガンダからミュージカル映画まで、文化的生産者として変幻自在に変容・変身しながら多種多様なテクストを産み出す労働の歴史的過程において、ラティガンの特異性は解釈されるべきだということだった。
　このような解釈に向けて、ラティガンの『アフター・ザ・ダンス』とそのなかの"Bright Young Things"表象をメディア文化に支えられた英国リベ

ラリズムの伝統や歴史によって読解した第 2 章は、国内のパラサイトという存在様式を可能にする金利生活者のエコノミー、ならびに、戦間期の若者の失業と雇用の問題を論じた。英国演劇が特異な部分として孕む同じメディア文化を 20 世紀の戦争というコンテクストから捉え直した試みが第 3 章であり、第 2 次大戦さなかに上演され「まじめな劇」での成功の契機となった『炎の滑走路』を、その成功を産み出した歴史的条件としての戦争プロパガンダ映画との関係性によって再読した。ラティガンの演劇テクストのなかのトランス・メディア空間を読み直す本書の試みを進めていく過程において、英米のトランスアトランティックな関係やグローバル・ポピュラー・カルチャーにとどまらない、ヨーロッパやその他者を視野に入れた地政学という観点からの解釈も、演劇・文化研究およびテクスト解釈の理論的かつ実践的レヴェルにおいて、要請されることになった。こうして、戯曲『眠れるプリンス』を取り上げた第 4 章は、東ヨーロッパとりわけバルカン半島をめぐる 20 世紀の地政学、言い換えれば、エリック・ホブズボームの「短い 20 世紀」という視点から再解釈した。21 世紀の現在から戦後「英国」演劇の再解釈を試みるプロジェクトは、ラティガンを見直すことをひとつの重要な契機として、「英国」演劇研究にとどまらない、ポスト冷戦期の文学・文化研究のために読み直す試みでもあった[26]。このような意味で、秘密のラティガンの発掘は、現代英国の「クリエイティヴ産業」の未来の考古学という今後の研究プロジェクトにつながるはずだ[27]。

　最後に念のために、ラティガン再評価のためにおこなってきた戦後英国演劇とメディア文化との関係について、あるいは、本書で試みた個別のテクスト解釈と戦後の英国演劇という研究パラダイムとの関係についてまとめるなら、以下のようになろう。英国演劇史において取り上げられる作品だけでなくトランス・メディア空間を移動しジャンル横断的に再生産されて流通するラティガンのテクストのグローバルな多様性に注目することを開始することで、マルクス主義批評（Raymond Williams）やゲイ・レズビアン批評（Alan Sinfield）らのラインとは異なるやり方で、新たに見取り図を描いてみるこ

とは、客間劇とキッチン・シンク・ドラマとの断続／継承といった解釈という旧来の英国演劇史研究のパラドックスに閉じ込められたナショナルな解釈図式の外部を指し示す契機とすることができたのではないだろうか。

Notes

1 アーツ・カウンシルの前身の音楽芸術奨励協議会（CEMA）の支援を受けて上演されたエリオットの『寺院の殺人（*Murder in the Cathedral*）』では、ロンドン空襲の爆撃を受けながらも破壊を免れたセント・ポール大聖堂を、「英国のサヴァイヴァルの象徴」とし、戦争中の国民協力の中心イメージに据えたという（Prior 113-14）。

2 英国国内の「怒れる若者たち」の世代との差異だけでなく、米国を含む国外の演劇状況との関係も踏まえながら、『ブラウニング版』と『深く青い海』のラティガンを「インターナショナルにメジャーな劇作家」として評価した例として、以下のTaylorの解釈・評価がある。"But finding new drama of sufficient interest was the main problem, and though new plays by new playwrights did emerge quite frequently, the main defence offered for British drama when it was compared (unfavorably, of course) with what was being produced in America, France, and elsewhere was that really Rattigan had shown himself in *The Browning Version* and *The Deep Blue Sea* to be a major international dramatist..." (J. R. Taylor 19-20).

3 『プレイビル』はもともと4つの1幕ものを念頭に置いていたらしい。『ブラウニング版』はボーモントの眼鏡にかなったものの、2作目の『パーディタ』（のちに『ハーレクィネイド』にタイトルを変更）は、諷刺的な古典俳優の描写が出演する俳優たちに不快感を与えかねないという理由から好まれなかった。また上演されることのなかった3作目でエドワード朝のカントリーハウスを舞台にした上流階級の母と息子の関係を描いた『盛夏（*High Summer*）』は、ボーモントに「時代の宝（a period jewel）」と評価されたものの、1度も上演されることはなかったし、4作目は未完のままお蔵入りとなった（Darlow; Wansell）。

4 もっとも、ギールグッドは、英国でのチェーホフ受容に大きな影響を及ぼしたロシア人演出家セオドア・コミサルジェフスキーの『罪と罰』に関心をもち、そちらに出演する方が自らの俳優としての地位確立のためにより適切で有益であると

終章　『ブラウニング版』再読

考えていたようで、ラティガンのオファーに対して「最近では新しい芝居にはかなり慎重」であると却下したということらしい（Wansell 166-68）。ちなみにギールグッドは、『ウィンズロウ・ボーイ』のロバート・モートン卿の役も断っている。このときはエリック・ポートマンも断り、結局エムリン・ウィリアムズに決まった（Darlow 202）。

5　これらのギールグッドが演じた TV 版については、本論の解釈とは異なるが、旧来の翻案研究を継承して英国の演劇と英米の映画・TV の関係を論じた 2013 年出版の概説書も、言及している（Landy）。

6　1930 年代から 60 年代のグローバルな歴史過程において文化冷戦を捉える試みである本章とは別に、冷戦期に限定してその政治文化を、米ソならびにヨーロッパ、英国それぞれの演劇・映画・音楽・バレエ・美術を論じたものに Caute がある。また、「政治的フォーラムとしての劇場」という切り口で、冷戦以前の戦間期の演劇のラディカルな政治性をアヴァン・ギャルドとの関係で探ったのが Williams であった。「モダニズムとそれ以降」という枠組みで、1930 年代を前景化し同時代の人民戦線（People's front）の文化との関係で英国演劇を論じたものに Nicholson がある。

7　日本においても、『チップス先生さようなら』の翻訳と映画化は、戦後間もない 1946 年にすでに、新月社から上智大学、ジョージタウン大学に学び当時上智大学教授の職にあった刈田元司訳で紹介されており、「あとがき」で、ヒルトンの小説がたんに「ひとりの奇矯な老教師チップスの一生」を描いたものではなく、「巨船タイタニック号の沈没、キッチナー将軍、国際連盟」など「相当量の政治上、社会上の固有名詞」への言及があることも指摘されている。「これらを実際に経験したイギリス人にとっては勿論のこと、現在のイギリス人にとってもこの個々の言葉の影にどれだけ深い社会的背景と意義が蔵されているか測り知れないものがあろう。大戦初期のイギリスのホープであったキッチナー元帥がドイツ潜水艦のために行方不明になったときの彼らの失意落胆ぶりは想像するだに余りあるが、しかもそのことについては一行の説明も施されていない。他の固有名詞も同様で、それぞれ無限の陰影を従えているのである」（刈田 96-97）。さらに、1934 年に発表された『失われた地平線』の映画版についても、「今を盛りの人気作家」の手による「この物語の中に現われる現代理想郷のシャングリラの名前を故ルーズヴェルト大統領が取って東京発空襲の飛行機発信の地としたことなどもこれと

183

関連して興味深いが、この作品がいかに英米において愛読されていたかを立証するものであろう」(刈田 95)と解説されている。米国経由の翻訳・紹介という形式と流通過程によって敗戦後の日本にもたらされた英国プロパガンダ文化の輸入の歴史的コンテクストについては、文化外交のグローバルな歴史的系譜という観点から、機会をあらためて、論じたい。

『チップス先生さようなら』の 1946 年日本語訳の表紙

8 産業としての映画が表象するナショナル・アイデンティティという問題意識から、1945 年以降のハリウッド映画とヨーロッパ映画の関係を論じたものとして、Nowell-Smith がある。興味深いことに、米国のパートナーにして競争相手としてのヨーロッパ統合を推進しようとしていた政治的グループとりわけのちの EU の原型を構想したジャン・モネが、1946 年に米仏映画産業間の競争に関する規定を定めた協定、ブルム–バーンズ協定を計画したことが言及されている。さらに、1950 年代のイタリアでは、米国ハリウッドの映画制作会社の多国籍化ともいうべき現象がみられた。イタリアの興行主やプロデューサーは、ヨーロッパでの合作という公共政策と並行して、イタリア映画の米国輸出を試みるだけでなく、映画制作施設を米国の撮影所や独立系プロデューサーに開放した。こうした動きと戦略によって、当時世界市場を狙った映画がイタリアで米伊双方の映画会社によって生産された。

コルダの『ヘンリー 8 世の私生活』と人民戦線との敵対関係について、後者の側に立つ劇作家モンタギュー・スレイターが、コルダの映画が過去の国王の生涯をとりわけ個人的・人間的な細部を前景化して神話化していること ("exploitable mythology")、すなわち、英雄としての個人の礼賛を批判しそれに対抗するプロパガンダ芸術を社会主義芸術家として模索していたことは、*Left Review* 1.4. January 1935 に掲載された彼の議論からわかる。

> Exploitation of "our ancestors" is the stalest fascist trick…*Henry VIII* … involves just that simple-minded sense of history which

produces patriotism and jingoism if necessary. It's not debunking. It's humanizing....What's the opposite of *Henry VIII* is what I keep asking myself? What is our left to its right?...Fables insist on such a ridiculous spot-lighting of the leading man. What is to be done about it? Can we permit the spot-lighting? (Nicholson 150)

9 英国映画産業界を支配し、ハリウッドとの絆を結んだ英国のプロデューサーには、アルフレッド・ヒッチコックを見いだしたマイケル・バルコン、また、フランスの映画会社ゴーモン傘下にあったゴーモン・ブリティッシュを 1941 年に買収したアーサー・ランクがいる。1922 年に経営権を獲得したイシドア・オストラーが、ゴーモン傘下から独立し、映画館や劇場のほかにも、ダンスホール、レストランなどを経営・運営していてゴーモン・ブリティッシュ社は、ジョン・バカン原作のスパイ小説をヒッチコックが監督した『三十九夜』(1935)、英国演劇界・映画界のマイケル・レッドグレイヴ出演の『バルカン超特急』(1938) などを制作した。ゴーモン・ブリティッシュは、米国においても、独自の配給網を運営しており、買収された後は、ユニヴァーサル映画の株を取得したランク・オーガニゼイションがハリウッド進出とグローバルな映画配給権を拡大していくことになる。

また、ヨーロッパとりわけフランスのゴーモン、パテ、ドイツの UFA とハリウッドの映画産業や「スター・システム」との関係については、de Grazia が 1930 年代に勃興した米国の消費文化（生活水準の向上や「豊かな社会」による欠乏からの自由を含む）によるヨーロッパ進出という観点から論じている。ロシアのディアギレフ、スタニスラフスキーのトランスアトランティックな移動とは別に、ドイツの UFA の米国ニューヨーク支社の視察にはじまる数奇なキャリアを経てビリー・ワイルダーと一緒に数々の仕事をしたプロデューサーであるエリッヒ・ポマー、1927 年の『夏の夜の夢』の演出でも有名なマックス・ラインハルト、あるいはまた、フランスのパテとその米国制作部門を 1928 年に買収した RKO との関係、等々、トランスアトランティックな文化の流通・交流の問題は、各国の文化政策、国際政治関係、産業ならびに金融の拡張・収縮というコンテクストにおいて、さらに考察される必要があろう。グローバルなメディア文化とその一部である映画産業を直接・間接にコントロールする金融資本についての古典的な研究例として Klingender and Legg がある。これは英国のフィルム・カウンシル

のために作成され 1937 年提出された報告書である。

10　英国初期近代にシェイクスピアの演劇が上演されたのは、テムズ川南岸のグローブ座であったことはいうまでもないが、20 世紀とりわけ 1990 年代後半のブレア・ニュー・レイバー政権期の文化政策以降、ウォータールー橋あるいはそれと隣接するサウスバンクの空間の価値は、いわゆる「第 3 の道」にそった都市の計画・デザイン、雇用が不安定な若者層の教育、市民やコミュニティの再構築を謳い文句に、ますます高まっている。この点については、ブレア政権以降の英国映像文化と文化政策を取り上げながら、現代資本主義世界におけるグローバル化する文化生産のポリティカル・エコノミーを論じた河島・大谷・大田をみよ。

11　1940 年代末のテクスト『ハーレクィネイド』でこの 2 つの劇場の名前がモードを通じて言及されることはある種のノスタルジアといえるかもしれない。1937 年のベイリスの死後、その繁栄は一時的に中断されていた。1939 年に閉鎖し 1940 年に再び開かれるが、1941 年に爆撃を受けてまた閉鎖され、劇団はニュー・シアターに移転を余儀なくされる。戦後の 1950 年に再開し、マイケル・ベンサルがシェイクスピアのファースト・フォリオの劇をすべて上演する計画を立て、リチャード・バートンがハムレットを演じた。その後、サウスバンクにナショナル・シアターが建設される以前は、ローレンス・オリヴィエが率いるナショナル・シアターの出し物は、オールド・ヴィックでも上演されていた。また、1980 年代には、アーツ・カウンシルからの資金援助が打ち切られ、カナダの企業家であり興行主でもあるエドウィン・ミルヴィッシュより資金援助をえてオールド・ヴィック・トラストなるものが設立された。21 世紀になり、ハリウッドで活躍する映画俳優ケヴィン・スペイシーが芸術監督に就任したことで話題を呼んでいる。2014 年現在、王立シェイクスピア劇団もシェイクスピア 2 本立ての上演を、オールド・ヴィックで行っている。

12　この映画テクストの脚本執筆に R・C・シェリフが一部関わっていたことを一言触れておいてもよいだろう。戦争終結までにシェリフは、英米両国において英国を支援するハリウッド映画への貢献においてヒルトンと並び称される存在だったからだ。シェリフは、第 1 次大戦中イープルで負傷した経験から 1918 年の北仏・ベルギー戦線を描いた戯曲『旅路の果て（*Journey's End*）』(1928) で大成功をおさめたのだが、1940 年英国情報省が求める戦争プロパガンダ映画制作のためアレクサンダー・コルダとともにハリウッドに赴き、ローレンス・オリヴィエと

ヴィヴィアン・リーが共演した『美女ありき（*Lady Hamilton*）』（1941）や『ミニヴァー夫人』の制作に携わった。

13　道化やコメディア・デラ・アルテの系譜という視点から、ラティガンの笑劇『ハーレクィネイド』と「煌びやかな若者たち」の文化との繋がりを論じることは、もちろん、可能であろう。さらにまた、カワードのレヴュー『ロンドン・コーリング！（*London Calling!*）』（1923）を取り上げて、ガートルード・ローレンスのために書かれた歌を含むスケッチ「パリジアン・ピエロ」との関係を探ることから、ヨーロッパ・モダニズム以降の美術、バレエ、音楽からの転回において、ラティガンとロンドンの劇場文化をとらえ直すことも、今後、必要かもしれない。

14　英国演劇界で最も有名なゴスポート夫妻のキャラクターは、ラティガンの『三色スミレ』に出演した、アルフレッド・ラントとリン・フォンテーヌ夫妻のイメージから得た着想らしい（Rebellato Introduction *Playbill*; Darlow）。ラントは米国人俳優であるが英国人である妻フォンテーヌとともにブロードウェイを拠点としながらも大西洋を横断しロンドンの舞台でも人気を誇っていた。

15　ピルグリム・トラストは、英国の慈善団体ではあるが、創立時の資金は、米国の資産家からの寄付によるものであること、そして、その寄付に基づいて CEMA が設立されたということ、これらの点は、注意しておいてよい。それは、21世紀の現在に顕著な公共政策・文化政策でたびたび提唱されるナショナルあるいはパブリックな団体・制度とプライヴェートなマネーとのゆるやかな関係すなわち官民のパートナーシップの系譜をたどる目印となるかもしれない。"The Pilgrim Trust was established over 80 years ago with an endowment of £2m. The trust deed stated that the donor, Edward Stephen Harkness, wished the funds to be used for some of Great Britain and Northern Ireland's 'more urgent needs' and hoped that the gift would not only help in 'tiding over the present time of difficulty' but 'in promoting her future well being'. Such a brief would be unusual today but over the years it has given the Trustees the power to make some interesting decisions about what to fund" (Pilgrim Trust 下線筆者). 21世紀現在支援している活動ついては、以下の URL を参照のこと。http://www.thepilgrimtrust.org.uk/about-us/history/

16　1940年代にウェスト・エンドで成功をおさめ CEMA の後援も受けて上演された劇テクストは、T・S・エリオットやクリストファー・フライ、ロナルド・ダ

ンカンらの詩劇だったが、こうしたジャンルへの批判的コメントは、ヨーロッパ巡業の出し物であるアーサーの新しい芝居 *Follow the Leviathan to My Father's Grave* に示唆されているダンカンの劇のタイトル *This Way to the Tomb* に採ることができるかもしれない（Rebellato Introduction *Playbill* xxvii）。

17　Huggett によれば、ボーモントは CEMA と対立関係にだけあったわけではない。H・M・テナント社の支社としてテナント・プレイ社を立ち上げる際に、ボーモントは、CEMA の会長であったジョン・メイナード・ケインズから、指針、政府との連携という点で CEMA の助言を受けていた（Huggett 292）。ボーモントと CEMA との対立が表面化したのは、このあとに、カッソンが商業演劇活動部門の理事に就任したことがきっかけだったが、ケインズは、その後もさらにボーモントをサポートし続けていたらしい（Huggett 301）。

　ボーモントが CEMA の支援に応募したのは、興行税の控除が適用されることを期待したためであったが、この特権を最初に法的に活用できたのは、オールド・ヴィックであった。そしてまた、テナント社がテナント・プレイ社を立ち上げ、商業的な利益をあげながら CEMA の支援を受ける矛盾を指摘したのも、CEMA から最大の支援を受けテナントとライヴァル関係にあったオールド・ヴィックだった。その後 CEMA によるウェスト・エンドの商業演劇支援ならびに興行税控除の問題をめぐる議論が、『デイリー・エクスプレス』紙や『イヴニング・スタンダート』紙上において展開されるようになった（Weingärther 114-22）。

　ナチス・ドイツとの戦争を遂行するチャーチルと協力した航空機生産大臣でもあったメディア王ビーヴァーブルック卿の『デイリー・エクスプレス』紙・『イヴニング・スタンダート』紙、そして、そうした公共的な大衆メディアにおいて少なからざる影響力を発揮したアーノルド・ベネットや J・B・プリーストリーといった文学的・文化的エージェントの歴史的意味は、今後さらに、グローバルな金融資本や文化外交というコンテクストで、ボーモントや CEMA が関わる英国の劇場文化とともに、研究される必要があろう。

18　知識人としてのソンタグと『ゴドーを待ちながら』の上演を、その政治・経済のグローバル化への知的・抽象的概念化の試みが孕む日常生活の情動との乖離において批判的に取り上げ、コスモポリタニズムが抱える困難な問題を論じている例として Robbins を参照のこと。"When action is absolutely urgent, it is always already too late to indulge much curiosity about the details of the relevant site or to listen to the distracting variety of its voices. Any knowledge beyond the bare, accusing facts of recent atrocity seems beside the point. In Sontag's *Nation* article, for example, actual Bosnians fade into the background; Sontag does not feel any need to quote them, even as survivors or witnesses" (Robbins 12).

19 『友達座』は、もともとは1929年に出版された小説で、プリーストリーを一躍有名作家にした作品だが、1931年にエドワード・ノブロックとの共作でヒズ・マジェスティーズ劇場で舞台化され、エドワード・チャップマン、イーディス・シャープとジョン・ギールグッドが出演していた。その後さらに、1933年と57年に映画化もされているこのテクストは、主演がギールグッド、プロデュースがゴーモン・ブリティッシュで最初の映画版として再生産されているが、伝統的あるいは郷愁の労働者階級文化との切断を掲げて登場した「怒れる若者たち」の時代がはじまる57年には、時代遅れのものになった、とされている。もっとも、このようなナショナルな演劇文化の歴史は、より長い時間的スパンと空間的拡がりにおいても捉え直すべきかもしれず、バルカン地域すなわちギリシアを舞台にした旅芸人一家の物語と彼らの視点から表象される1939年から1952年を中心としたギリシアの政治史を媒介にして20世紀の地政学と冷戦の紛争の歴史を舞台にかけた映画の例として、テオ・アンゲロプロス『旅芸人の記録』(1975)を思い起こしてもいいかもしれない。旅芸人の一行が19世紀の牧歌劇「羊飼いのゴルフォ」を上演しながら移動するギリシアの旅のサブテクストになっているのは、アトレウス家の古代神話、すなわち、ラティガンの『ブラウニング版』の場合と同じアガメムノンにまつわる家族の神話的・叙事詩的物語であった。

20 チャーチルの演説で有名な「鉄のカーテン」は、もともとは英国の劇場に防火用につけられた装置であったことを、この劇場的なメタファーがその後たどった系譜すなわちたんなる東西冷戦の分断を超えたさまざまな政治文化の言説において流通し使用されてきたことを含めて、Wrightが論じている。1794年新たに再建されたドルリー・レイン劇場のこけら落としにシェリダンの生涯を描いた芝居のエピローグで、当時の人気女優エリザベス・ファレンがもしも火事の事故があったときに「鉄のカーテン」がいかに役に立つか、観客に訴えている。"Our pile is rock, more durable than brass, / Our decorations gossamer and gas; / The very ravages of fire we scout, / ...... / Consume the scenes, your safety still is

certain, / Presto-for proof, let down the iron curtain"（Wright 67）。

21 『プレイビル』の上演が決まらないなか、1947年ラティガンはアナトール・ドゥ・グルンワルドとともにインターナショナル・スクリーンプレイズという映画会社を立ち上げた。その最初の映画は、ロンドンの高級住宅地メイフェアを舞台にしたもので、花嫁のためにヴェール、ウェディング・ドレス、真珠などをすべてボンド・ストリートの店に求める4つのエピソードからなる映画『ボンド・ストリート（*Bond Street*）』であった。また、2人は同年、コルダ制作の映画『ウィンズロウ・ボーイ』の脚本も執筆していた（Darlow 222-23）。

　また、ラティガンが『ブラウニング版』の映画の脚本を執筆中、BBCのドラマ『ファイナル・テスト（*The Final Test*）』（1953）のアウトラインも未完成の折、コルダが接触してきたのだが、それは、デイヴィッド・リーンのために音速の壁を破る新たな世代の航空機を主題とした物語の脚本の依頼だった。一端は断ったものの、ファーンボロー航空ショーを観たあと、この企画に同意したラティガンは、『超音ジェット機（*The Sound Barrier*）』（1952）を完成し、この映画でアカデミー賞の脚本賞の候補にも挙がった（Darlow 267-69）。

22 冷戦の開始にそのひとつの起源をもつ運動にヨーロッパ統合があり、このトランスナショナルな統合再編の動きは、その内部に独仏など異なる国民国家間の緊張関係を絶えず孕んでいたにしても、資本主義世界の新たな挑戦者としてのソ連との敵対関係を中立化する機能をもっていた。1947年の春に財政上の欠乏から英国政府が地中海地域のギリシア・トルコへの援助の肩代わりをワシントンの政府に求めたことを受けて発せられたトルーマン・ドクトリンとマーシャル・プランに始まる冷戦も、1954年に自国の石油資源を国有化したイラン政府のクーデターによる転覆とその後の英・米・蘭・仏の企業から構成される国際コンソーシアムによる生産管理への移行、および、1956年にフルシチョフがワルシャワ条約に基づいてブタペストに侵攻したハンガリー動乱の時期になる頃には、冷たい戦争に規定された国際秩序が出来上がっていた。トランスアトランティックな支配階級の形成をたどるヴァン・デル・ペールによれば、この頃になると「大西洋統合」へ向けた計画は、対立を示す2つの主要地域へと明らかにその焦点を合わせていた。米国の攻撃的な政治家の間で広まっていたのは、社会主義の挑戦は、ヨーロッパから発展途上の周縁国家へ、移行しているという認識だった。チェスター・ボールズは、1957年の国際連合の視察旅行から帰国した際、上院議員に対して「今

後10年は、基本的には経済的な戦いになる、そして政治的な戦いはアジアとアフリカで引き起こされるだろう」と述べている。1957年10月発行の『フォーリン・アフェアーズ』36巻1号への投稿論文の中で普遍主義への回帰を提唱したジョン・F・ケネディは、社会主義と戦うために、アジア・アフリカといった周縁国家の経済発展の促進を重視しているが、ソ連に対するフレキシブルな姿勢をとるだけでなく、「大西洋沿岸諸国の協調」をその基盤とすることで、ボールズの考え方を明確化している。東西両陣営といった明確な区別の代わりに、米国は「ソ連の秩序を基礎からゆっくりと崩していくために、部分的には妥協しなければいけない」というのがケネディの主張だった（van der Pijl 185-86）。このような歴史的契機において、1957年の3月のローマ条約によって結成されたのはヨーロッパ経済共同体（EEC）であり、この経済的なヨーロッパ統合には、原子力の平和利用を促進し共同開発する加盟諸国の保障措置をはかることを目的とした欧州原子力共同体（EURATOM）がともなっていた。

　ローマ条約が調印されるほんの2か月前の1957年1月に英国首相の座に就いたのがハロルド・マクミランであり、彼の最優先事項は、スエズ危機によって亀裂が生じた米国との「特別な関係」を修復することだった。第2次大戦中のロンドンで結成された欧州経済協力連盟のメンバーとしてグローバルな支配階級の信用を得ていたのみならず、ロンドンのシティにとってそのヨーロッパ主義がライヴァルだったR・A・バトラーに比べてより疑われることの少なかったマクミランは、アイゼンハワー・ドクトリンによって中東政策を提示したばかりの米国大統領とも親交があった（Overbeek 99）。EECへの英国の不参加と鉄鋼業・軍需産業を例外とする英国製造業の衰退との関係を、大英帝国からヨーロッパへという軌跡をたどりながら論じたOwenも参照のこと。

　また、アジア・アフリカといった周縁諸国を含む世界へ向けたBBC World Serviceの文化外交については、Gillespie and Webbを参照のこと。最後に、1951年の日米安保条約は、パリの「5月革命」の以前に、世界的にも草分けとなる反帝国主義学生運動による抗争を産み出したことに注意しておいてもよいかもしれない。そして、1960年には、岸首相の辞任とアイゼンハワーの来日取りやめがあった（Harada）。米国のソフト・パワーと冷戦期の日本におけるアメリカ研究や国際文化会館の意味については、たとえば、永続する対米従属関係の規定要因という観点からなされたMatsudaの研究がある。

23 ただし、1960年代には劇場公開作のほとんどの映画が独立系により制作されるようになっていたハリウッド映画産業は、1950年代に登場した新たなメディアであるTVに押されて観客数が落ち込んだせいで経営が悪化し、大手制作会社も複合企業体に吸収合併されていくようになっていった、とされる。

24 スエズ危機以降、英国の階級構造やライフスタイルを前提として成立してきたウェスト・エンドは大きな痛手を受け、ロイヤル・コート劇場のイングリッシュ・ステージ・カンパニーや数少ない生き残りであるオリヴィエが関わったナショナル・シアターに取って代わられた、というような従来の演劇史の図式において、ボーモントのウェスト・エンドと冷戦の関係を論じた研究としては、Elson25-36 がある。

25 1953年のSF（British Space Programme）*The Quartermass Experiment* が産み出した特殊効果や演劇的緊張感、あるいは、ライブ映像とのインターカットを使用したBBC TVドラマ版 *1984* は、斬新かつ実験的な試みであり、前者は、21世紀になってリメイクもされた（Harris）。

26 現在進行中の冷戦期およびポスト冷戦期の文学・文化研究の再解釈という作業については、すでに以下の例がある。ベケットと文化冷戦のグローバルなコンテクストについては大田、戦間期英国モダニズムについては遠藤ほか、を見よ。また、1980年代以降のヘリテージ映画・文化を「サッチャリズムの英国と帝国アメリカ」という関係において捉え直すことにより、ポスト・ヘリテージ映画という概念を提案し、そのグローバル／ローカルな地政学を探ったものとして、大谷ほかも参照のこと。

27 メディア文化とクリエイティヴ産業、労働の関係については、Hesmondhalgh and Baker, の概説がある。20世紀前半のハリウッド映画の脚本の歴史を数量的に概観した Conor も参照のこと。Conor はハリウッドと協働する英国制作者のTV化の労働を描いたBBCのシリーズ『エピソーズ（*Episodes*）』（2011-）に言及している。また、1990年代のブレア・ニュー・レイバーから21世紀の現在の欠乏状況における若者文化と雇用を、「ホロウェイからハリウッドへ」というトランスアトランティックなメディア文化空間の移動において論じようとしているのが、McRobbie である。

Works Cited

Aldrich, Richard J. *The Hidden Hand: Britain, America and Cold War Secret Intelligence*. London: John Murray, 2001.

Atkin, Annette. *Creating Minnesota: A History from the Inside Out*. St. Paul, Minnesota: Minnesota Historical Society, 2007.

Banac, Ivo. *The National Question in Yugoslavia: Origins, History, Politics*. Ithaca: Cornell UP, 1984.

Beaton, Cecil. *The Face of the World: An International Scrapbook of People and Places*. London: Weidenfeld and Nicolson, 1957.

———. *Self Portrait with Friends: The Selected Diaries of Cecil Beaton*. Ed. Richard Buckle. 1979. London: Pimlico, 1991.

Bordwell, David, Janet Staiger, and Kristin Thompson. *The Classical Hollywood Cinema: Film Style and Mode of Production to 1960*. New York: Columbia UP, 1985.

Calder, Robert. *Beware the British Serpent: The Role of Writers in British Propaganda in the United States, 1939-1945*. Montreal & Kingston: McGill-Queen's UP, 2004.

Carpenter, Humphrey. *The Brideshead Generation: Evelyn Waugh and His Circle*. London: Weidenfeld and Nicolson, 1989.

Caute, David. *The Dancer Defects: The Struggle for Cultural Supremacy during the Cold War*. Oxford: Oxford UP, 2003.

Clark, Colin. *The Prince, the Showgirl and Me: Six Months on the Set with Marilyn and Olivier*. London: HarperCollins, 1995.

———. *My Week with Marilyn: The Prince, the Showgirl and Me; My Week with Marilyn*. London: Harper, 2000.

Clarke, Peter. *Hope and Glory: Britain 1900-2000*. 2nd ed. London: Penguin, 2004.

Conekin, Becky, Frank Mort, and Chris Waters, eds. *Moments of Modernity: Reconstructing Britain 1945-64*. London: Rivers Oram, 1999.

Connelly, Mark. *Reaching for the Stars: A New History of Bomber Command in*

World War II. London: I. B. Tauris, 2001.

Conor, Bridget. "Hired Hands, Liars, Schmucks: Histories of Screenwriting Work and Workers in Contemporary Screen Production." *Theorizing Cultural Work: Labour, Continuity and Change in the Cultural and Creative Industries*. Ed. Mark Banks, Rosalind Gill, and Stephanie Taylor. London: Routledge, 2013. 44-55.

Curtis, Anthony. Introduction. *Plays: One*. By Terence Rattigan. London: Methuen, 1981.

———. Introduction. *Plays: Two*. By Terence Rattigan. 1985. London: Methuen, 1999.

Darlow, Michael. *Terence Rattigan: The Man and His Work*. London: Quartet, 2010.

de Grazia, Victoria. *Irresistible Empire: America's Advance through 20th-Century Europe*. Cambridge, Mass.: Belknap P of Harvard UP, 2005.

Djilas, Aleksa. *The Contested Country: Yugoslav Unity and Communist Revolution, 1919-1953*. Cambridge, Mass.: Harvard UP, 1991.

Donnelly, K. J. *British Film Music and Film Musicals*. London: Palgrave Macmillan, 2007.

Durgnat, Raymond. *A Mirror for England: British Movies from Austerity to Affluence*. New York: Praeger, 1971.

Elson, John. *Cold War Theatre*. London: Routledge, 1992.

Esty, Jed. *Unseasonable Youth: Modernism, Colonialism, and the Fiction of Development*. Oxford: Oxford UP, 2012.

Exchange Telegraph Co. Ltd. AIM 25. London Metropolitan Archives. Web. 12 Sep. 2012.
⟨http://aim25test.da.ulcc.ac.uk/cgi-bin/vcdf/detail?coll_id=17037&inst_id=118&nv1=browse&nv2=sub⟩.

Fowler, David. *Youth Culture in Modern Britain, c. 1920-c. 1970: From Ivory Tower to Global Movement—A New History*. London: Palgrave Macmillan, 2008.

Garratt, G. R. M. *One Hundred Years of Submarine Cables*. London: His Majesty's Stationary Office, 1950.

Gillespie, Marie, and Alban Webb, eds. *Diasporas and Diplomacy: Cosmopolitan Contact Zones at the BBC World Service (1932-2012)*. London: Routledge, 2013.

Glancy, H. Mark. *When Hollywood Loved Britain: The Hollywood 'British' Film 1939-45*. Manchester: Manchester UP, 1999.

Glyn, Elinor. *Three Weeks*. New York: Macaulay, 1907.

Gormery, Douglas. "Hollywood Corporate Business Practice and Periodizing Contemporary Film History." *Contemporary Hollywood Cinema*. Ed. Steve Neale and Murray Smith. London: Routledge, 1998. 47-57.

Graves, Robert, and Alan Hodge. *The Long Week-end: A Social History of Great Britain 1918-1939*. New York: Norton, 1940.

Green, Martin. *Children of the Sun: A Narrative of "Decadence" in England After 1918*. New York: Basic Books, 1976.

Grindon, Leger. *The Hollywood Romantic Comedy: Conventions, History, Controversies*. Chichester: Wiley-Blackwell, 2011.

Harada, Hisato. "The Anti–Ampo Struggle." *Zengakuren: Japan's Revolutionary Students*. Ed. Stuart Dowsey. Berkeley, Cal.: Ishi, 1970. 75-99.

Harris, Kate. "Evolutionary Stage: Theatre and Television 1946-56." *The Golden Generation: New Light on Post-War British Theatre*. Ed. Dominic Shellard. London: British Library, 2000. 152-79.

Headrick, Daniel R. *The Invisible Weapon: Telecommunications and International Politics 1851-1945*. Oxford: Oxford UP, 1991.

Hesmondhalga, David, and Sarah Baker. *Creative Labour: Media Work in Three Cultural Industries*. London: Routledge, 2011.

Hewison, Robert. *In Anger: British Culture in the Cold War 1945-60*. New York: Oxford UP, 1981.

Hirschman, Albert O. *National Power and the Structure of Foreign Trade*. Berkeley: U of California P, 1945.

Hobsbawm, Eric. *The Age of Extremes: The Short Twentieth Century, 1914-1991*. London: Michael Joseph, 1994.

Holborn, Mark, ed. *Cecil Beaton: Theatre of War*. London: Jonathan Cape, 2012.

Horowitz, Joseph. *Artists in Exile: How Refugees from Twentieth-Century War and Revolution Transformed the American Performing Arts.* New York: HarperCollins, 2008.

Horton, Robert, ed. *Billy Wilder: Interviews.* Jackson: UP of Mississippi, 2001.

Huggett, Richard. *Binkie Beaumont: Eminence Grise of the West End Theatre 1933-1973.* London: Hodder and Stoughton, 1989.

Huizinga, J. H. *Confessions of a European in England.* London: Heinemann, 1958.

Jászi, Oscar. *The Dissolution of the Habsburg Monarchy.* Chicago: U of Chicago P, 1929.

Klingender, F. D., and Stuart Legg. *Money Behind the Screen: A Report Prepared on Behalf of the Film Council.* London: Lawrence and Wishart, 1937.

Lampe, John R., Russell O. Prickette, and Ljubiša S. Adamović. *Yugoslav-American Economic Relations since World War II.* Durham: Duke UP, 1990.

Landy, Marcia. "*The Browning Version* Revisited." *Modern British Drama on Screen.* Ed. R. Barton Palmer and William Robert Bray. Cambridge: Cambridge UP, 2014. 62-84.

Lederer, Ivo J. *Yugoslavia at the Paris Peace Conference: A Study in Frontiermaking.* New Haven: Yale UP, 1963.

Light, Alison. *Forever England: Femininity, Literature and Conservatism between the Wars.* London: Routledge, 1991.

Mather, Nigel. *Tears of Laughter: Comedy-Drama in 1990s British Cinema.* Manchester: Manchester UP, 2006.

Matsuda, Takeshi. *Soft Power and Its Perils: U. S. Cultural Policy in Early Postwar Japan and Permanent Dependency.* Stanford: Stanford UP, 2007.

McConachie, Bruce. *American Theater in the Culture of the Cold War: Producing and Contesting Containment, 1947-1962.* Iowa: U of Iowa P, 2003.

McKibbin, Ross. *Classes and Cultures: England 1918-1951.* Oxford: Oxford UP, 1998.

McRobbie, Angela. "From Holloway to Hollywood: Happiness at Work in the New Cultural Economy?" *Cultural Economy: Cultural Analysis and Commer-*

cial Life. Ed. Paul du Gay and Michael Pryke. London: Sage, 2002. 97-114.

McRobbie, Angela, and Jenny Garber. "Girls and Subcultures." *Resistance through Rituals: Youth Subcultures in Post-war Britain*. Ed. Stuart Hall and Tony Jefferson. London: Hutchinson, 1976. 209-22.

Milne, Drew. "Drama in the Culture Industry: British Theatre after 1945." *British Culture of the Postwar: An Introduction to Literature and Society 1945-1999*. Ed. Alistair Davies and Alan Sinfield. London: Routledge, 2000. 169-91.

Minney, R. J. *Puffin Asquith: The Biography of the Honourable Anthony Asquith Aristocrat, Aesthete, Prime Minister's Son and Brilliant Film Maker*. London: Leslie Frewin, 1973.

Mosley, Oswald. *The Greater Britain*. London: British Union of Fascists, 1932.

Nava, Mica. *Visceral Cosmopolitanism: Gender, Culture and the Normalisation of Difference*. Oxford: Berg, 2007.

Nayak, Anoop. *Race, Place and Globalization: Youth Cultures in a Changing World*. Oxford: Berg, 2003.

Nicholas, H. G., ed. *Washington Despatches 1941-1945: Weekly Political Reports from the British Embassy*. Chicago: U of Chicago P, 1981.

Nicholson, Steve. "'Irritating Tricks' : Aesthetic Experimentation and Political Theatre." *Rewriting the Thirties: Modernism and After*. Ed. Keith Williams and Steven Matthews. London: Longman, 1997. 147-62.

Nowell-Smith, Geoffrey. Introduction. *Hollywood and Europe: Economics, Cultlure National Identity: 1945-95*. Ed. Geoffrey Nowell-Smith and Steven Ricci. London: British Film Institute, 1998. 1-18.

O'Connor, Sean. "From Stage to Screen : Terence Rattigan, Terence Davies and *The Deep Blue Sea*." *The Deep Blue Sea*. By Terence Rattigan. London: Nick Hern, 2011. iii-x.

———. *Straight Acting: Popular Gay Drama from Wilde to Rattigan*. London: Cassell, 1998.

Overbeek, Henk. *Global Capitalism and National Decline: The Thatcher Decade in Perspective*. London: Unwin Hyman, 1990.

Owen, Geoffery. *From Empire to Europe: The Decline and Revival of British Industry since the Second World War*. London: HarperCollins, 2000.

Peacock, D. Keith. *Changing Performance: Culture and Performance in the British Theatre since 1945*. Bern: Peter Lang, 2007.

Pilgrim Trust, The. Web. 28 Nov. 2014.
⟨http://www.thepilgrimtrust.org.uk/about-us/history/⟩.

Prior, Michael. *Dreams and Reconstruction: A Cultural History of British Theatre: 1945-2006*. Raleigh, N.C: Lulu, 2006.

Rattigan, Terence. *After the Dance*. 1939. London: Nick Hern, 1995.

———. Preface. *The Collected Plays of Terence Rattigan*. By Terence Rattigan. Vol.1. London: Hamish Hamilton, 1953.

———. Preface. *The Collected Plays of Terence Rattigan*. By Terence Rattigan. Vol.2. London: Hamish Hamilton, 1953.

———. *Flare Path*. 1953. London: Nick Hern, 2011.

———. *Playbill: The Browning Version and Harlequinade*. 1953. London: Nick Hern,1994.

———. *The Sleeping Prince: An Occasional Fairy Tale*. London: Hamish Hamilton, 1954.

Rebellato, Dan. Introduction. *After the Dance*. By Terence Rattigan. London: Nick Hern, 1995.

———. Introduction. *Flare Path*. By Terence Rattigan. London: Nick Hern, 2011. v-xxxvii.

———. Introduction. *French Without Tears*. By Terence Rattigan. London: Nick Hern, 1995. v-xxxix.

———. Introduction. *Love in Idleness/Less Than Kind*. By Terence Rattigan. London: Nick Hern, 2011. v-xxxix.

———. Introduction. *Playbill: The Browning Version and Harlequinade*. By Terence Rattigan. London: Nick Hern, 1994. v-xxxix.

———. *1956 and All That: The Making of Modern British Drama*. London: Routledge, 1999.

Retinger, Joseph. *Memoirs of an Eminence Grise*. Ed. John Pomian. Sussex:

Sussex UP, 1972.

Reynolds, David. *Rich Relations: The American Occupation of Britain 1942-1945*. London: HarperCollins, 1995.

Robbins, Bruce. *Feeling Global: Internationalism in Distress*. New York: New York UP, 1999.

Rothschild, Joseph. *East Central Europe between the Two World Wars*. Seattle: U of Washington P, 1974.

Ruane, Kevin. "Agonizing Reappraisals: Anthony Eden, John Foster Dulles and the Crisis of European Defence, 1953-54." *Diplomacy & Statecraft* 13.4(2003): 151-85.

———. *The Vietnam Wars*. Manchester: Manchester UP, 2002.

Rusinko, Susan. *Terence Rattigan*. Boston: Twayne, 1983.

Samuel, Lawrence R. *Pledging Allegiance: American Identity and the Bond Drive of World War II*. Washington, DC: Smithsonian Institution, 1997.

Sandbrook, Dominic. *Never Had It So Good: A History of Britain from Suez to the Beatles*. London: Abacus, 2005.

Scot, J. J. *EXTEL 100: The Centenary History of the Exchange Telegraph Company*. London: Earnest Benn, 1972.

Shary, Timothy, and Alexandra Seibel, eds. *Youth Culture in Global Cinema*. Austin: U of Texas P, 2007.

Sheehan, Rebecca, J. "Liberation and Redemption in 1970s Rock Music." *The Shock of the Global: The 1970s in Perspective*. Ed. Niall Ferguson, Charles S. Maier, Erez Manela, and Daniel J. Sargent. Cambridge, Mass.: Belknap P of Harvard UP, 2010. 294-305.

Shellard, Dominic. "Stability, Renewal and Change: Gielgud and Olivier in 1957." *The Golden Generation: New Light on Post-War British Theatre*. Ed. Dominic Shellard. London: British Library, 2000. 68-91.

Shepherd, Simon. *The Cambridge Introduction to Modern British Theatre*. Cambridge: Cambridge UP, 2009.

Shindler, Colin. *Hollywood Goes to War: Films and American Society, 1939-1952*. London: Routledge and Kegan Paul, 1979.

Sinfield, Alan. *Literature, Politics and Culture in Postwar Britain.* London: Athlone, 1997.

Sontag, Susan. "Godot Comes to Sarajevo." *New York Review of Books* 21 Oct. 1993. 52-59.

Taylor, D. J. *Bright Young People: The Rise and Fall of a Generation: 1918-1940.* London: Vintage, 2008.

Taylor, John Russell. *Anger and After: A Guide to the New British Drama.* Harmondsworth: Penguin, 1962.

Thomson Reuters. Web. 23 Nov. 2012. ⟨http://www.extelsurvey.com/AboutUs/AboutUsHome.aspx 2012⟩.

Van der Pijl, Kees. *The Making Atlantic Ruling Class.* London: Verso, 1984.

Vickers, Hugo. *Cecil Beaton: The Authorized Biography.* London: Weidenfeld and Nicolson, 1985.

Wansell, Geoffrey. *Terence Rattigan: A Biography.* London: Fourth Estate, 1995.

Webb, Paul. "Royal Shakespeare Company Heads for London's Old Vic." Web.24 Mar 2003. ⟨http://www.playbill.com/news/article/royal-shakespeare-company-heads-for-londons-old-vic-112249. 20.Nov. 2014⟩.

Weingärtner, Jorn. *The Arts as a Weapon of War: Britain and the Shaping of National Morale in World War II.* London: I. B. Tauris, 2012.

Williams, Raymond. "Theatre as a Political Forum." *Visions and Blueprints: Avant-Garde Culture and Radical Politics in Early Twentieth-Century Europe.* Ed. Edward Timms and Peter Collier. Manchester: Manchester UP, 1988. 307-20.

Wilson, P. Dizard, Jr. *Inventing Public Diplomacy: The Story of the U. S. Information Agency.* Boulder: Lynne Rienner, 2004.

Woodward, Susan L. *Balkan Tragedy: Chaos and Dissolution after the Cold War.* Washington, D.C.: Brookings Institution, 1995.

Wright, Patrick. *Iron Curtain: From Stage to Cold War.* Oxford: Oxford UP, 2007.

Young, B. A. *The Rattigan Version: Sir Terence Rattigan and the Theatre of Character.* London: Hamish Hamilton, 1986.

遠藤不比人・大田信良・加藤めぐみ・河野真太郎・高井宏子・松本朗編『転回するモダン――イギリス戦間期の文化と文学』東京：研究社出版，2008.

大田信良「ベケット，ナボコフ，そして文化冷戦――『モダニズム文学』の制度化」『愛と戦いのイギリス文化史 1951-2010 年』川端康雄ほか編　東京：慶應義塾大学出版会, 2011. 319-33.

大谷伴子「グローバル／ローカルな文化地政学へ」『ポスト・ヘリテージ映画――サッチャリズムの英国と帝国アメリカ』大谷伴子ほか編著　東京：上智大学出版, 2010. 1-19.

大谷伴子ほか編著『ポスト・ヘリテージ映画――サッチャリズムの英国と帝国アメリカ』東京：上智大学出版, 2010.

刈田元司「あとがき」ジェイムズ・ヒルトン『チップス先生さようなら』刈田元司訳　東京：新月社, 1946. 95-97.

河島伸子・大谷伴子・大田信良編『イギリス映画と文化政策――ブレア政権以降のポリティカル・エコノミー』東京：慶應義塾大学出版会, 2012.

川端康雄ほか編『愛と戦いのイギリス文化史　1951-2010 年』東京：慶應義塾大学出版会, 2011.

北野圭介『ハリウッド 100 年史講義――夢の工場から夢の王国へ』東京：平凡社, 2001.

佐々木雄太編『世界戦争の時代とイギリス帝国』京都：ミネルヴァ書房, 2006.

高岡智子『亡命ユダヤ人の映画音楽――20 世紀ドイツ音楽からハリウッド、東ドイツへの軌跡』京都：ナカニシヤ出版, 2014.

細谷雄一『大英帝国の外交官』東京：筑摩書房, 2005.

───「ヨーロッパ冷戦の起源、一九四五年――一九四六年―英ソ関係とイデオロギー対立の発展」『法学政治学研究』43 (1999): 371-415.

───「冷戦時代のイギリス帝国」『世界戦争の時代とイギリス帝国』佐々木雄太編　京都：ミネルヴァ書房, 2006. 95-128.

松田智穂子「コラム『カリブの声』――カリブの作家たちとメディア」『愛と戦いのイギリス文化史 1951-2010 年』川端康雄ほか編　東京：慶應義塾大学出版会, 2011. 268.

見市雅俊「ジョージ・オーウェルと三〇年代の神話」『思想』650(1978): 28-44.

武藤浩史・川端康雄・遠藤不比人・大田信良・木下誠編『愛と戦いのイギリス文化史

1900-1950 年』東京：慶應義塾大学出版会 , 2007.

山口菜穂子「愛と母性と男と女――イギリス大戦間期フェミニズム」『愛と戦いのイギリス文化史　1900-1950 年』武藤浩史・大田信良ほか編　東京：慶應義塾大学出版会 , 2007. 106-20.

渡辺靖『アメリカン・センター――アメリカの国際文化戦略』東京：岩波書店 , 2008.

図版出典一覧（掲載順）

1 *The Guardian* 13.3 (2011).
2 *Theatre Arts* 16.12 (1957).
3 *Theatre Arts* 16.12 (1957).
4 著者撮影
5 https://www.flickr.com/photos/42399206@N03/5752978728/
6 repositoryhttp://commons.wikimedia.org/wiki/Category:Spam_(food)#mediaviewer/File:Spam_can.png
7 Taylor, D. J. *Bright Young People: The Rise and Fall of a Generation: 1918-1940*. London: Vintage, 2008.
8 Scot, J. J. *EXTEL 100: The Centenary History of the Exchange Telegraph Company*. London: Earnest Benn, 1972.
9 http://blogs.yahoo.co.jp/violin20090809/19729891.html
10 Wheeler, Monroe, ed. *Britain at War*. New York: Museum of Modern Art, 1941.
11 Rattigan, Terence. *Flare Path*. 1953. London: Nick Hern, 2011.
12 著者撮影
13 Holborn, Mark, ed. *Cecil Beaton: Theatre of War*. London: Jonathan Cape, 2012.
14 Albrecht, Donald, ed. *Cecil Beaton: The New York Years*. New York: Museum of the City of New York, 2011.
15 Strong, Roy. *Visions of England: Or Why We Still Dream of a Place in the Country*. London: Vintage, 2012.
16 Rattigan, Terence. *The Sleeping Prince: An Occasional Fairy Tale*. London: Hamish Hamilton, 1954.
17 著者撮影
18 Hilton, James. *Good-Bye, Mr. Chips*. London: Hodder and Stoughton, 1934.
19 http://commons.wikipedia.org/wiki/File:Old_Vic_theatre_London_Waterloo.jpg
20 http://commons.wikimedia.org/wiki/Category:Old_Vic#mediaviewer/File:The_

work_of_the_Council_For_the_Encouragement_of_Music_and_the_Arts-_the_Old_Vic_Travelling_Theatre_Company, Wales, 1941_D5648.jpg

21 Hilton, James. *Good-Bye, Mr. Chips*. London: Hodder and Stoughton, 1934.

22 ジェイムズ・ヒルトン『チップス先生さようなら』苅田元司訳　東京：新月社.

初出一覧

序章 「戦後英国演劇とメディア文化——ラティガン再評価のために」
　Kyoritsu Review 40 (2012): 1-27.（一部修正・加筆。）

第1章 「戦後英国演劇とメディア文化——ラティガン再評価のために」
　Kyoritsu Review 40 (2012): 1-27.（一部修正・加筆。）

第2章 「ラティガン『アフター・ザ・ダンス』と"Bright Young Things"の政治文化——パラサイト、雇用、"the Exchange Telegraph"」
　Kyoritsu Review 41 (2013): 13-42.

第3章 「ラティガンの「まじめな劇」と戦争プロパガンダの文化——ソフト・パワーとしての『炎の滑走路』と『大空への道』?」
　Kyoritsu Review 43 (2015): 1-20.（ただし、最終セクションは、本書で加筆。）

第4章 「『眠れるプリンス』とヨーロッパ冷戦——「短い20世紀」におけるバルカン問題、あるいは、グローバルなメディア文化の未来への欲望」
　Kyoritsu Review 42 (2014): 1-33.

　＊終章、および、インターメッツォA、B、Cは書き下ろし。

あとがき

　本書執筆中の 2014 年 10 月、テレンス・ラティガンの代表作といわれる「まじめな劇」のひとつを観る機会があった。日本ではラティガンはあまり上演されることがないのだが、2005 年「ラティガンまつり」と称された自転車キンクリート STORE による「テレンス・ラティガン 3 作連続公演」──『ウィンズロウ・ボーイ』・『ブラウニング・バージョン』(いずれも六本木の俳優座劇場)『セパレート・テーブルズ』(新宿の全労済ホール／スペース・ゼロ)──を訪れて以来の出来事だった。今回の上演『銘々のテーブル〜 Separate Tables 〜』は、麻布演劇市実行委員会と麻布区民センター共催による第 201 回公演「トップガールズと仲間たち」の第 2 回公演として舞台にかけたものだ。この舞台上演との出会いは、ほぼ偶然といってもいい。毎夏、楽しみに訪れる「子供のためのシェイクスピア」シリーズの 2014 年の出し物『ハムレット』を、東池袋にある「あうるすぽっと」(豊島区立舞台芸術交流センター)で観た折に、配布物のなかにあった 1 枚のチラシに目が留まったのだ。「子供のためのシェイクスピア」は、1995 年パナソニック後援による旧東京グローブ座での『ロミオとジュリエット』に始まり、その後、世田谷パブリック・シアターを含む東京のいくつかの劇場での上演そして地方公演もなされており、現在は、「華のん企画」が引き継いでいるが、このシリーズは日本におけるシェイクスピア翻案のなかでも出色のプロダクションだと思っている。この偶然の遭遇を通じて手にした『銘々のテーブル』の公演チラシのいくぶんレトロな雰囲気を醸し出すイメージに心惹かれて、連絡先に問い合わせてみると「自由席」である旨を伝えられ、それではと早めに会場に向かったのだが、実際に訪れてみると、その劇場の空間とロケーションは、21 世紀のラティガン劇上演の舞台として非常に興味深い場であった。

　麻布十番の駅を出て鳥居坂の急な坂道を上ってゆくと、右手には、NHK の朝の連続テレビ小説『花子とアン』(2014) の舞台のひとつとしても注目

された東洋英和女子学院の瀟洒な建物があらわれる。日本のBBCにあたる公共放送というメディアにおける文化生産と広範な流通ネットワークによるものではあるが、もしかしたら、このTVプログラムは、冷戦期に輸入された「児童文学」を現在かまびすしく喧伝される「グローバル人材」あるいは「女性リーダー育成」の物語やイメージへと書き換える機能・意味を担っている可能性はないのか、いま見ている文化・教育の空間の歴史性への思考とともに、いろいろに想像することができるかもしれない。そして左手には、岩崎小弥太邸跡地にロックフェラー財団の資金協力もえて設立された国際文化会館の姿が、アジア・太平洋地域の地政学的状況をにらみながら戦後の日米両国の間に繰り広げられた「文化外交」の転回の軌跡を喚起するかのように、夕闇に浮かび上がる。これらグローバルな資本主義世界にそのまま接続するような2つの建物を通り過ぎてたどり着くのが、東京のローカルで公共の文化空間である麻布区民センターだ。開場を待つ間、麻布演劇市実行委員会のみなさんから午後9時以降の上演許可のための署名を求めるアナウンスがあった。2時間ほどの上演時間のこの芝居の開演が7時なので、休憩はない。劇場の建物や施設はけして悪くはなく、華美でも巨大でもないのがかえってこじんまりして居心地のいいものだ。文学座の俳優も一部参加しているが出演者や舞台美術の面でも過剰な商業化やハコモノ行政の感じはない。当日来場した観客たちは、充実した上演を物質的に確保するための署名の列に、快く並び銘々に名を記していった。こんな個別の小さな出来事でも、21世紀現在の日本における劇場文化の状況とグローバルなポピュラー・カルチャーを生産する現代のトランス・メディア空間との関係一般を問い直す契機にすることができるだろうか。ひょっとしたら、本書は、このような問題を考察するために、戦後英国演劇の歴史的過程をたどってみたのかもしれない。だとしたら、グローバルなメディア空間のごく一部を構成するように劇場文化が再編制された現在から、いわば逆のベクトルで、ラティガンの演劇テクストにおけるトランス・メディア空間がいったいどのようにして生成・変容してきたのか、考えてみたことになる。

別の言い方をすれば、従来のナショナルな演劇の歴史においてはその意味や価値が不可解な「秘密のラティガン」を解釈するここでの試みは、1990年代のセクシュアリティ論による研究とは狙いを異にするものであるが、ラティガンの隠された面を探ろうとする近年のいくつかの試み、たとえば、死を目前にしたラティガンがヘイマーケット劇場において自らの過去を振り返る形式をとったジャイルズ・コール作の伝記的芝居『秘匿の技 (The Art of Concealment)』(2011) や、そしてまた、『アフター・ザ・ダンス』主演によりナショナル・シアターでのデビューを飾ったベネディクト・カンバーバッチがプレゼンターとしてラティガンの謎に迫るという BBC の特別番組『ザ・ラティガン・エニグマ (The Rattigan Enigma)』(2011) のようなものとも違うものだ。また、2015年6月にオクスフォード大学トリニティ・カレッジにて英国のラティガン協会が第1回大会を開催することも、付け加えておいてもいいかもしれない。ラティガン生誕100年を記念して設立されたこの団体が、ラティガンをはじめとする劇場文化に今後どのようなかたちでアプローチしていくのか、注意深くフォローしていきたい。

　『銘々のテーブル』は、イングランド南部の海辺の保養地にあるホテルを舞台に引退した老後の人生を過ごす長期滞在客（あるいは性的開放後の若い世代のカップル）たちの日常を背景に、異なる2つの物語が展開されるダブル・ビルの形式をとっている。第1部は、中年の落ちぶれたジャーナリストと彼との復縁を求めてロンドンのメイフェアからやってくる元妻の物語、第2部は、少佐を名乗る学歴詐称の男が起こす痴漢行為とそのスキャンダラスなメディア報道を契機にこの老齢の男性と厳格な母親の監視下にある自閉症気味の30代の「少女」との間に結ばれる友愛関係を通じて、寛容で共感的な共同体の可能性を描く物語である。実際、グローバル都市東京のなかのローカルな公共的劇場で『銘々のテーブル』を体験して確認することができたが、「トップガールズと仲間たち」による舞台は、単純にセクシュアリティのテーマだけでなく、世代・教育の問題、あるいは、政治イデオロギー（社会主義）とジェンダー（モダンガール）の矛盾関係等々、多種多様

に反復され増殖する英国の階級構造とその変容（不）可能性が、（再）上演・表象されていることがわかる。

　本書の原型となっているのは、日本の大学で日々実践される授業、すなわち、「英文学」・劇芸術の研究・教育空間、である。とりわけ、共立女子大学文芸学部の学部・大学院ならびに成蹊大学文学部における学生たちとの間でなされたさまざまなコミュニケーションと切り離してこの仕事は考えることができない。成蹊大学の英米文学概論Ⅰの授業では、「英文学」・「英文学研究」の基本概念をたどるときに、ノースロップ・フライ『批評の解剖』やいくつかのハリウッド映画とともに、ラティガンの演劇テクストを折にふれてかなり自由なやり方で使用してみた。また、共立女子大学の劇芸術演習等の授業では、ラティガンの戯曲を、舞台写真などの映像メディアや英国および米国ハリウッド映画とともに、読み解いた。英国演劇を主要テクストとしながらも、ナショナルな演劇文化からグローバルなメディア文化に拡大・流通・転回する過程を文学的ならびに歴史的に読み解く作業をしてみたのだ。こうした大学という空間における、時に混線・脱線または中断・途絶を含む対話やりとりを介して、彼ら・彼女たちが、授業で紹介した文学・文化テクストを実際に手に取って読んでみるのは当然として、文学テクストの基本構造をほかの授業のレポート作成に応用したり、これまで経験することのなかった英国の演劇や映画にも関心を示すようなったりする姿を垣間見ることは、本書執筆において少なからず励みになった。DVDやパソコンの動画配信・映像ストリーミング配信にアクセスする一方で、演劇テクストの歴史的系譜・転回をたどるために学生自ら参考文献をリサーチするというような例もあった。今後さらに継続していくさまざまな研究・教育プロジェクトを推進する糧としていきたい。どうもありがとう。また、本書のもとになる教育空間におけるコミュニケーションが可能であったのは、2002年秋に英米演劇ならびに日本での受容の研究・評論に携わっておられる多田久恵先生から受け取った1本の電話だった。母校でもある共立女子大学で担当されていた劇芸術研究室の授業の後任にということで、これをきっかけに、英国演劇の授

業を受け持つという貴重な経験をすることができている。そして、それ以来共立女子大学の劇芸術研究室の諸先生方、歴代の助手のみなさま、*Kyoritsu Review* 編集担当の英文学研究室の助手のみなさまにお世話になっている、本当にありがとうございます。ほかにも多くの方々にいろいろなかたちでお世話になった。心より御礼申し上げます。

　最後に、本書の出版にあたっては、前著『マーガレット・オブ・ヨークの「世紀の結婚」──英国史劇とブルゴーニュ公国』に続いて、春風社編集部の岡田幸一さん、山本純也さん、営業部の木本早耶さん、そして専務の石橋幸子さんに、今回もお世話になった。私の仕事を傍らでささえてくれる公私にわたるパートナーにも感謝している。そしてまた、最近観劇の楽しみを再発見したといってエールを送ってくれている父、かつて『哀愁』のヴィヴィアン・リーの姿にともに涙した今は亡き母、2人に本書を捧げたい。

2015年　早春

索引

あ

アーツ・カウンシル 9, 109, 110, 163, 165, 167, 182, 186

『哀愁』(Waterloo Bridge) 97, 146

アイゼンハワー・ドクトリン 191

『愛の追跡』(The Pursuit of Love) 98

『逢びき』(Brief Encounter) 67, 68, 69, 70, 80, 81, 96

アクターズ・スタジオ 120, 136

アスキス、アンソニー 17, 75, 97, 98, 169, 170

『アトランティック・マンスリー』 96, 153

『アパートの鍵貸します』(The Apartment) 68, 69

『アフター・ザ・ダンス』(After the Dance) 38-61 5, 10, 13, 35, 38, 39, 40, 41, 42, 43, 44, 46, 47, 48, 49, 50, 51, 52, 53, 57, 58, 59, 60, 61, 63, 64, 65, 66, 74, 180

『アラビアのロレンス』(Lawrence of Arabia) 173

アンドリュース、ジュリー 173

『イヴニング・スタンダート』 188

『怒りをこめてふりかえれ』(Look Back in Anger) 8-10 6, 8, 10, 12, 13, 15, 16, 177, 178

「怒れる若者たち」(Angry Young Men) 9, 12, 13, 15, 16, 17, 146, 171, 177, 182, 189

『卑しい肉体』(Vile Bodies) 62

『イラストレイティド・ロンドン・ニュース』 104

イラン政府のクーデターによる転覆 190

インペリアル・ケミカル・インダストリーズ 93

『ヴァイオリンを持った裸婦』(Nude with Violin) 16

『ヴァニティ・フェア』 12

『ウィズアウト・ラヴ』(Without Love) 177

ウィリアムズ、レイモンド 62, 181, 183

『ウィンズロウ・ボーイ』(The Winslow Boy) 143, 145, 147, 148, 150, 183, 190

『ウィンダミア卿夫人の扇子』(Lady Windermere's Fan) 139, 140

『ウェスタンアプローチ』(Western Approaches) 70

ウェスト・エンド興行主組合（WEMA）145, 175, 176, 178
『ウェスト・サイド・ストーリー』173
ウェルズ、H・G 93
『ヴォーグ』（*Vogue*）12, 103, 104, 139
『海の風景』（*Seascape*）70
英国王ジョージ6世妃エリザベス 103
英国空軍（RAF）74-95 11, 26, 27, 31, 74, 75, 77, 78, 79, 81, 82, 84, 85, 86, 87, 90, 91, 92, 97, 98, 102, 150, 168
英国空軍映画制作部 74, 86, 90, 98
英国祭 109
英国情報省 87-90 26, 31, 69, 75, 84, 86, 88, 89, 90, 97, 98, 102, 103, 105, 154, 158, 168, 186
英ソの地政学的対立 124, 129, 131
エリオット、T・S 95, 145, 182, 187
エリザベス2世戴冠式 108-109, 110 107, 108, 109, 110, 111, 126
『王子と踊子』（*The Prince and the Showgirl*）7, 107, 108, 117, 135, 136, 137, 141
「欧州経済協力連盟（European League for Economic Cooperation, ELEC）」94, 191
欧州原子力共同体（EURATOM）191
王立国際問題研究所 99
『おえら方』（*Our Betters*）22
『大空への道』（*The Way to the Stars*）52, 73, 75, 84, 85, 86, 87, 88, 90, 91, 97, 98, 154, 168
オールド・ヴィック 157-159 109, 155, 156, 157, 165, 186, 188
オズボーン、ジョン 8-10 8, 10, 15, 16, 17, 178
『お日様の輝く間に』（*While the Sun Shines*）17-31 6, 11, 15, 17, 18, 19, 20, 21, 22, 23, 24, 25, 27, 28, 30, 31, 32, 33, 75, 81, 82, 96, 146, 163, 180
『オブザーヴァー』177, 178
オリヴィエ、ローレンス 7, 16, 107, 109, 112, 117, 119, 135, 141, 147, 148, 157, 186, 192
音楽芸術奨励協議会（CEMA）165-169, 190-191 160, 163, 164, 165, 167, 182, 187, 188

か

外交問題評議会 99
『風と共に去りぬ』(Gone With the Wind) 7, 154
ガルボ、グレタ 42, 105, 139, 143
カワード、ノエル 12, 15, 16, 67, 68, 69, 70, 71, 80, 92, 93, 96, 98, 145, 147, 148, 152, 157, 163, 175, 187
ギールグッド、ヴァル 176
ギールグッド、ジョン 12, 16, 139, 148, 149, 157, 182, 183, 189
『黄色いロールスロイス』(The Yellow Rolls-Royce) 172
『危険な月光』(Dangerous Moonlight) 70, 71
『危険なドラッグ』(Dangerous Drugs) 177
『来たるべき世界』(Things to Come) 69
キューカー、ジョージ 141
「煌びやかな若者たち」"Bright Young Things" 35-61 6, 10, 13, 15, 16, 32, 35, 36, 37, 38, 39, 42, 43, 44, 45, 46, 47, 48, 49, 50, 52, 53, 59, 61, 62, 63, 101, 103, 146, 180, 187
金利生活者 48-50, 52-53, 58-61 16, 48, 50, 52, 58, 59, 60, 61, 146, 150, 152, 159, 168, 181
クーリング・ギャラリー 103
クック、アステリア 143
クラーク卿、ケネス 89, 104, 107, 119, 135, 141, 142
グラナダ・グループ 89
グリーン、グレアム 26, 44, 157
クリエイティヴ産業 180, 181, 192
クリスティ、アガサ 21
グリン、エリノア 121
グループ・シアター 120
グルンワルド、アナトール・ドゥ 75, 190
『軍旗の下に』(In Which We Serve) 71, 86, 90, 98
ケインズ、ジョン・メイナード 188
ゲデス、バーバラ・ベル 7, 12
『恋の手ほどき』(Gigi) 140, 141
ゴーモン・ブリティッシュ 185, 189
国際文化会館 191
『故国と美女』(Home and Beauty) 22
『ゴドーを待ちながら』(Waiting for Godot) 167-169 8, 165, 166, 167, 188

コルダ、アレクサンダー 156-57 69, 84, 98, 154, 155, 184, 186, 190
コンデ・ナスト 103
『今夜 8:30 に』(*Tonight at 8:30*) 147
コンラッド、ジョウゼフ 94

さ

『最後の空撃』(*The Way Ahead*) 86, 90, 98
『サウンド・オブ・ミュージック』(*The Sound of Music*) 173
サドラーズ・ウェルズ劇場 157
『ザ・リスナー』158
『三週間』(*Three Weeks*) 121, 122, 124, 128, 137
『三色スミレ』(*Love in Idleness*) 6, 32, 75, 96, 163, 187
『シアター・アーツ』6
『寺院の殺人』(*Murder in the Cathedral*) 182
ジェイムソン、ストーム 154
シェリフ、R・C 186
シェル・グループ 89
シットウェル、イーディス 103
シットウェル、オズバート 103
『ジャーニー・トゥギャザー』(*Journey Together*) 86, 98
『十戒』(*The Ten Commandments*) 173
ショウ、ジョージ・バーナード 139, 175
ジョルソン、アル 64
人民戦線 183, 184
スエズ危機 131, 191, 192
ストラスバーグ、ポーラ 119
ストラスバーグ、リー 120-121 119, 120
スパム 23-24, 32 23, 24, 32
スレイター、モンタギュー 184
『聖人の日』(*Saint's Day*) 110
『静物画』(*Still Life*) 67, 68, 80
戦後英国演劇 15-17, 101-111, 163-170, 182-184 5, 6, 7, 8, 9, 11, 15, 17, 61, 107, 108, 110, 131, 135, 142, 145, 149, 161, 167, 180, 181
「戦争の劇場」(Theatre of War) 101-105 101, 102, 103, 104, 105
戦争プロパガンダ 85-91, 169-170, 172-173 17, 68, 71, 73, 75, 80, 81, 85, 88, 89, 90, 91, 93, 101, 102, 104, 105, 139, 149, 153, 157, 158, 159, 167, 168, 170, 171, 179, 180, 181, 186
ソーンダイク、シビル 141, 142, 156

ソフト・パワー　73, 90, 95, 128, 134, 191

た

タイナン、ケネス　177, 178

『旅芸人の記録』189

ダン、アイリーン　104

『チップス先生さようなら』(Goodbye, Mr. Chips)　172-174　61, 91, 97, 149, 150, 151, 153, 154, 155, 157, 158, 170, 171, 174, 175, 179, 180, 183, 184

『超音ジェット機』(The Sound Barrier)　98, 190

帝国戦争博物館　101, 102, 105

『デイリー・エクスプレス』103, 188

『デイリー・クロニクル』87

『デイリー・ミラー』88

『デイリー・メイル』36

テナント　74, 96, 139, 145, 147, 163, 175, 188

ドーナット、ロバート　155

『友達座』(The Good Companions)　166, 189

ドラマ・ドキュメンタリー・ユニット　176

トランス・メディア空間　31-32, 171-181, 182-184　11, 31, 61, 67, 75, 90, 135, 139, 140, 142, 145, 148, 149, 154, 157, 169, 171, 178, 179, 180, 181

な

『夏の夜の夢』(A Midsummer Night's Dream)　185

『7年目の浮気』(The Seven Year Itch)　69, 70

『涙なしのフランス語』(French Without Tears)　9, 12, 63, 74

20世紀フォックス　89, 97, 155

日米安保条約　191

『ニュー・スティツマン』92

『眠れるプリンス』(The Sleeping Prince)　107-108, 110-119, 121-127, 131-36　7, 11, 12, 107, 108, 110, 111, 112, 113, 114, 115, 116, 117, 118, 119, 121, 122, 123, 124, 125, 126, 127, 128, 131, 132, 133, 134, 136, 137, 156, 181

ノースクリフ卿　36, 61

は

パーカー、クリフトン 70, 71
ハークネス、エドワード・スティーヴン 163
『パーディタ』(*Perdita*) 161-162 159, 160, 167, 182
バーリン、アンザイア 33
『ハーレクィネィド』(*Harlequinade*) 161-170 147, 156, 159, 160, 164, 167, 168, 171, 182, 186, 187
バーンスタイン、シドニー 89
ハクスリー、オルダス 157
『バス停留所』(*Bus Stop*) 136
パッケージ型制作 173
パテ 185
パドニー、ジョン 87, 98, 154
「バトル・オブ・ブリテン」 75-81 75, 78, 79, 80, 88, 94
パラマウント訴訟 172
バリー、マイケル 176, 177
ハリマン、アヴェレル 99
バルカン 112-119, 122-134 11, 12, 95, 107, 110, 111, 112, 113, 117, 118, 121, 122, 123, 124, 126, 127, 128, 129, 131, 133, 136, 137, 166, 167, 181, 185, 189
パレウスキ、ガストン 98

ハンガリー動乱 190
ビーヴァーブルック卿 188
ビートン、セシル 101-106, 141-145 12, 71, 101, 102, 103, 104, 105, 139, 140, 141, 142, 143, 173, 174
東ヨーロッパ（東欧） 30, 91, 94, 95, 110, 117, 122, 123, 126, 127, 128, 136, 137, 159, 164, 167, 181
『ピグマリオン』(*Pygmalion*) 139
秘密のラティガン 6, 11, 146, 180, 181
『表現の自由』(*Uncensored*) 75, 86
ピルグリム・トラスト 163, 187
ヒルトン、ジェイムズ 151, 153, 154, 157, 158, 170, 171, 183, 186
『ファイナル・テスト』(*The Final Test*) 190
フィッツジェラルド、スコット 63
フィルム・カウンシル 185
『フォロー・マイ・リーダー』(*Follow My Leader*) 74
フォンテーヌ、リン 12, 187
『深く青い海』(*The Deep Blue Sea*) 13, 67, 70, 107, 145, 150, 182
『冬物語』(*The Winter's Tale*) 161-162 159, 160
『ブライズヘッドふたたび』(*Brides-*

head Revisited）19

『ブラウニング版』（*The Browning Version*）148-155, 160-161, 169-170, 171-173　61, 91, 145, 146, 147, 148, 149, 150, 151, 152, 153, 158, 159, 164, 167, 168, 169, 170, 171, 179, 180, 182, 189, 190

プリーストリー、J・B　26, 157, 166, 175, 188, 189

ブリス、アーサー　69, 156

『プレイビル』（*Playbill*）146, 147, 148, 149, 150, 151, 159, 161, 162, 163, 164, 165, 167, 168, 169, 182, 187, 188, 190

ブレヒト、ベルトルト　8

文化冷戦　170-181　134, 149, 168, 169, 170, 171, 172, 179, 183, 192

ベイリス、リリアン　157-159　155, 156, 157, 186

ベヴァリッジ、ウィリアム　20

ベヴィン、アーネスト　20, 130, 135, 138

ベケット、サミュエル　167-169　8, 165, 166, 167, 192

ヘップバーン、オードリー　105, 121, 136, 173

ベディントン、ジャック　89, 90

ベネット、アーノルド　188

『ヘンリー8世の私生活』（*The Private Life of Henry the Eighth*）155, 184

ボーモント、ビンキー・ヒュー　149-51　74, 139, 147, 148, 149, 164, 175, 182, 188, 192

ポーランド　91-95　28, 32, 68, 70, 76, 78, 84, 85, 86, 91, 92, 94, 95, 98, 155

ポール、ブレンダ・ディンダ　42, 62, 76, 102, 104, 105, 121, 182

『炎の滑走路』（*Flare Path*）73-95　6, 11, 12, 17, 31, 32, 33, 52, 61, 73, 74, 75, 77, 78, 79, 80, 81, 82, 84, 85, 88, 90, 91, 92, 95, 96, 97, 136, 168, 181

ポマー、エリッヒ　185

『ボンド・ストリート』（*Bond Street*）103, 190

ま

『マイ・フェア・レディ』（*My Fair Lady*）139, 140, 143, 173

マクミラン、ハロルド　193-194　191

マシーソン、ミューア　69

「まじめな劇」73-75　73, 74, 75, 80, 90, 93, 147, 165, 180, 181

『マリリン7日間の恋』（*My Week with Marilyn*）107, 135, 136
「短い20世紀」107, 110, 117, 118, 119, 131, 181
ミッチェル、スティーヴン 148, 154
ミットフォード、ナンシー 62, 98
『緑の帽子』（*The Green Hat*）42
『ミニヴァー夫人』（*Mrs Miniver*）83, 97, 98, 157, 187
『銘々のテーブル』（*Separate Tables*）145
メソッド演技 119, 120
メトロ・ゴールドウィン・メイヤー、MGM 156-157, 159-160 89, 97, 140, 154, 155, 157, 158
メルチェット卿 93
モーム、サマセット 12, 21, 22, 23, 26, 32, 83, 93, 145, 157
モネ、ジャン 184
モンロー、マリリン 7, 25, 107, 117, 119, 120, 135, 136, 137, 141

や

『やる気のない英雄』（*Reluctant Hero*）176
ユア、メアリー 7, 12

ユーゴスラヴィア 119, 122, 126, 127, 128, 129, 137, 138
『幽霊西へ行く』（*The Ghost Goes West*）155
ユニヴァーサル 185
『夜明け』（*The Day Will Dawn*）75, 86
ヨーロッパ経済共同体（EEC）191
ヨーロッパ冷戦 107, 111, 124, 127, 129, 131
『予期せぬ出来事』（*The V.I.P.s*）172
『欲望という名の電車』（*A Streetcar Named Desire*）7
『寄席芸人』（*The Entertainer*）16

ら

『ライフ』104, 105
ラインハルト、マックス 185
ラスキ、ハロルド 97
ラフマニノフのピアノ協奏曲2番 69-71 67, 69, 70, 71
ランク・オーガニゼイション 185
ラント、アルフレッド 12, 84, 187
リー、ヴィヴィアン 7, 108, 109, 112, 154, 187
リチャードソン、レイフ 157
リックス、ブライアン 176

レッドグレイヴ、マイケル 7, 12, 18, 170
レティンゲル、ユゼフ 94, 99
レンドリース法 24-25 24, 32, 94
ロートン、チャールズ 155
ローマ条約 191
『ローマの休日』（*Roman Holiday*） 121, 123, 124, 136, 137
ローレンス、ガートルード 148, 187
ローレンス・オリヴィエ賞 5, 11
『ロミオとジュリエット』（*Romeo and Juliet*） 156, 160, 173
『ロンドン・コーリング』（*London Calling*） 154, 187

わ

ワーナー・ブラザーズ 33, 64, 117, 140
ワイラー、ウィリアム 98, 122, 136
ワイルダー、ビリー 68, 69, 70, 185
ワイルド、オスカー 139
『ワルシャワ・コンチェルト』（*The Warsaw Concerto*） 70

欧文

"Avalon" 43, 59, 60, 64
BBC 177-180 11, 119, 143, 149, 175, 176, 177, 178, 179, 190, 191, 192
CBS 140, 149
Exchange Telegraph Company (Extel) l54-57 54, 55, 56, 57, 65
RKO 185
"the Exchange Telegraph" 48, 53-61 35, 48, 53, 54, 57, 61
UFA 185

【著者】大谷伴子（おおたに・ともこ）

東京学芸大学教育学部講師。専攻は初期近代イギリス演劇、現代イギリス文化。
主な著作に *Performing Shakespeare in Japan*（共著 Cambridge UP, 2001)、「宝塚、シェイクスピア、グローバリゼーション」『ユリイカ』33.5（2001）: 210-18、『ポスト・ヘリテージ映画──サッチャリズムの英国と帝国アメリカ』（共編著、上智大学出版、2010）、『イギリス映画と文化政策──ブレア政権以降のポリティカル・エコノミー』（共編著、慶應義塾大学出版会、2012）、『マーガレット・オブ・ヨークの「世紀の結婚」──英国史劇とブルゴーニュ公国』（春風社、2014）など。

秘密のラティガン
──戦後英国演劇のなかのトランス・メディア空間

2015 年 4 月 4 日　初版発行
2016 年 4 月 15 日　二刷発行

著者　大谷伴子　おおたにともこ

発行者　三浦衛
発行所　春風社 *Shumpusha Publishing Co.,Ltd.*
　　　　横浜市西区紅葉ヶ丘 53　横浜市教育会館 3 階
　　　　〈電話〉045-261-3168　〈FAX〉045-261-3169
　　　　〈振替〉00200-1-37524
　　　　http://www.shumpu.com　info@shumpu.com

装丁　長田年伸
印刷・製本　シナノ書籍印刷株式会社

乱丁・落丁本は送料小社負担でお取り替えいたします。
©Tomoko Ohtani. All Rights Reserved. Printed in Japan.
ISBN 978-4-86110-448-0 C0074 ¥2700E